다빈치
코드

다빈치 코드

THE DA VINCI CODE

댄 브라운 지음 | 양선아 옮김 2

베텔스만

다시
블라이스를 위해
어느 때보다 더

일러두기

＊성서에 나오는 문구는 ‘대한성서공회’ 공식 사이트의 ‘공동번역 개정판’을 기준으로 하였다.

＊원저자가 불어로 표기한 부분 중 특히 이국적인 느낌을 주기 위한 부분은, 우리말로 번역한 후 서체를 기울여서 표시했다.

＊대화문 중 이태리어는 원문을 살린 후 괄호 안에 문장의 의미를 풀어놓았다.

＊단어에 대한 괄호 안의 해설은 모두 옮긴이 주이다.

57

콜레는 취리히 안전금고 은행 바깥에 둘러쳐진 바리케이드에 서서, 파슈 반장이 수색 영장을 가지고 나타나는 데 왜 이렇게 시간이 오래 걸리는지 궁금해하고 있었다. 은행 사람들은 분명히 뭔가를 숨기고 있었다. 직원은 랭던과 느뵈가 조금 전에 찾아오긴 했지만, 은행계좌 정보를 몰라서 내보냈다고 말했다.

'그럼 왜 우리가 은행 안을 둘러보지 못하게 하는 것일까?'

그때 콜레의 휴대 전화기가 울렸다. 루브르 박물관에 설치된 지휘 본부에서 온 거였다. 콜레가 물었다.

"수색 영장을 받았습니까?"

한 요원이 말했다.

"은행 쪽은 잊어버리십시오, 부관님. 방금 새로운 단서를 잡았습니다. 랭던과 느뵈가 숨어 있는 정확한 위치를 알아냈습니다."

콜레는 자동차의 단단한 후드 위에 걸터앉았다.

"농담하는 거지?"

"파리 교외의 주소를 가지고 있습니다. 베르사유 근처예요."

"파슈 반장님도 알고 있나?"

"아직입니다. 다른 중요한 전화를 받고 계세요."

"당장 출동하도록 하지. 반장님께서 전화통화를 끝내시면 내게 연락해 달라고 전해 주게."

콜레는 주소를 받아적고 자기 차로 뛰어들었다. 은행에서 멀어지면서, 콜레는 누가 DCPJ에 랭던의 위치를 알려주었는지 물어보는 것을 깜박했다는 점을 깨달았다. 하지만 그건 중요한 문제가 아니었다. 콜레는 자신의 의심과 초반 실수를 만회할 기회가 생긴 게 기뻤다. 그는 지금 자기 경력에서 가장 유명한 인사를 체포하려는 참이었다.

콜레는 자기를 따르는 다섯 대의 자동차에 무전을 쳤다.

"사이렌은 절대 울리지 말게. 랭던이 우리가 가고 있다는 것을 모르게 하란 말이야."

40킬로미터 떨어진 시골길을 달리던 검은색 아우디 승용차가 어두운 그늘에 멈춰 섰다. 아우디 밖으로 나온 사일래스는 넓은 토지를 에워싸고 있는 긴 담장의 연철 창살 사이로 안을 들여다보았다. 멀리 성에 이르는 언덕이 달빛을 받고 있었다.

1층의 불이 모두 켜져 있는 것 같았다.

'이 시간에 이상한 일이군.'

사일래스는 미소를 지으며 생각했다. 스승이 준 정보는 정확했다.

'쐐기돌 없이는 이 저택을 떠나지 않으리라. 주교와 스승님을 실망시키지 않을 것이다.'

사일래스는 맹세했다.

열세 발이 들어 있는 헤클러 앤 코크 권총을 살펴본 사일래스는 권총을 창살 안으로 넣어 이끼가 가득한 땅에 떨어뜨렸다. 그런 뒤 담장의 꼭대기를 잡고 담장을 뛰어넘었다. 허벅지에 매단 말총 허리띠의 고통을 무시하며 사일래스는 총을 집어들고, 풀이 무성한 언덕을 오르기 시작했다.

58

티빙의 서재는 소피가 일찍이 봐왔던 서재와는 달랐다. 최고로 호화롭게 치장한 사무실들보다 예닐곱 배나 더 큰 서재는 기사의 노고를 모아놓은 창고였다. 과학 실험실과 도서관, 벼룩시장을 함께 섞어놓은 듯했다. 머리 위에서는 샹들리에 세 개가 빛을 발하고, 타일 바닥에는 책과 예술작품, 여러 구조물들을 비롯한 컴퓨터, 영사기, 현미경, 복사기, 수평식 스캐너와 같은 전자도구들이 여기저기 섬처럼 박힌 책상들 위에 가득 쌓여 있었다.

방으로 들어서며 티빙은 수줍게 말했다.

"내가 무도회장을 바꾸어 버렸소. 난 춤을 출 일이 별로 없거든."

소피는 오늘 밤이 온통 아무것도 볼 수 없는 심해의 박명층이 되어 버린 느낌이었다.

"이 모든 것이 경의 작업인가요?"

"진실을 배우는 것이 내 삶의 즐거움이오. 그리고 상그리엘은 내가 좋아하는 애인이고."

티빙이 말했다.

'성배는 여자다.'

말이 안 되는 여러 이야기들이 소피의 마음에서 서로 연결되어 짜이고 있었다.

"성배가 여자라고 주장하는 그림을 가지고 계신다고 하셨지요?"

"그래요. 하지만 성배가 여자라고 주장한 것은 내가 아니오. 그리스도 자신이 그렇게 주장한 거지."

"어떤 그림인가요?"

벽을 둘러보며 소피가 물었다.

티빙은 뭔가를 잊은 듯한 표정을 지었다.

"음…… 성배, 성스러운 잔, 잔. 저기에 그녀가 있소!"

티빙은 갑자기 돌아서더니 한쪽 벽을 가리켰다. 그 벽에는 소피가 조금 전에 보았던 〈최후의 만찬〉 그림이 높이 150센티미터 정도의 크기로 확대되어 걸려 있었다.

소피는 자기가 뭔가를 놓쳤다고 확신했다.

"경이 조금 전에 제게 보여준 그림과 똑같은 그림이잖아요."

티빙은 윙크를 보냈다.

"나도 알아요. 하지만 크게 보면 훨씬 더 좋거든. 그렇게 생각하지 않소?"

소피는 도움을 청하기 위해 랭던에게 돌아섰다.

"잘 모르겠어요."

랭던은 미소를 지었다.

"보이는 대로, 성배는 〈최후의 만찬〉에서 진짜로 그 모습을 드러내고 있어요. 다 빈치가 그녀를 눈에 띄게 포함시켜 놓았거든요."

"잠깐만요. 당신은 내게 성배가 여자라고 얘기했어요. 하지만 〈최후의 만찬〉은 열세 명의 남자를 그린 그림이에요."

소피가 말했다.

티빙의 눈썹이 들썩였다.

"과연 그럴까? 가까이 가서 자세히 봐요."

불확실한 마음으로, 소피는 그림 앞으로 다가가 열세 명의 인물을 조사했다. 예수 그리스도가 가운데 앉아 있고, 그의 왼쪽에 여섯 명, 오른쪽에 여섯 명의 제자들이 있었다.

"이들은 모두 남자예요."

소피가 단정적으로 말했다.

"오, 그리스도 바로 오른쪽에 앉는 영광을 차지한 사람은 어때요?"

소피는 예수의 바로 오른쪽에 앉은 인물을 면밀히 들여다보았다. 인물의 얼굴과 몸을 살피는 동안, 그녀 내부에서 충격이 일어났다. 그 인물은 흐르는 듯한 붉은 머리칼과 섬세하게 모아쥔 손, 그리고 살짝 솟은 가슴으로 보아 의심할 여지 없는…… 여자였다.

"여자예요!"

소피가 외쳤다.

티빙은 웃고 있었다.

"놀랍고 또 놀라운 일이야. 날 믿어요. 그것은 실수가 아니오. 레오나르도는 남녀의 차이를 그리는 데는 익숙했으니까."

소피는 그리스도 옆에 있는 여자에게서 눈을 뗄 수가 없었다.

〈최후의 만찬〉은 열세 명의 남자를 그린 것으로 알려져 있는데. 이 여자는 누굴까?'

이 그림을 수없이 봐오면서도, 이런 놀라운 차이를 한 번도 알아챈 적이 없었다.

"모두가 놓치는 부분이오. 이 장면에 대한 선입관이 너무 강력해서, 우리의 마음이 저 차이를 보는 눈을 막아 버리는 거지. 보더라도 그냥 지나치게 되지요."

랭던이 덧붙였다.

"스코토마라는 거요. 강력한 상징으로 덮여 있으면 뇌는 종종 그런 일을 저지르지요."

티빙이 말을 이었다.

"이 여인을 놓치게 되는 또 다른 이유는 예술서적에 실린 많은 사진들이 1954년 전에 찍은 것들이기 때문이라오. 그때까지만 해도, 이 그림의 자세한 부분들은 여러 겹의 먼지와 18세기에 서투른 손들이 덧칠한 보존 채색 밑에 깔려 있었거든. 마침내 이 프레스코 벽화는 깨끗하게 복구되어 다 빈치의 원래 그림을 드러내게 되었지."

티빙은 벽에 걸린 사진을 가리켰다.

"이상이오!"

소피는 사진으로 가까이 다가갔다. 예수의 오른쪽에 있는 여자는 젊고 경건해 보였다. 품위 있는 얼굴과 아름다운 붉은 머리카락, 그리고 손을 얌전히 포개고 있었다.

'이 여자가 한 손으로 교회를 박살낼 수 있는 그런 사람이란 말인가?'

"이 여자는 누구지요?"

소피가 물었다.

"마리아 막달레나."

티빙이 대답했다.

소피가 돌아서며 말했다.

"창녀?"

그 말에 개인적인 상처라도 받은 듯 티빙은 잠시 숨을 멈췄다.

"막달레나는 그런 여자가 아니오. 그런 불행한 오해는 초기 교회들이 벌인 더러운 캠페인의 유산이라오. 교회는 마리아 막달레나가 가진 위험한 비밀을 감추기 위해서, 그녀의 명예를 더럽힐 필요가 있었지. 그 비밀이란 성배로서의 그녀의 역할이었소."

"그녀의 역할?"

티빙은 목소리를 가다듬었다.

"아까도 얘기했지만, 초기 교회는 인간 예언자인 예수가 신성한 존재라고 세상을 설득시킬 필요가 있었어요. 따라서 예수의 삶 중에 세속적인 면모를 다루고 있는 복음서는 어떤 것이든 성서에서 제외시켜야만 했지. 성서의 초기 편집자들에게는 불행한 일이었겠지만, 세속적인 특정 주제가 복음서들에서 끊임없이 불거져 나왔다오. 마리아 막달레나였지. 좀더 구체적으로 말한다면, 예수 그리스도와 그녀의 결혼 문제였어요."

"뭐라고요?"

소피의 눈이 랭던에게로 향했다가, 다시 티빙에게 돌아왔다.

"그건 역사 기록의 문제요. 다 빈치는 분명히 그 사실을 깨닫고 있었소. 〈최후의 만찬〉은 그림을 보는 사람들에게 예수와 막달레나가 한 쌍이라고 외치고 있는 거요."

소피는 벽화 사진을 뒤돌아보았다.

"예수와 막달레나가 서로 거울처럼 옷을 입고 있는 것을 봐요."

티빙은 벽화 가운데에 있는 두 사람을 가리켰다.

소피는 마술에 걸린 듯했다. 분명 두 사람의 옷 색깔은 서로 바뀌어 있었다. 예수는 붉은 겉옷에 푸른색 망토를 두르고, 마리아 막달레나는 푸른색 겉옷에 붉은색 망토를 두르고 있었다. 음과 양.

"더 기이한 부분을 파고들자면, 예수와 그의 신부가 엉덩이를 붙이고 있는 것처럼 앉아서, 서로 반대쪽으로 몸을 슬며시 내밀고 있는 거요. 마치 그들 사이에 어두운 공간을 일부러 만들어 내려는 것처럼 말이오."

티빙이 그 윤곽을 설명하기 전에 소피는 ∨의 뜻을 알아챘다. 그림의 초점에는 논쟁의 여지가 없는 모양이 있었다. 성배와 잔, 여자의 자궁을 나타내는 것으로 랭던이 조금 전에 그려 보인 상징과 같았다.

티빙이 말했다.

"예수와 막달레나를 사람으로 보지 않고 구성 요소로 본다면, 명백하게 또 다른 형체를 볼 수 있을 거요. 알파벳 중 한 글자지."

소피는 즉시 알아챘다. 하지만 그 철자를 입 밖으로 소리내어 말하지는 않았다. 철자는 쉽게 알아볼 수 있었다. 그림 한가운데에 철자 M의 형태가 뚜렷하게 그 윤곽을 드러냈다.

"조금은 너무 완벽한 우연의 일치 같아, 그렇지 않소?"

티빙이 물었다.

소피는 놀라웠다.

"그게 왜 저기 있지요?"

티빙은 어깨를 으쓱했다.

"음모론자들은 철자 M이 결혼(Matrimonio)이나 마리아 막달레나(Mary Magdalene)를 나타내는 거라고 말할 거요. 솔직하게 말해서, 아무도 모르지. 한 가지 확실한 것은 저기에 숨겨진 M은 실수가 아니라는 거요. 성배와 관련된 셀 수 없이 많은 작품들이 M이라는 글자를 숨기고 있으니까. 종이에 비치는 무늬라든지, 밑그림이라든지, 혹은 복합적인 암시로 말이오. 물론 가장 뻔뻔스러운 M은 런던에 있는 교회 '파리의 성모' 제단에 꾸며진 작품이지. 시온 수도회의 전 그랜드 마스터인 장 콕토가 디자인한 것이오."

소피는 그 정보를 숙고했다.

"숨겨진 M이란 철자가 흥미롭다는 것은 인정하겠어요. 하지만 그 누구도 M이 막달레나와 예수의 결혼을 증명하는 것이라고 주장할 수는 없을 거예요."

책들이 놓인 근처 책상으로 걸어가며 티빙이 말했다.

"그래요, 그렇지. 내가 조금 전에도 얘기했듯이, 예수와 마리아 막달레나의 결혼은 역사적인 기록의 일부요."

티빙은 장서들 가운데서 한 권을 고르기 시작했다.

"게다가 결혼한 남자로서의 예수가, '그는 독신이었다'라고 말하는 보편적인 성서의 시각보다 더 상식에 맞아요."

"왜요?"

소피가 물었다.

티빙이 책을 찾고 있는 동안 랭던이 말을 이었다.

"왜냐하면 예수는 유대인이었기 때문이오. 그리고 당시의 사회규범은 유대인 남자가 결혼하지 않는 것을 금하고 있었소. 유대교 관습에 따르면 독신생활은 비난받아 마땅한 짓이었고, 유대인 아버지의 의무는 아들과 어울리는 신부를 찾아주는 것이었소. 만일 예수가 결혼을 하지 않았다면, 적어도 복음서들 가운데 하나는 그 점을 언급하고 독신이라는 자연스럽지 않은 상태에 대해서 어떤 설명을 제시해야만 했어요."

탁자 너머에서 티빙은 커다란 책 한 권을 끄집어내고 있었다. 포스터 크기의 거대한 도해서처럼 보이는 책은 가죽 장정이었다. 《지식의 복음서들》. 티빙이 책을 펼치자, 랭던과 소피는 그의 곁에 앉았다. 소피는 고대 문서의 구절들을 크게 확대해 놓은 사진들을 볼 수 있었다. 글자들을 손으로 직접 쓴 너덜너덜해진 파피루스였다. 고대 언어를 알아볼 수는 없었지만, 번역이 함께 들어 있었다.

"이것들은 내가 아까 언급한 나그함마디와 사해의 두루마리들을 찍은 사본들이오. 초기 기독교의 기록들이지. 문제가 되는 것은 이 문서들이 성서에 있는 복음서들과 일치하지 않는다는 거요."

티빙은 책 가운데를 펼쳐 한 구절을 가리켰다.

"빌립 복음은 시작하기에 항상 좋지."

소피는 그 구절을 읽었다.

그리고 그리스도의 짝은 마리아 막달레나였다. 그리스도는 모든 제자들보다 그녀를 더 사랑했다. 그리고 그녀의 입에 자주 키스를 하곤 했다. 나머지 제자들은 그런 일에 반대했고, 인정할 수 없다고 표현했다. 제자들은 그리스도에게 말했다.

"왜 주님은 우리 모두보다 그녀를 더 사랑하시는 겁니까?"

글은 소피를 놀라게 했다. 하지만 결정적이라고 보기는 어려웠다.

"결혼에 대해서는 아무런 얘기도 없어요."

첫 줄을 가리키며 티빙은 웃었다.

"그와는 반대로, 고대 시리아 언어인 아람어 학자들은 '짝'이란 말이 당시에는 말 그대로 '부부'를 뜻하는 것이라고 아가씨에게 말해 줄 거요."

랭던이 동의의 표시로 고개를 끄덕였다.

소피는 첫 줄을 다시 읽었다.

'그리고 그리스도의 짝은 마리아 막달레나였다.'

티빙은 책을 뒤적거려 다른 구절들을 보여주었다. 놀랍게도 그 구절들은 막달레나와 예수가 연인 사이였음을 분명하게 제시하고 있었다. 구절을 읽는 동안, 소피는 자신이 학생이었을 때 할아버지의 집 문을 쾅쾅 두드리던 성난 사제가 떠올랐다.

소피가 문을 열자, 불타는 눈으로 그녀를 내려다보며 사제가 물었다.

"이 집이 자크 소니에르의 집이냐? 소니에르가 신문에 쓴 사설에 대해 얘기하고 싶어서 왔다."

사제는 신문을 들고 있었다.

두 남자는 할아버지의 서재로 들어갔다.

'할아버지가 신문에 뭔가를 썼다고?'

소피는 즉시 부엌으로 달려가 조간 신문을 뒤적거렸다. 소피는 할아버지의 이름이 2면에 나와 있는 것을 발견했다. 그녀는 기사를 읽었다. 무슨 말인지 전부를 이해할 수는 없었지만, 사제들의 압력으로 프랑스 정부가 〈그리스도 최후의 유혹〉이라는 영화의 상영을 금지했다는 내용이었다. 영화는 마리아 막달레나라고 불리는 여자와 성관계를 가진 예수에 관한 영화라고 했다. 할아버지는 기사에서 교회가 너무 거만하며, 영화 상영을 금지한 것은 잘못된 일이라고 밝히고 있었다.

'사제가 미칠 만도 하군.'

소피는 생각했다.

"그 영화는 포르노요! 신성모독이란 말이오!"

서재에서 나와 현관으로 폭풍처럼 걸어가면서 사제는 고함을 질렀다.

"당신이 어떻게 그런 영화를 지지할 수가 있소? 마틴 스콜세지라는 미국인은 불경스러운 작자요. 교회는 프랑스 땅에 그런 작자가 발붙이게 해서는 안 됩니다!"

그리고는 문을 쾅 닫고 나갔다.

할아버지는 부엌으로 들어와서, 신문을 들고 있는 소피를 보고 눈살을 찌푸렸다.

"재빠르구나."

소피가 말했다.

"할아버지는 예수 그리스도에게 애인이 있었다고 생각하시는 거예요?"

"아니란다, 애야. 나는 우리가 즐길 수 있는 것과 즐겨서는 안 될 것을 교회가 우리에게 지시하도록 허용해서는 안 된다고 말한 거란다."

"예수에게 애인이 있었어요?"

할아버지는 잠시 말이 없었다.

"만일 애인이 있었다면 나쁜 일이겠니?"

소피는 잠시 생각한 후에 어깨를 으쓱했다.

"난 상관없을 것 같아요."

레이는 계속 말하고 있었다.

"예수와 막달레나의 결합에 대한 많은 참조문들을 일일이 보여줄 수는 없어요. 현대 역사가들에 의해서 구역질이 날 만큼 탐구되었으니까. 다만 이 구절만큼은 보여주고 싶소."

티빙은 다른 구절을 가리켰다.

"이 구절은 마리아 막달레나의 복음서에서 나온 거요."

소피는 막달레나의 말들이 존재하는 복음서가 있는지 몰랐었다. 소피는 구절을 읽었다.

그리고 베드로가 말하길, "그리스도가 정말로 우리 모르게 그 여자와 얘기했나? 우리가 모두 돌아서서 그 여자의 말에 귀를 기울여야 한단 말인가? 주님은 우리보다 그 여자를 더 좋아하는 것인가?"

그리고 레위가 말하길, "베드로, 자네는 항상 성질이 불 같았지. 이제 보니 자네는 적이라도 되는 것처럼 여자에게 대항하려 드는군. 주님이 그녀를 가치 있게 만드신 거라면, 그녀를 거부하는 자네는 정말로 누구인가? 분명히 주님은 그녀를 잘 알고 있네. 그래서 주님은 우리보다 그녀를 더 사랑하는 것일세."

티빙이 설명했다.

"그들이 얘기하는 여자는, 마리아 막달레나요. 베드로는 그녀를 질투하고 있었지."

"예수가 마리아를 더 좋아했기 때문에?"

"그것뿐만이 아니오. 단순한 애정 이상의 문제였던 거지. 복음서에 나온 이 시점은, 예수가 곧 십자가에 처형될 것이라는 것을 예수 자신이 알고 있던 때였소. 그래서 예수는 자신이 죽은 뒤에 교회를 어떻게 이끌어 갈지에 대한 지시를 마리아 막달레나에게 주었어요. 그 결과, 베드로는 여자 밑에서 단역을 맡게 된 것에 대한 불만을 표현한 거요. 나는 베드로가 성 차별주의자였다고 단언할 수 있소."

소피는 이야기를 따라가려고 노력했다.

"그 사람이 성 베드로인가요? 그의 반석 위에 예수가 교회를 세우리라고 했던?"

"맞소. 하나만 제외하면 그렇지. 각색되지 않은 복음서들에 따르면,

그리스도가 기독교 교회를 세우라는 지시를 내린 사람은 베드로가 아니었다오. 그것은 마리아 막달레나였지."

소피는 티빙을 쳐다보았다.

"지금 기독교 교회가 여자의 손에 전수되었다고 말씀하시는 거예요?"

"그것이 예수의 계획이었소. 예수는 원래 페미니스트였거든. 예수는 자기 교회의 미래를 '마리아 막달레나'의 손에 둘 의도였지."

〈최후의 만찬〉을 가리키며 랭던이 말했다.

"그리고 베드로는 그 일에 대해 불만을 가졌고. 저기 베드로가 있습니다. 베드로가 마리아 막달레나에 대해서 어떻게 느끼고 있는지, 다빈치는 잘 알고 있었다는 것을 확인할 수 있을 거요."

다시 소피는 말을 잃었다. 그림에서 베드로는 마리아 막달레나를 향해 위협적으로 몸을 기대며, 칼날 같은 손을 그녀의 목에 들이대고 있었다. 〈암굴의 성모〉에서 본 것과 같은 위협적인 자세였다.

베드로 근처에 있는 제자들 무더기를 지적하며 랭던이 말했다.

"그리고 여기에도 또. 좀 불길하죠, 안 그래요?"

소피는 눈을 가늘게 뜨고, 제자들 사이에서 불쑥 나온 손을 바라보았다.

"지금 저 손에 '단검'이 들려 있는 거예요?"

"그래요. 여전히 이상하긴 하지만, 자세히 보면 저 손은…… 누구의 손도 아닙니다. 잘려 나온 손이지. 익명의 손이오."

소피는 압도당하는 느낌이었다.

"미안해요. 이 모든 것이 어떻게 마리아 막달레나를 성배로 만드는지 난 모르겠어요."

티빙은 소리쳤다.

"아하! 아직도 장애물이 있구먼!"

티빙은 다시 탁자로 가서 커다란 차트를 들고 와 소피 앞에 펼쳤다. 차트는 공들여 만든 가계도였다.

"사람들은 대부분 마리아 막달레나가 그리스도의 오른팔이었다는 것을 비롯해서, 그녀가 힘있는 가문의 여자였다는 것을 몰라요."

소피는 가계도의 제목을 보았다.

베냐민 족.

"마리아 막달레나는 여기 있다오."

가계도의 윗부분을 가리키며 티빙이 말했다.

소피는 놀랐다.

"그녀가 베냐민 가문의 한 사람이었다고요?"

"정말이오. 마리아 막달레나는 왕족의 후손이었지."

티빙이 말했다.

"하지만 저는 막달레나가 가난한 여자라는 인상을 갖고 있었어요."

티빙은 머리를 흔들었다.

"막달레나가 대단한 가문의 일원이라는 증거를 없애기 위해 창녀라는 이미지를 덧씌워 버린 거요."

소피는 자신이 다시 랭던을 보고 있음을 알았다. 랭던은 다시 고개를 끄덕였다. 소피는 티빙을 돌아보았다.

"하지만 왜 초기 교회들은 막달레나가 왕족의 피를 가졌는지에 신경을 썼을까요?"

영국인은 미소를 지었다.

"아가씨, 교회를 걱정시킨 것은 마리아 막달레나의 왕족의 피가 아니었다오. 막달레나가 그리스도와 어울려 다닌 것만큼은 아니었지. 그리스도 역시 왕족의 피를 가졌으니까. 알다시피, 마태복음은 예수가 다윗 가문의 후손이라고 말하고 있어요. 유대인들의 왕인 솔로몬의 후손 말이오. 예수가 세력가인 베냐민 가문과 결혼하는 일은, 두 왕족의 피를 섞는 일이었지. 솔로몬 밑에서 그랬던 것처럼 왕가의 혈통을 회복하고, 왕관을 합법적으로 요구할 수 있는 잠재력을 가진 정치적인 결합을 만들어 냈던 거요."

소피는 티빙이 마지막 요지에 이르렀다는 느낌이 들었다.

티빙은 몹시 흥분한 것처럼 보였다.

"성배에 대한 전설은 왕족의 피에 대한 전설이오. 성배 전설이 '그리스도의 피를 담은 잔'이라고 말하는 것은…… 사실은 예수라는 왕족의 혈통을 품은 여자의 자궁, 마리아 막달레나였소."

티빙의 얘기는 소피의 마음에 충분히 와 닿기 전에, 서재를 한 바퀴 울리고 다시 돌아온 듯했다.

'마리아 막달레나가 예수 그리스도라는 왕족의 혈통을 품고 있었다?'

"하지만 어떻게 그리스도가 혈통을 가질 수……?"

소피는 말을 멈추고 랭던을 쳐다보았다.

랭던은 부드럽게 미소를 지었다.

"만일 그들에게 아이가 없다면."

소피는 꼼짝할 수가 없었다.

티빙이 선언했다.

"그대로 있어요. 인류 역사상 가장 위대한 은폐를 지켜보구려. 예수 그리스도는 결혼했을 뿐만 아니라 아버지였다오. 아가씨, 마리아 막달레나는 성스러운 그릇이었지. 그녀는 예수 그리스도의 왕족의 혈통을 담은 잔이었던 거요. 혈통을 품은 자궁이자, 신성한 열매를 퍼뜨릴 줄기였지!"

소피는 팔의 털이 일제히 곤두서는 것을 느꼈다.

"하지만 어떻게 그런 엄청난 비밀이 이렇게 오랜 세월 동안 조용히 묻혀 있었던 거죠?"

"하느님! 조용했다고는 할 수 없지! 예수 그리스도의 혈통은 항상 지속되어 온 전설, 즉 성배의 근원이라오. 막달레나에 관한 이야기는 온갖 종류의 은유와 언어로 수백년 동안 지붕에서부터 소리치고 있었지. 아가씨가 눈을 뜨면 막달레나 얘기는 어디에나 있다는 것을 알게 될 거요."

"그럼 상그리엘 문서요? 그 문서에는 예수가 왕족의 혈통을 이어 갔다는 증거가 분명하게 들어 있나요?"

"그렇다오."

"그럼 성배 전설에 관한 모든 것은 오직 왕족의 피에 관한 것이란 말인가요?"

"말 그대로라면 그렇다오. 상그리엘이란 말은 성배를 나타내는 말, 상(san)과 그리엘(Greal)이 합쳐진 거요. 하지만 가장 고대적인 형태로 보면, 상그리엘은 다른 지점에서 갈라지오."

티빙은 공책 한 장에 뭔가를 적어서 소피에게 건넸다.

소피는 티빙이 적은 것을 읽었다.

상 레알(Sang Real)

소피는 이 단어를 즉시 번역했다.

'상 레알'은 문자 그대로 '왕족의 피'를 뜻했다.

59

뉴욕 렉싱턴 가, 오푸스 데이 본부 로비에서 전화를 받은 남자 안내원은 아링가로사 주교의 목소리를 듣고 깜짝 놀랐다.

"안녕하십니까? 주교님."

"내게 온 메시지가 혹시 있는가?"

이상하리만큼 걱정스러운 목소리로 주교가 물었다.

"그렇습니다. 주교님이 전화를 걸어주셔서 매우 다행입니다. 주교님의 아파트에 연락이 되어야 말이죠. 삼십 분 전쯤에 급한 전화 메시지가 왔습니다."

"그래? 전화를 건 사람이 이름을 남겼나?"

주교는 안도하는 듯했다.

"아닙니다, 주교님. 그저 전화번호뿐입니다."

안내원은 번호를 불렀다.

"앞 번호가 삼십삼? 이건 프랑스 국가번호 아닌가, 맞나?"

"그렇습니다. 전화 거신 분이 그러는데, 매우 중요한 일이니 즉시 연락해 달라고 했습니다."

"고맙네. 내가 기다리던 전화일세"

아링가로사는 즉시 전화를 끊었다.

안내원은 수화기를 내려놓으면서, 아링가로사의 전화 연결 상태가 왜 이렇게 좋지 않은지 의아하게 생각했다. 주교의 일정표를 보면 이번 주말에는 뉴욕에 있어야 했다. 하지만 주교는 어디 멀리에 있는 것 같았다. 안내원은 어깨를 으쓱했다. 최근 몇 달 간 아링가로사 주교가 매우 이상한 행동을 보였기 때문이다.

'내 휴대 전화기가 전화를 수신하지 못한 것이 틀림없군.'

피아트 승용차에 앉아 로마의 참피노 전세기 비행장 출입구를 통과하면서 아링가로사는 생각했다.

'스승은 나에게 연락하려고 했었어.'

아링가로사는 전화를 놓쳤다는 우려에도 불구하고, 스승이 직접 오푸스 데이에 전화를 걸 정도로 풀어져 있다는 사실에 마음을 놓았다.

'오늘 밤 파리에서의 일이 잘 풀린 모양이야.'

번호를 누르면서, 곧 파리에 도착하게 될 거라는 생각에 아링가로사는 흥분을 느꼈다.

'날이 밝기 전에 파리에 도착하게 될 거야.'

아링가로사는 프랑스로 가기 위해 터보 프로펠러 전세기를 대기시켜 놓았다. 이런 시간에 특히 귀중한 가방을 들고 일반 비행기를 타는 것은 좋은 선택이 아니었다.

신호가 가기 시작했다.

여자가 전화를 받았다.

"중앙사법경찰국입니다."

아링가로사는 머뭇거렸다. 전혀 예상치 못한 곳이었다.

"아, 그래요…… 이 번호로 전화를 걸어 달라는 부탁을 받았소만?"

"누구시죠? 당신의 이름은요?"

아링가로사는 자기 이름을 밝혀도 되는 건지 확신이 서질 않았다.

'프랑스 사법경찰?'

"이름이, 미스터?"

여자가 재촉했다.

"마누엘 아링가로사 주교요."

"잠깐만 기다리세요."

전화선이 딸각거리는 소리가 났다.

한참을 기다린 후 어떤 남자가 나왔다. 남자의 목소리는 거칠고 근심이 어려 있었다.

"주교님, 마침내 연락이 닿아서 다행입니다. 주교님과 제가 의논해야 할 것이 많습니다."

60

'상그리엘…… 상 레알…… 상 그리엘…… 왕족의 피…… 성배.'

이 모든 것들은 서로 연결되어 있었다.

'성배는 마리아 막달레나였어…… 예수 그리스도의 혈통을 이어 갈 어머니.'

소피는 새로운 혼란이 밀려오는 것을 느꼈다. 침묵에 잠긴 서재에 서서 소피는 랭던을 응시했다. 티빙과 랭던이 더 많은 조각들을 탁자에 올려 놓을수록, 오늘 밤의 수수께끼는 더욱 예측할 수 없는 것으로 변해 가는 것 같았다.

책장으로 절룩거리며 걸어가면서 티빙이 말했다.

"이제 알겠지만, 세상에 대고 성배의 진실을 말하려고 했던 사람은 레오나르도만이 아니야. 예수 그리스도의 혈통은 많은 역사가들에 의해서 연대기 순으로 자세하게 기록되었지."

티빙은 일렬로 늘어선 수십 권의 책들을 손가락으로 짚어 보였다.

소피는 고개를 들어 제목을 훑었다.

《성전의 폭로 : 그리스도의 진짜 정체에 대한 비밀의 파수꾼들》

《석고 단지를 가진 여인 : 마리아 막달레나와 성배》
《복음서의 여신 : 신성한 여성을 찾아서》

"여기 이것이 가장 유명한 책일 거요."

책장에서 너덜너덜한 표지의 책을 한 권 꺼내 소피에게 건네며 티빙이 말했다.

표지는 다음과 같았다.

《신성한 피, 신성한 잔 : 세계적인 베스트 셀러》

소피는 고개를 들었다.

"세계적인 베스트 셀러? 전 들어본 적이 없는데요."

"아가씨가 어렸을 때였기 때문일 거요. 이 책은 1980년대에 대단한 소동을 불러일으켰지. 내 취향에 맞게 저자들은 믿음을 분석하는 일에 좀 모호한 도약을 시도했지만, 그네들의 기본적인 전제는 합리적이었다오. 마침내 그리스도의 혈통을 주류의 반열에 올려놓았으니까."

"이 책에 대한 교회의 반응은 어땠나요?"

"물론 격노했지. 하지만 그런 반응은 이미 예상한 일이었어. 어쨌든 이것은 초기 사백 년 동안 바티칸이 묻으려고 했던 비밀이었으니까. 십자군이 한 일의 일부이기도 하고. 정보를 모으고 파괴하는 일 따위 말이야. 초기 교회의 남자들에게 그들 앞에 놓인 마리아 막달레나는 모든 것을 파괴할 위험이 잠재되어 있는 무시무시한 존재였지. 예수가 교회를 세우라는 과업을 여자인 그녀에게 맡겼을 뿐만 아니라, 교회가 새롭게 내세우는 예수라는 신이 사실은 인간의 혈통을 이어 가고 있다는 실질적인 증거가 그녀였으니까. 막달레나의 힘에 대항해 자신들을 보호하기 위해서, 교회는 그녀의 이미지를 창녀로 만들고 그녀와 예수가 결혼한 증거를 묻어 버리려고 했어요. 그래서 훗날에 그리스도에게 자기 혈통이 있고, 그리스도는 한 사람의 예언자일 뿐이었다는 주장이 나오지 못하도록 뿌리를 뽑아 버리려고 한 게야."

소피가 랭던을 쳐다보자 랭던은 고개를 끄덕였다.

"소피, 이를 뒷받침하는 역사적 증거들은 실제로 존재합니다."

티빙이 말했다.

"이 주장이 절박하게 들린다는 것을 나도 인정해요. 하지만 그런 위장을 행한 교회의 강력한 동기를 이해해야만 하오. 교회는 혈통에 대한 공식적인 지식을 결코 용납하지 않았어요. 예수의 아이는 그리스도가 가진 신성이라는 중요한 개념을 손상시키는 존재였지. 그래서 기독교 교회는 인간이 신에게 접근할 수 있고, 천국으로 가는 문을 얻을 수 있는 유일한 통로가 자기들이라고 선언한 거라오."

갑자기 티빙의 장서들 가운데 한 권을 가리키며 소피가 말했다.

"다섯 장의 꽃잎을 가진 장미."

'장미목 상자에 새겨진 것과 똑같은 디자인이야.'

티빙은 랭던을 바라보며 싱긋 웃었다. 그리고 소피를 향해 돌아섰다.

"아가씨는 좋은 눈을 가지고 있군 그래. 저건 성배를 나타내는 시온의 상징이오. 마리아 막달레나지. 교회가 그녀의 이름을 금지하고 있었기 때문에, 마리아 막달레나는 많은 가명으로 은밀하게 불려졌어요. 예를 들어 잔, 성배, 장미."

티빙은 잠시 말을 멈췄다.

"장미는 비너스를 나타내는 오각형의 별 모양과도 관련이 있고, 안내를 맡는 로즈 나침반과도 연관이 있어요. 그리고 로즈라는 단어는 영어든, 프랑스어든, 독일어든, 많은 다른 언어권에서 동일하니까."

랭던이 덧붙였다.

"로즈(rose)는 또한 에로스(Eros)라는 말의 아나그램입니다. 사랑을 상징하는 그리스 신 말이오."

티빙이 다가올 때 소피는 랭던에게 놀라는 시선을 던졌다.

"장미는 항상 여성의 성을 나타내는 원시적인 상징이었지. 초기의 원시적인 여신 제사에서 다섯 장의 꽃잎은 여성의 일생을 표현한 다섯 개의 정류장이었어요. 출생, 월경, 잉태, 폐경 그리고 죽음. 현대에 와서 피어난 장미와 여성스러움은 보다 시각적으로 받아들여지고 있지."

티빙은 랭던을 바라보았다.

"아마 우리 기호학자가 설명을 잘하겠지?"

그러나 랭던은 한참 동안 망설이기만 할 뿐이었다.

티빙이 발끈했다.

"오, 이런! 자네 같은 미국인들은 얌전한 체하는 데 선수로구먼."

티빙은 소피를 뒤돌아보았다.

"랭던이 망설이는 것은, 활짝 핀 장미꽃이 여성의 외음부를 닮았기 때문이라오. 모든 인류가 세상으로 나오는 고귀한 통로지. 조지아 오키프의 그림을 한 번이라도 본 적이 있다면, 내가 무슨 말을 하는지 즉시 알 수 있을 거요."

책장을 다시 가리키며 랭던이 말했다.

"요점은 이거요. 여기 있는 모든 책들은 동일한 역사적 주장을 증명하고 있다는 겁니다."

"예수가 아빠였다는 얘기로군요."

소피는 여전히 확신할 수 없었다.

티빙이 말했다.

"그렇다오. 그리고 마리아 막달레나는 예수의 혈통을 품은 자궁이었지. 시온 수도회는 이날까지 마리아 막달레나를 여신, 성배, 장미, 그리고 신성한 어머니로서 여전히 숭배한다오."

소피는 노르망디 별장의 지하실에서 보았던 의식이 번쩍 떠올랐다.

티빙은 계속했다.

"시온에 따르면, 예수가 십자가에 처형당할 당시 마리아 막달레나는 임신 중이었다고 해요. 아직 태어나지 않은 그리스도의 아이의 안전을 위해서 그녀는 성스러운 땅에서 도망칠 수밖에 없었지. 예수의 신실한 삼촌인 아리마테아의 요셉의 도움을 받아, 막달레나는 프랑스로 은밀하게 몸을 옮겼다오. 당시에 프랑스는 골이라고 불렸지. 그녀는 프랑스에 있는 유대인 공동체에서 안전한 장소를 찾았어. 그녀가 딸을 낳은 것도 여기 프랑스였어요. 아이의 이름은 사라였지."

소피는 눈을 들었다.

"시온이 실제로 아이의 이름을 알고 있었나요?"

"그 이상이지. 막달레나와 사라의 삶은 그들을 보호하던 유대인들에 의해서 꼼꼼하게 기록되었지. 막달레나의 아이는 다윗과 솔로몬이라는 유대 왕의 후손이라는 것을 기억해요. 이런 이유로 프랑스에 있는 유대인들은 막달레나를 신성한 왕족으로 여기고, 왕가의 혈통을 유지한 그녀를 존경했지. 많은 학자들이 사라의 출산과 그 이후의 가계도를 포함해서, 프랑스에 있던 막달레나의 일상을 기록했다오."

소피는 깜짝 놀랐다.

"예수 그리스도의 가계도가 존재한다고요?"

"정말이오. 그리고 그것은 상그리엘 문서의 한 주춧돌이지. 그리스도의 초기 후손들을 밝힌 완벽한 가계도요."

소피가 물었다.

"그리스도의 혈통을 보여주는 문서화된 가계도가 뭐 그리 좋을 것이 있나요? 그건 증거가 아닐 수도 있어요. 역사가들은 가계도가 진짜인지 아닌지 당연히 의심할 거라고요."

티빙은 소리내어 웃었다.

"역사가들이 성경의 진위를 놓고 이게 진짜요, 라고 말하는 것과 다를 바가 없는 일이지."

"무슨 뜻이죠?"

"역사란 항상 승자에 의해서 씌어진다는 뜻이오. 두 문화가 충돌했을 때, 진 쪽은 잊혀지는 법이지. 승자는 자신들의 이유를 정당화하고, 패자의 명예를 손상시키는 역사를 쓰기 마련이라오. 나폴레옹도 말한 적이 있지. '역사란 합의된 우화에 지나지 않는다.' 그 본질을 볼 때, 역사란 항상 한쪽의 설명일 뿐이라오."

티빙은 웃었다.

소피는 결코 그런 식으로 생각해 본 적이 없었다.

"상그리엘 문서들은 그리스도의 다른 면을 단순히 얘기해 주는 거요. 결국 어느 쪽 이야기를 아가씨가 믿을 것인가는 믿음과 개인 탐구의 문제라오. 하지만 적어도 이 정보는 살아 있지. 상그리엘 문서는 정보를 담은 수만 부의 기록들이오. 상그리엘의 보물을 눈으로 목격한 사람들은 네 개의 커다란 궤짝으로 그것들이 옮겨졌다고 적고 있어요. 그 궤짝 안에 든 '가장 순수한 문서들'은 변형을 거치지 않은 수천 장의 종이라오. 콘스탄티누스 시대 이전의 기록이지. 그리고 예수를 인간적인 스승과 예언자로서 존경한 초기 추종자들에 의해서 기록된 것이라오. 게다가 보물의 일부는 전설적인 'Q' 문서라는 소문이 있어요. 이 문서는 바티칸조차 실제로 존재할 것이라고 인정하는 원고요. 예수 자신이 직접 썼을 것으로 생각되는 가르침을 담은 책이라오."

"예수가 직접 써요?"

"물론이오. 왜 자기 행적을 자기가 기록하지 않았겠소? 당시 사람들은 모두가 그렇게 했는데. 보물상자 안에 들어 있을 것으로 생각되는 또 하나의 놀라운 문서는 '막달레나의 일기'라고 불리는 원고라오. 그리스도와의 관계, 그리스도의 십자가 처형, 그녀가 프랑스에서 보낸 일 등을 적은 마리아 막달레나의 개인적인 기록이지."

소피는 잠시 침묵을 지켰다.

"그럼 그 네 개의 궤짝이 솔로몬의 신전 밑에서 성당 기사단이 발견한 보물인가요?"

"맞아요. 그 문서는 기사들을 강력한 존재로 만들어 주었지. 그리고 역사에 걸쳐 끊임없는 성배 원정의 표적이 되었던 거요."

"하지만 성배는 마리아 막달레나라고 했잖아요. 만일 사람들이 문서를 찾아 헤맨 거라면, 왜 성배를 찾는다고 했던 거죠?"

티빙은 표정을 부드럽게 가라앉히며 소피를 보았다.

"성배를 숨긴 장소가 돌로 만들어진 관을 포함하고 있었기 때문이라오."

밖에서는 바람이 나무 사이로 울며 지나가고 있었다.

티빙은 더욱 조용한 목소리로 얘기했다.

"성배를 찾아 떠난 원정은 말 그대로 마리아 막달레나의 뼈 앞에 무릎을 꿇기 위해 떠난 원정이었지. 쫓겨난 여성이자 잃어버린 신성한 여성의 발에 기도를 드리기 위한 여행이었던 거요."

소피는 놀라움을 느꼈다.

"성배를 숨긴 장소가 실제로는…… 무덤이라고요?"

티빙의 갈색 눈에 물기가 어렸다.

"그렇다오. 마리아 막달레나의 삶의 진실을 전하는 문서와 그녀의 시신을 담은 무덤이지. 본질적으로 성배를 위한 원정은 항상 막달레나를 위한 원정이었던 거요. 그녀의 가족이 정당하게 권력을 요구할 수 있는 증거와 함께 묻힌 모욕당한 여왕."

티빙이 자신을 추스르는 동안 소피는 기다렸다. 할아버지에 관한 많은 부분이 아직도 이해되지 않았다. 소피는 마침내 입을 열었다.

"시온의 멤버들은 지난 세월 동안 상그리엘 문서들과 막달레나의 무덤을 보호하는 책임을 지고 있었나요?"

"그래요. 하지만 한 가지가 더 있지. 가장 중요한 의무는 혈통, 그 자체를 보호하는 것이었어. 그리스도의 자손은 끊임없는 위험에 처해 있었거든. 초기 교회는 예수의 혈통이 자라도록 승인한다면, 결국 예수와 막달레나 사이의 비밀이 표면에 떠오르게 되고 기본적인 가톨릭 교리는 도전받을 거라는 두려움에 떨었을 거요. 가톨릭 교리에서 말하는 신성한 메시아는 여자와 어울려 다니지도 않고, 성관계도 갖지 않는 존재였으니까."

티빙은 뜸을 들였다.

"하지만 그리스도의 혈통은 프랑스에서 보호 아래 조용히 자라났어요. 오 세기경 프랑스 왕가와 결혼을 통해서 두드러진 움직임을 보이기 전까지는 말이오. 두 왕족의 피는 메로빙거 왕조라는 가계를 창조했지."

이 말은 소피를 놀라게 했다. 메로빙거라는 말은 프랑스에 있는 학생이라면 누구나 배우는 용어였다.

"메로빙거 왕조라면 파리를 세운 왕조예요."

"그래요. 성배 전설이 프랑스에서 풍부한 이유 중 하나라오. 바티칸에서 내보낸 성배 탐색가들이 여기 프랑스에 많이 있는데, 사실 그들은 그리스도의 혈통을 가진 사람들을 없애려는 은밀한 사명을 띠고 있지요. 다고베르 왕에 대해서 들어본 적이 있소?"

소피는 역사수업 시간에 들은 무시무시한 이야기에서 그 이름을 희미하게 기억해 낼 수 있었다.

"다고베르는 메로빙거 왕조의 왕이었어요, 그렇지 않은가요? 잠을 자다가 칼에 눈이 찔렸지요?"

"정확해요. 왕은 페팽 데리스탈과 공모한 바티칸에 의해서 암살된 거라오. 최근 칠백 년 동안, 다고베르의 암살과 함께 메로빙거 왕조의 혈통은 거의 전멸되었지. 하지만 다행스럽게도 다고베르의 아들, 시지스베르가 공격을 은밀히 피해서 혈통을 이어 갔어요. 이 혈통은 나중에 부이용의 고드프루아에게 이어지는 것이라오. 시온 수도회의 설립자 말이오."

랭던이 말을 이어받았다.

"성당 기사단에게 솔로몬의 신전 아래에 있는 상그리엘 문서들을 회수해 오라고 명령한 바로 그 사람입니다. 그리고 그 문서로 메로빙거 왕조가 예수 그리스도와 피로 맺어져 있다는 증거를 제시하려고 했었어요."

깊은 한숨을 쉬며 티빙이 고개를 끄덕였다.

"현대의 시온 수도회는 중대한 의무를 지니고 있어요. 그 의무는 세 가지인데, 하나는 상그리엘 문서를 보호하는 것이고, 그 다음은 마리아 막달레나의 무덤을 보호하는 거고, 마지막으로 그리스도의 혈통을 양육하고 보호할 의무요. 현재까지 살아남은 메로빙거 왕조의 혈통을 가진 사람을 말이오."

티빙의 말이 넓은 공간에 떠돌고, 뼈들이 새로운 사실에 공명이라도 하는 것처럼 소피는 기이한 진동을 느꼈다.

'현대까지 살아남은 예수의 후손들.'

할아버지의 목소리가 다시 그녀의 귀에 속삭이고 있었다.

'프린세스, 가족에 관한 진실을 네게 얘기해야만 한다.'

냉기가 그녀의 살을 파고들었다.

'왕족의 피.'

그녀는 상상할 수도 없었다.

'프린세스 소피.'

"주인님? 부엌에서 저를 잠깐 보시겠습니까?"

벽에 걸린 인터콤을 통해 집사의 목소리가 갑자기 울리자, 소피는 깜짝 놀라 펄쩍 뛰었다.

티빙은 뜻밖의 간섭에 눈을 부라렸다. 티빙은 인터콤으로 걸어가서 버튼을 눌렀다.

"레미, 자네도 알다시피 난 손님들 때문에 바쁘네. 부엌에서 필요한 것이 있으면, 우리가 알아서 가져다 먹겠네. 고맙네, 그럼 잘 자게나."

"물러가기 전에 말씀드릴 것이 있는데요, 주인님."

티빙은 툴툴대며 버튼을 눌렀다.

"빨리 말하게나, 레미."

"집안 문제입니다, 주인님. 손님들이 들으시기엔 좀 그런데요."

티빙은 믿을 수 없다는 표정을 지어 보였다.

"그럼 아침까지 기다릴 수는 없겠나?"

"안 됩니다, 주인님. 급한 일입니다."

티빙은 눈동자를 굴리다가 랭던과 소피를 보았다.

"가끔은 누가 누구에게 봉사하는지 의문이 든다니까."

티빙은 다시 버튼은 눌렀다.

"곧 가겠네. 그리로 갈 때 내가 가져다줄 것은 없나?"

"오직 압제로부터의 자유만 있으면 됩니다, 주인님."

"레미, 자네가 날 위해서 여전히 일하고 있는 단 한 가지 이유는 자네의 스테이크 요리 솜씨 때문이란 걸 명심하게나."

"그럼요 주인님, 그러믄요."

61

프린세스 소피.

홀 아래로 사라져 가는 티빙의 목발 소리에 귀를 기울이며 소피는
멍한 기분이었다. 마비된 듯한 표정으로 소피는 랭던을 돌아보았다.
그는 소피의 마음을 읽은 듯이 벌써 고개를 젓고 있었다.

눈동자를 응시하면서 랭던은 속삭였다.

"아니오, 소피. 당신 할아버지가 시온 사람이었다는 것을 깨달았을
때 당신과 같은 생각이 내 마음을 스치고 지나갔소. 그리고 그가 당신
에게 가족에 대한 비밀을 말하고 싶어했다고 얘기했을 때도. 하지만
그건 불가능해요. 소니에르라는 성은 메로빙거 이름이 아니오."

소피는 자신이 안심하는 것인지, 실망하는 것인지 알 수 없었다. 랭
던은 어머니의 처녀 때 성이 무엇이냐고 지나가는 듯한 말로 물은 적
이 있었다. 쇼벨. 이제야 그 질문이 이해되었다. 소피는 긴장했다.

"그럼 쇼벨은?"

랭던은 다시 머리를 저었다.

"미안하오. 그게 당신의 궁금증에 답이 되어 줄 수 있다는 거 알고
있소. 메로빙거 핏줄은 오직 두 성씨로만 남아 있어요. 바로 플랑타르

와 생클레르요. 양쪽 이름을 가진 사람들은 숨어서 살고 있고, 아마도 시온의 보호를 받고 있을 거요."

소피는 그 이름들을 속으로 반복해서 불러본 후 머리를 저었다. 플랑타르나 생클레르라는 이름을 가진 사람은 그녀의 가족 가운데 없었다. 소피는 할아버지가 자신에게 드러내고자 한 진실이 무엇인지를 이해하는 데 있어, 루브르 박물관 안에 있을 때보다 조금도 나아진 게 없다는 것을 깨달았다. 할아버지가 오늘 오후에 가족에 대해서 언급하지 않았다면 좋았을 것이라는 생각이 들었다. 지금도 고통을 느끼고 있는 오랜 상처를 할아버지가 찢어발긴 것이다.

'그들은 죽었다, 소피. 다시는 돌아오지 않아.'

밤에 잠이 들 때까지 엄마가 노래를 불러준 일과 어깨에 무동을 태워주던 아버지, 빛나는 녹색 눈으로 자기를 보며 웃던 할머니와 남동생이 떠올랐다. 모든 것을 도둑맞았다. 그리고 그녀에게 남은 것은 할아버지뿐이었다.

'이제 할아버지도 돌아가셨다. 난 혼자야.'

소피는 재빨리 〈최후의 만찬〉을 향해 돌아서서 마리아 막달레나의 붉은 머리와 차분한 눈동자를 응시했다. 여자의 표정에는 사랑하는 사람을 잃은 상실감이 맴돌고 있는 것 같았다. 소피는 그 감정을 느낄 수 있었다.

"로버트?"

소피가 부드럽게 말했다.

랭던은 소피 가까이 다가갔다.

"성배 이야기는 우리 주위에 널려 있다고 레이 경이 얘기했어요. 하지만 내가 이런 얘기를 들은 것은 오늘 밤이 처음이에요."

랭던은 소피의 어깨에 위로의 손을 올리고 싶었지만 참았다.

"성배에 관한 이야기를 들어본 적이 있을 거요, 소피. 모두가 그래요. 우리가 그 이야기를 들었을 때, 단지 깨닫지 못할 뿐이오."

"잘 모르겠어요."

"성배 이야기는 도처에 있소. 다만 숨겨져 있을 뿐이지. 교회가 피신한 마리아 막달레나에 대한 언급을 금했을 때, 그녀의 이야기와 중요성은 아주 신중하게 전래되었소…… 은유와 상징을 지지하는 채널들을 통해서 말이오."

"그렇군요. 예술이로군요."

랭던은 〈최후의 만찬〉을 손짓했다.

"완벽한 예요. 오늘날 예술, 문학, 음악의 일부는 마리아 막달레나와 예수에 관한 역사를 얘기하고 있소."

랭던은 재빨리 다 빈치와 보티첼리, 푸생, 베르니니, 모차르트, 그리고 빅토르 위고의 작품에 대해서 얘기했다. 모두들 추방당한 신성한 여성을 복원하려는 원정에 대해서 속삭이고 있었다. 《거웨인 경과 녹색의 기사》《아서왕》 그리고 《잠자는 숲속의 미녀》 같은 얘기들은 모두 성배에 대한 비유였다. 빅토르 위고의 《노트르담의 꼽추》나 모차르트의 〈마술 피리〉는 프리메이슨의 상징과 성배의 비밀로 가득한 작품들이었다.

"일단 성배에 대해서 눈을 뜨면, 어디에서나 그녀를 찾을 수 있소. 그림, 음악, 책, 심지어 만화나 테마 파크, 인기 있는 영화에서도 말이오."

랭던은 미키 마우스 손목시계를 들어 보이며 소피에게 말했다. 월트 디즈니의 경우 성배 이야기를 다음 세대에 전하기 위해 일생을 바쳐 일한 사람이었다. 디즈니는 그의 전생애를 통해서 현대판 레오나르도 다 빈치라는 찬사를 받았다. 두 사람 모두 자신의 시대보다 몇 세대 앞서 살았고, 아주 특별한 재능을 부여받은 예술가들이었으며, 비밀 단체의 회원이었고, 확실히 장난꾸러기들이었다. 레오나르도처럼 월트 디즈니는 숨겨진 메시지와 상징을 자기 예술 속에 섞어 놓기를 좋아했다. 훈련된 기호학자가 디즈니의 초기 영화들을 보는 일은 암시와 은유의 눈사태를 만나는 것과 다름없었다.

디즈니가 숨긴 메시지들 대부분은 종교, 이교도의 신화, 추방당한 여신의 이야기를 다루고 있었다. 디즈니가 〈신데렐라〉나 〈잠자는 숲속의 공주〉〈백설공주〉 이야기 등을 다시 꺼내든 것은 우연이 아니었다. 이 이야기들은 모두 신성한 여성을 유폐하는 내용을 다루기 때문이다. 독이 든 사과를 한 입 먹고 쓰러진 백설공주가 에덴 동산으로부터 추방당한 이브라는 분명한 암시를 이해하기 위해 기호학이란 배경을 필요로 할 사람은 아무도 없을 것이다. 또 〈잠자는 숲속의 공주〉에 등장하는 오로라 공주가 사악한 마녀의 손길을 피해서, 자신을 보호하기 위해 숲 깊이 숨어 있다는 내용은 아이들을 위한 성배 이야기였던 것이다.

회사 이미지에도 불구하고, 디즈니 사의 직원들은 여전히 재치있고 장난기 넘치는 요소들을 지니고 있다. 그래서 이 회사의 예술가들은 작품에 은밀한 상징을 끼워 넣는 일을 즐기고 있는 것처럼 보인다. 랭던은 자기 학생들 중 한 명이 〈라이온 킹〉이라는 DVD를 가지고 와서, 섹스(SEX)라는 단어가 분명히 떠 있는 프레임 하나를 정지시켜 보여준 일을 결코 잊지 못했다. 이 단어는 심바의 머리 위에서 떠도는 먼지 조각들처럼 흐트러져 있었다. 랭던은 이 장면이 인간의 성애를 다루는 이교도에 대한 계몽적인 암시라기보다는 만화가의 미숙한 장난질에 가깝다고 생각했지만, 상징을 파악하는 디즈니의 능력을 과소평가해서는 안 된다는 것을 배웠다. 〈인어공주〉는 특히 여신과 관련된 영적인 상징들로 가득 짜인 융단과도 같아서, 모든 것이 우연의 일치라고 보기가 어려울 정도였다.

랭던은 〈인어공주〉를 처음 보았을 때, 아리엘의 바닷속 집에 걸려 있는 그림이 바로 17세기 화가, 조르주 드 라 투르의 〈참회하는 막달레나〉라는 것을 깨닫고 한동안 입을 다물지 못했다. 이 그림은 추방당한 마리아 막달레나에게 경의를 표한 작품이었다. 이 같은 배경을 만화에 그려 넣음으로써, 90분짜리 〈인어공주〉 만화영화는 이시스,

이브, 물고기의 여신인 피세스, 그리고 마리아 막달레나처럼 잃어버린 거룩한 여성을 언급하는 야무진 상징들로 가득 찬 콜라주가 된 것이다. 인어공주의 이름인 아리엘은 신성한 여성과 강한 연대를 가지고 있으며, 이사야 서를 보면 '포위당한 성스러운 도시'를 뜻하는 말이기도 하다. 인어공주의 흐르는 듯한 붉은 머리카락 역시 우연이 아니었다.

티빙의 목발 소리가 점점 가까워져 오고 있었다. 그런데 발걸음에 이상할 정도로 힘이 들어가 있었다. 마침내 서재로 돌아온 주인의 얼굴은 딱딱하게 굳어 있었다.

티빙은 차갑게 말했다.

"로버트, 자네 입으로 직접 설명하는 것이 좋겠네. 내게 정직하지 않았군 그래."

62

"레이 경, 우린 죄를 뒤집어쓴 겁니다."

차분하려고 애쓰면서 랭던은 말했다.

'나를 알잖아요. 난 누구도 죽이질 못합니다.'

티빙의 어조는 누그러지지 않았다.

"로버트, 자네 얼굴이 텔레비전에 나왔네. 당국이 자네를 수배하고 있다는 걸 알고 있었는가?"

"예."

"그럼 자넨 나의 신뢰를 이용한 셈이군. 여기에 와서 나를 곤경에 밀어넣다니, 정말 놀랐네. 내가 성배에 대해서 늘어놓는 동안 내 집 안에 숨으려 들다니."

"난 아무도 죽이지 않았어요."

티빙은 슬픈 얼굴로 말했다

"자크 소니에르 씨가 죽었네. 경찰은 그게 자네 짓이라고 말했어. 예술에 그렇게 공헌을 한 사람을……"

집사가 나타나 서재 문가에 있는 티빙 뒤에 섰다.

"주인님, 저들을 내쫓을까요?"

"내게 맡기게."

티빙은 서재를 절름거리며 가로질러 갔다. 그리고 커다란 유리 창문의 빗장을 풀고 밖으로 활짝 열었다.

"자네 차를 찾아서 떠나주게나."

소피는 움직이지 않았다.

"우린 '클레 드 부트'에 대한 정보를 가지고 있어요. 시온의 쐐기돌 말이에요."

티빙은 소피를 몇 초 간 빤히 쳐다보다가 조소하는 코웃음을 쳤다.

"결사적으로 꾸며대는구먼. 내가 그것을 얼마나 찾아 헤맸는지 로버트는 알고 있지."

랭던이 말했다.

"그녀는 진실을 말하고 있어요. 그것이 우리가 당신을 찾아온 이유입니다. 쐐기돌에 대해서 얘기하려고 말입니다."

집사가 끼어들었다.

"떠나시오, 안 그러면 당국에 전화하겠소."

랭던이 속삭였다.

"레이 경, 우리는 그게 어디에 있는지 알고 있어요."

티빙이 지탱하고 있던 몸의 균형이 조금 흔들리는 것 같았다.

집사가 방을 가로질러 단호한 자세로 다가왔다.

"즉시 떠나시오. 안 그러면 내가 강제로……"

티빙이 돌아서서 집사를 붙잡았다.

"레미! 잠깐만 자리를 비켜주게."

집사의 턱이 벌어졌다.

"주인님? 분명히 한마디 해야겠습니다. 저 사람들은……"

"내가 처리하겠네."

티빙은 홀 쪽을 가리켰다.

어색한 침묵의 순간이 지나고, 레미는 쫓겨난 강아지처럼 나갔다.

열린 창문으로 시원한 밤바람이 밀려 들어왔다. 소피와 랭던을 향해 돌아선 티빙의 표정은 여전히 걱정스러웠다.

"이게 훨씬 낫군. 쐐기돌에 대해서 무엇을 알고 있는 건가?"

티빙의 서재 바깥, 무성한 덤불 속에서 사일래스는 권총을 빼든 채 유리 창문을 통해 안을 들여다보았다. 몇 분 전만 해도 넓은 서재에서 랭던과 여자가 얘기하는 것이 보였다. 안으로 들어가려는데, 갑자기 목발을 짚은 남자가 들어와서 랭던에게 고함을 쳤다. 그런 뒤에 창문을 열고 떠날 것을 요구했다.

'그때 여자가 쐐기돌 얘기를 꺼냈고, 모든 것이 바뀌었지.'

고함은 속삭이는 소리로 변했다. 분위기는 부드러워졌다. 그리고 유리 창문은 재빨리 닫혔다.

사일래스는 어둠에 몸을 숨기고, 유리창을 통해 안을 살폈다.

'쐐기돌은 이 집 어딘가에 있다.'

분명히 그것을 느낄 수 있었다.

사일래스는 창문으로 더욱 가까이 다가갔다. 무슨 얘기가 오가는지 듣고 싶었다. 사일래스는 저 사람들에게 앞으로 5분을 줄 생각이었다. 만일 저들이 쐐기돌을 어디에 숨겼는지 대화에서 나오지 않는다면, 안으로 들어가 무력으로 실토하게 할 작정이었다.

서재에서, 랭던은 집주인이 당황해하고 있음을 느꼈다.

소피를 바라보며 티빙이 목이 멘 목소리로 말했다.

"그랜드 마스터? 자크 소니에르 씨가?"

티빙의 눈에 깃든 충격을 바라보며 소피는 고개를 끄덕였다.

"하지만 아가씨가 그걸 어떻게 알지?"

"자크 소니에르 씨는 제 할아버지세요."

티빙은 목발을 짚은 채 뒤로 비틀거렸다. 랭던에게 시선을 던지자, 랭던은 고개를 끄덕였다. 티빙은 소피를 돌아보았다.

"느뵈 양, 할 말이 없소. 만일 이것이 사실이라면 할아버지를 잃은 일은 정말로 유감이오. 나는 연구를 목적으로 시온 수도회에 관여할 만한 후보자들을 상상하면서, 파리에 사는 인물들의 목록을 만든 적이 있었다오. 자크 소니에르 씨도 다른 사람들과 함께 그 속에 끼어 있었지. 하지만 그랜드 마스터라고 했소? 그것은 알기 어려운 일이오."

티빙은 잠시 침묵을 지키다가 고개를 저었다.

"여전히 말이 안 돼. 설사 아가씨의 할아버지가 시온의 수장이고 스스로 쐐기돌을 창조해 냈다 하더라도, 쐐기돌을 찾아내는 방법에 대해서는 결코 아가씨에게 말하지 않았을 거요. 쐐기돌은 조직의 궁극적인 보물에 이르는 길을 일러주는 거니까. 손녀이든 아니든, 아가씨는 그런 지식을 전수받을 자격이 없어요."

랭던이 말했다.

"소니에르 씨는 정보를 전달할 때 죽어 가고 있었어요. 그는 선택의 여지가 많지 않았죠."

티빙이 목소리를 높였다.

"소니에르는 선택이 필요 없어. 그 비밀을 알고 있는 세 명의 집사들이 있으니까. 그 점이 시온 수도회 시스템의 백미지. 한 사람이 그랜드 마스터 자리에 오르게 되면, 새로운 집사를 뽑아 쐐기돌에 관한 비밀을 공유하거든."

"뉴스를 다 보신 게 아닌 것 같네요. 제 할아버지뿐만 아니라 다른 세 명의 파리 저명인사들이 오늘 살해되었어요. 세 사람 다 비슷한 방법으로요. 모두들 심문당한 것처럼 보이죠."

티빙의 입이 벌어졌다.

"그럼 자네들은 그 사람들이……"

44

"집사들."

랭던이 말했다.

"하지만 어떻게? 범인이 시온의 최상층에 있는 네 사람의 신분을 알기란 불가능해! 날 보게나. 수십 년 동안 시온의 조직을 연구했지만, 단 한 명의 회원 이름도 알아내지 못했네. 세 명의 집사 모두와 그랜드 마스터의 신분이 탄로나서, 한날에 살해당하는 일은 있을 수 없어."

소피가 말했다.

"저는 그 정보가 단 하루에 수집된 것으로 의심하고 있어요. 마치 잘 계획된 '참수형' 같아요. 조직화된 범죄단과 싸울 때 우리가 이용하는 수법이에요. DCPJ가 어떤 조직을 일망타진시키려 할 때면 우선 몇 달간 은밀하게 듣고 감시만 하죠. 주요 멤버들의 신분이 파악되면, 들어가서 동시에 모두를 잡아들이는 거예요. 조직의 목을 베어 버리는 것, 바로 참수라고 하는 거죠. 리더십을 잃은 조직은 혼란에 빠지고 다른 정보들도 누설되기 마련이에요. 누군가가 시온을 끈기 있게 지켜보고 있다가 공격하는 일은 가능해요. 최상층 멤버들이 쐐기돌의 위치를 밝히기를 바라면서 말이죠."

티빙은 이해가 안 된다는 표정이었다.

"시온의 형제들은 절대로 얘기하지 않아요. 비밀을 지키기로 맹세한 사람들이니까. 심지어 죽음을 앞에 두고서라도 말이지."

랭던이 말했다.

"맞습니다. 만일 그들이 조직의 비밀을 누설하지 않고, 모두 살해당했다면……"

티빙은 숨을 멈추었다.

"그럼 쐐기돌의 위치는 영원히 알 수 없게 돼!"

"그리고 성배의 위치도요."

랭던이 덧붙였다.

랭던이 얘기한 단어의 무게에 티빙의 몸이 흔들리는 것처럼 보였다. 잠시도 서 있기가 힘들다는 듯, 티빙은 의자에 몸을 털썩 던지더니 창문 너머를 응시했다.

소피가 다가가서 부드러운 목소리로 말했다.

"할아버지가 처한 곤경을 생각해 보면, 절망 속에서 할아버지는 조직 바깥에 있는 누군가에게 비밀을 건네려고 애쓰신 것 같아요. 믿을 수 있다고 생각하는 사람, 가족 중 한 사람."

티빙의 안색이 창백해졌다.

"하지만 그런 공격을 할 수 있는 사람이라면…… 조직에 대해서 그렇게 많이 알아낼 수 있다는 것은……"

새로운 공포를 느끼며 티빙은 말을 멈췄다.

"그건 오직 하나밖에 없어. 이런 식의 침투는 시온의 오랜 적만이 할 수 있는 일이야."

랭던이 고개를 들었다.

"교회."

"그 외에 누가 있겠나? 로마는 수세기 동안 성배를 찾아다녔어."

소피는 회의적이었다.

"교회가 제 할아버지를 죽였다고 생각하시는 거예요?"

티빙이 대답했다.

"교회가 자신들을 보호하기 위해 살인을 저지른 역사는 이것이 처음은 아니라오. 성배를 다루는 문서는 위험한 물건이지. 교회는 수년 동안 그런 문서들을 없애고 싶어했으니까."

성배 관련 문서를 얻기 위해 교회가 뻔뻔스럽게 사람을 살해한다는 티빙의 전제를 랭던은 받아들이기가 어려웠다. 새 교황과 여러 추기경들을 만나본 랭던으로서는, 그들이 암살을 지시할 사람이 아니며 매우 정신적인 존재라는 것을 알고 있었다.

'그 대가가 무엇이 됐든지 간에 말이야.'

소피도 비슷한 생각을 하고 있는 듯했다.

"시온 멤버들이 교회 바깥에 있는 사람에게 살해당했다고 보기는 불가능한가요? 성배가 정말 무엇인지 이해 못한 사람이라면? 어쨌든 그리스도의 잔은 꽤나 매혹적인 보물일 거예요. 보물 사냥꾼은 별것도 아닌 것을 위해 사람을 죽이곤 하잖아요."

티빙이 말했다.

"내 경험으로는 말이오, 인간들은 자신이 바라는 것을 얻기 위해서보다는 자신이 두려워하는 것을 피하기 위해서 더 노력하는 법이라오. 시온에 가해진 이 폭행에서 난 필사적인 뭔가를 느끼오."

랭던이 말했다.

"레이 경, 이런 논쟁은 모순입니다. 왜 가톨릭 성직자들이 문서를 찾아내서 없애려는 수고를 하려고 시온 멤버들을 살해하겠습니까? 어쨌든 그 사람들은 문서가 가짜 증언이라고 믿고 있는데요."

티빙이 킬킬 웃었다.

"로버트, 하버드의 상아탑이 자네를 연약하게 만들었구면. 그래, 로마에 있는 성직자들은 강력한 믿음으로 축복받은 사람들이지. 그리고 그런 믿음 때문에 그들은 어떤 폭풍우라도 헤치고 나갈 수 있어. 그들이 쥐고 있는 믿음과 상반된 문서들을 포함해서 말일세. 하지만 나머지 세계는 과연 어떨까? 절대적인 확신을 갖지 못한 사람은 어쩌지? 세계에서 벌어지고 있는 잔악함을 보고, '오늘날 신은 어디에 있는가?' 하고 외치는 사람은 어떨까? 교회의 사제가 아이들을 성추행한 것을 덮어씌우느라 거짓말을 하면서도 그리스도에 관해 진실을 얘기한다고 주장하는 사람, 그 같은 교회의 추문을 보고 그들이 대체 누구냐고 묻는 사람은? 그런 사람에게 무슨 일이 일어날 것 같나, 로버트? 만일 설득력 있는 과학적인 증거가 나와서, 그리스도에 대한 교회의 시각이 정확하지 않다고 얘기한다면? 우리가 들은 가장 위대한 이야기가 사실은 가장 많이 팔린 허구일 뿐이라면 말일세."

랭던은 대답하지 않았다. 티빙이 계속 말을 이었다.

"문서가 세상에 노출된다면, 어떤 일이 벌어질지 자네에게 말한 것 뿐일세. 바티칸은 이천 년 역사에서 전례 없는 믿음의 위기에 봉착할 것이네."

긴 침묵 후에 소피가 말했다.

"만일 이 일의 책임이 교회에 있다면, 왜 이제 와서야 행동을 취한 것일까요? 이렇게 오랜 세월이 흐른 뒤에요. 시온은 숨겨진 상그리엘 문서를 지키고 있었어요. 하지만 교회를 즉시 위협하거나 정체를 드러내지는 않았잖아요."

티빙은 불길한 한숨을 내쉬고 랭던을 응시했다.

"로버트, 자네는 시온의 마지막 책무에 대해서 잘 알고 있겠지?"

랭던은 그 생각에 숨이 멎는 것 같았다.

"그렇습니다."

티빙이 말했다.

"느뵈 양, 교회와 시온은 수년 동안 암묵적인 이해관계를 가지고 있었어요. 그것은 교회가 시온을 공격하지 않고, 시온은 상그리엘 문서들을 공개하지 않고 숨겨 둔다는 거였소. 하지만 시온의 역사 일부는 비밀을 밝힐 계획을 항상 갖고 있었어요. 어떤 구체적인 날이 오면, 시온은 침묵을 깨고 상그리엘 문서들을 세상에 알려 궁극적인 승리를 취할 계획이었지. 산 꼭대기에서 예수 그리스도에 관한 진짜 이야기를 외치는 거요."

소피는 말없이 티빙을 응시했다. 마침내 그녀도 자리에 앉았다.

"그럼 레이 경은 그날이 다가왔다고 생각하시는 거예요? 그리고 교회가 그것을 알았다?"

"추측일 뿐이오. 하지만 너무 늦기 전에 성배 문서를 찾아내려고, 교회가 공격을 취했을 수도 있다는 가정은 가능해요."

랭던은 티빙의 추론이 불편했다.

"교회가 시온이 정한 날짜를 구체적으로 알아냈다고 생각하시는 겁니까?"

"왜 못하겠는가? 교회가 시온 멤버들의 신분을 알아낼 수 있었다고 가정하면, 확실히 시온의 계획도 알아낼 수 있었을 걸세. 만일 교회가 정확한 날짜를 알지 못했다 하더라도 그들의 미신은 최선의 방책을 취하게 했을 걸세."

"미신이라니요?"

소피가 물었다.

"예언의 관점에서 보면, 우리는 현재 커다란 변혁의 시대에 살고 있네. 최근에 천 년이 지나갔고, 그걸로 이천 년에 걸친 물고기자리의 시대는 끝이 났어요. 물고기는 예수를 상징하는 것이기도 하지. 물고기자리의 이상은 '인간은 더 높은 힘을 가진 사람에 의해서 무엇을 해야 할 것인가를 지시받아야 하는 존재'라고 믿는 것이오. 그래서 지난 이천 년은 강렬한 종교의 시대였지. 하지만 이제 우리는 물병자리에 들어서고 있어요. 물을 가진 자라는 뜻이지. 물병자리의 이상은 '인간이 진실을 배울 수 있고, 스스로 생각할 수 있는 존재'라고 주장하는 것이오. 이 같은 이념의 변동은 엄청난 것이고, 지금 일어나고 있는 중이라오."

랭던은 몸이 떨리는 것을 느꼈다. 점성학의 예언은 그에게 그다지 많은 흥미와 신뢰를 불러일으키지 못했다. 하지만 교회 안에서 그것을 강하게 믿는 사람들도 있다는 것을 알고 있었다.

"교회는 이런 과도기를 '말일'이라고 부릅니다."

소피는 의심스러운 표정을 지었다.

"세상의 종말? 요한계시록에 나오는?"

랭던이 대답했다.

"아니오. 그것은 보통 오해요. 많은 종교들이 말일에 대해서 떠들지만, 그것은 세상의 종말을 뜻하는 것이 아니오. 오히려 현재 시대의 종말을 의미하는 거요. 그리스도의 출생과 함께 시작된 물고기자리는 지난 이천 년 동안이었소. 얼마 전에 이천 년이 지났고, 우리는 이제 물병자리로 들어서게 된 거요. 말일이 도래한 거지."

티빙이 덧붙였다.

"많은 성배 역사가들은 시온 수도회가 정말로 비밀을 밝힐 계획을 세우고 있다면, 그 시점은 역사에서 상징적으로 적절한 때일 것이라고 믿었어요. 나를 포함해서 시온을 연구하는 학자들 대부분은 조직의 발표가 지난 천 년이 끝나는 시점과 정확하게 일치할 거라고 기대했었다오. 하지만 분명히 그런 일은 일어나지 않았지. 물론 로마 달력이 점성학의 이정표와 완벽하게 들어맞는 것은 아니라오. 그래서 예측을 하는 데 분명히 오차 범위가 있을 거요. 교회에서 정확한 날짜가 다가오고 있다는 내부 정보를 수립했는지 아닌지, 점성학 예언에 교회가 불안해진 것인지 아닌지, 난 모르오. 어찌 됐든 그것은 무형의 것이오. 어느 쪽 시나리오도 교회가 시온에 선제 공격을 취할 동기가 되어 줄 수 있어요."

티빙은 눈살을 찌푸렸다.

"그리고 날 믿어요. 교회가 성배를 찾아내면, 그들은 그것을 파괴할 것이오. 축복받은 마리아 막달레나에 대한 기록과 그 유산도 함께 말이오."

티빙의 눈매가 무거움을 더했다.

"상그리엘 문서가 사라지게 되면, 모든 증거도 사라지는 것이오. 교회는 오랜 전쟁에서 승리하고, 역사를 다시 쓰겠지. 과거는 영원히 지워질 것이오."

소피는 주머니에서 천천히 십자 모양의 열쇠를 꺼내 티빙에게 내밀었다.

티빙은 열쇠를 받아 조사했다.

"이런 세상에나, 시온의 문장이로군! 이게 어디서 났소?"

"오늘 밤 할아버지가 돌아가시기 전에 제게 주었어요."

티빙은 손가락으로 십자가를 어루만졌다.

"교회로 들어가는 열쇠?"

소피는 숨을 깊이 들이마셨다.

"쐐기돌에 접근하는 열쇠예요."

티빙의 머리가 번쩍 들렸다. 그의 얼굴에는 불신이 가득했다.

"불가능해! 어느 교회를 빠뜨렸을까? 난 프랑스의 모든 교회를 조사했다오!"

소피가 말했다.

"그건 교회에 있지 않았어요. 스위스 안전금고 은행에 있었어요."

흥분하던 티빙의 안색이 누그러졌다.

"쐐기돌이 은행에?"

"지하금고."

랭던이 덧붙였다.

티빙은 머리를 격렬하게 저었다.

"은행의 지하금고? 그건 불가능해. 쐐기돌은 장미의 표지 아래 묻혀 있는 걸로 알려져 있어."

랭던이 말했다.

"그렇습니다. 다섯 장의 꽃잎을 가진 장미가 상감된 장미목 상자 안에 보관되어 있었어요."

티빙은 벼락이라도 맞은 표정이었다.

"자네, 쐐기돌을 보았나?"

소피는 고개를 끄덕였다.

"은행을 찾아갔었어요."

티빙은 그들에게 가까이 다가왔다. 그의 눈은 공포로 가득했다.

"친구들, 우리는 뭔가를 해야만 해. 쐐기돌이 위험에 처해 있어! 우린 그걸 보호할 의무가 있네. 다른 열쇠들이 또 있다면 어떡하지? 살해된 집사들에게서 훔쳐냈다면? 자네들처럼 교회도 은행으로 가서……"

소피가 말을 막았다.

"그럼 그들은 너무 늦은 거예요. 우리가 쐐기돌을 치워 놨거든요."

"뭐라고! 숨겨진 장소에서 쐐기돌을 옮겨 놓았다고?"

랭던이 말했다.

"걱정하지 마십쇼. 쐐기돌은 잘 감춰져 있습니다."

"아주 잘 숨겨 놓았기를 바라네!"

웃음을 억제하며 랭던이 말했다.

"사실 소파 밑을 레이 경이 얼마나 자주 청소하느냐에 달려 있어요."

빌레트 성 바깥에서는 바람이 심해졌다. 사일래스가 창문에서 허리를 낮출 때 그의 옷자락이 바람에 춤을 추었다. 대화의 많은 부분을 들을 수는 없었지만, 쐐기돌이라는 단어는 유리창 너머로 자주 들려왔다.

'쐐기돌은 건물 안에 있다.'

스승의 말이 새롭게 생각났다.

'빌레트 성으로 들어가서 쐐기돌을 가져와라. 누구도 해쳐선 안 된다.'

랭던과 나머지 사람들이 갑자기 다른 방으로 향했다. 그들은 나가면서 서재의 불을 껐다. 먹이를 살금살금 뒤쫓는 표범이 된 기분으로 사일래스는 유리 창문으로 기어 올라갔다. 창문이 잠겨 있지 않은 것을 발견하고, 사일래스는 집 안으로 들어가서 창문을 닫았다. 다른 방에서 새나오는 목소리들이 들렸다. 사일래스는 주머니에서 권총을 꺼내들고 안전장치를 풀었다. 그리고 홀 쪽으로 발을 내디뎠다.

63

콜레 부관은 레이 티빙의 거대한 저택을 올려다보며 혼자 서 있었다.
'고립되어 있고 어두운 곳이다. 숨기에 딱 좋은 장소로군.'

콜레는 여섯 명의 요원들이 긴 담장을 따라서 조용히 흩어지는 것을
지켜보았다. 요원들이 담장을 뛰어넘어, 저택을 둘러싸는 데는 몇 분
도 안 걸릴 터였다. 콜레의 요원들이 기습공격을 감행한다면, 랭던은
더 이상 숨을 장소를 찾지 못할 것이다.

콜레는 파슈에게 전화를 걸었다. 기대했던 것과 달리, 파슈는 그리
즐거운 목소리가 아니었다.

"랭던의 꼬리를 잡았다고 왜 아무도 내게 얘기하지 않았나?"

"반장님은 통화중이었습니다. 그리고……"

"정확히 어디에 있는 건가, 콜레 부관?"

콜레는 파슈에게 주소를 말했다.

"이곳은 영국 국적을 가진 티빙이라는 사람의 땅입니다. 랭던은 꽤
먼 거리를 운전해 여기까지 왔고, 차량은 보안 시스템이 설치된 문 안
쪽에 있는 것 같습니다. 강제로 들어간 흔적은 없습니다. 그래서 말인
데, 랭던은 집주인을 사적으로 잘 알고 있는 것 같습니다."

파슈가 말했다.

"내가 그리로 가겠네. 한 발짝도 움직이지 말게. 이 일은 내가 직접 처리하겠네."

콜레의 입이 벌어졌다.

"하지만 반장님, 반장님이 오시는 데 이십 분 정도는 걸릴 텐데요! 우리는 즉시 행동해야만 합니다. 제가 랭던을 잡겠습니다. 지금 총 여덟 명의 요원들과 함께 있는데, 네 명은 라이플로 무장했고, 나머지는 권총을 가지고 있습니다."

"기다리게."

"반장님, 랭던이 여기에서 인질이라도 잡으면요? 우리를 보고 맨발로 도주라도 하면 어떻게 합니까? 지금 움직여야 합니다. 제 요원들은 출동할 준비를 마쳤습니다."

"콜레 부관, 내가 도착할 때까지 어떤 행동도 취하지 말게. 이건 명령일세."

파슈는 전화를 끊었다.

콜레는 한대 얻어맞은 기분이었다.

'제기랄, 파슈 반장이 왜 기다리라는 거지?'

콜레는 답을 알고 있었다.

'반장은 자기가 체포해서 점수를 따고 싶은 거야.'

미국인 얼굴을 텔레비전에 도배해 놓은 후에, 반장은 자기 얼굴도 같이 내보내고 싶은 것이다. 콜레의 역할은 두목이 나타나 상황을 수습할 때까지 그저 요새를 지키는 것이었다.

그 자리에 서서, 콜레는 반장이 왜 범인의 체포를 보류하라고 하는지 두 번째 가정을 떠올려 보았다.

'손실 통제.'

용의자의 체포를 주저하는 일은 용의자의 죄가 점점 불확실해질 때 발생한다.

'랭던이 무죄라는 생각을 하게 된 것일까?'

자기가 생각해도 이 가정은 놀라웠다. 로버트 랭던을 체포하기 위해서 파슈 반장은 지금까지 지나치다 싶을 정도로 밀어붙였다. 비밀 감시작업, 인터폴, 그리고 텔레비전까지 끌어들였다. 저명한 미국인을 살인자로 만들어 그의 얼굴을 모든 프랑스 텔레비전에 올려놓은 일이 실수였다면, 위대한 브쥐 파슈라 할지라도 정치적으로 살아남기 어려울 것이다. 만일 파슈가 자기가 실수했다는 것을 이제서야 깨달았다면, 콜레에게 움직이지 말라고 한 명령이 이해되었다. 파슈가 가장 원치 않는 상황은 무고한 영국인의 사유지에 폭풍처럼 치고 들어가서, 총 끝에 랭던을 세우는 일일 터였다.

게다가 만일 랭던이 무죄라면 이 사건의 가장 이상한 모순도 설명이 된다. 희생자의 손녀인 소피 느뵈는 왜 용의자의 탈출을 도왔을까? 랭던이 억울하게 혐의를 받고 있다는 것을 그녀가 알지 못했다면 말이다. 소피의 이상한 행동을 설명하기 위해서 파슈는 온갖 종류의 설명을 단정적으로 늘어놓았다. 소니에르의 유일한 상속자인 소피가 상속받을 돈을 노리고, 비밀 연인인 로버트 랭던을 설득해 소니에르를 살해했다는 가정도 거기 들어 있었다. 소니에르가 이를 눈치 챘기 때문에 경찰에게 'P.S. 로버트 랭던을 찾아라'라는 메시지를 남겼다는 주장이었다. 콜레는 이 사건에서 분명 어떤 일이 진행되고 있음을 느꼈다. 하지만 소피 느뵈는 굉장히 강직한 성격이어서, 반장이 상상한 그런 더러운 일을 벌일 것 같지는 않았다.

요원 한 명이 달려왔다.

"부관님? 차 한 대를 발견했습니다."

콜레는 요원을 따라 45미터 정도를 내려갔다. 요원은 도로 건너편의 넓은 노견을 가리켰다. 검은색 아우디 승용차가 안 보이게 덤불 속에 주차되어 있었다. 렌터카임을 나타내는 표지판이 달려 있었다. 콜레는 자동차 후드에 손을 얹었다. 아직 따뜻했다. 아니 뜨거웠다.

콜레가 말했다.

"랭던이 어떻게 여기로 왔는지 분명하군. 렌터카 회사에 전화 걸어서, 저 차가 절도 차량인지 조사해 보게."

"예."

담장 쪽에서 다른 요원 하나가 콜레에게 손을 흔들고 있었다. 요원은 콜레에게 야간용 쌍안경을 건넸다.

"부관님, 이걸 좀 보십시오. 저택의 차도, 제일 끝부분 근처의 작은 숲입니다."

콜레는 쌍안경을 언덕 쪽으로 향하게 한 뒤, 상을 맞추기 위해 다이얼을 조절했다. 서서히 녹색의 형체가 초점에 들어왔다. 차도가 휜 부분을 천천히 따라가자 작은 나무 숲이 보였다. 그가 할 수 있는 일은 보는 것뿐이었다. 푸른 초목 속에 장갑 트럭 한 대가 있었다. 얼마 전에 콜레가 취리히 안전금고 은행을 떠나도록 승인한 트럭과 동일한 것이었다. 콜레는 기이한 우연의 일치이길 기도했지만, 그렇지 않다는 것을 알고 있었다.

"저 트럭으로 랭던과 느뵈가 은행을 빠져나간 듯합니다."

요원이 말했다.

콜레는 말이 없었다. 콜레는 바리케이드 앞에 멈춰 섰던 장갑 트럭의 운전사를 떠올렸다. 롤렉스 시계. 떠나려고 조바심을 치고 있었다.

'트럭에 무엇이 실려 있는지 결코 조사할 수가 없었지.'

믿을 수 없는 일이지만, 은행에 있는 누군가가 소피와 랭던의 행보에 대해 거짓말을 했다는 것을 깨달았다. 그런 뒤에 두 사람이 도망칠 수 있도록 도왔다.

'하지만 누가? 왜?'

콜레는 이 때문에 파슈가 아직 행동을 취하지 말라고 지시한 것은 아닐까 궁금했다. 어쩌면 단순히 랭던과 소피뿐만 아니라, 더 많은 사람들이 이 일에 연루되어 있다는 것을 반장이 알게 됐는지도 모른다.

'랭던과 느뵈가 저 장갑 트럭으로 도착했다면, 이 아우디를 몰고 온 사람은 대체 누구란 거지?'

남쪽 수백 킬로미터 아래에서는 전세를 낸 비치크래프트 바론 58이 티레니아 바다를 지나 북쪽을 향해 날고 있었다. 창공은 고요했지만, 멀미 봉투를 붙잡고 앉은 아링가로사 주교는 즉시 토할 것 같은 기분이었다. 파리와의 통화 내용은 주교가 예상하던 바가 아니었다.

작은 객실에 홀로 앉아서, 아링가로사는 손가락에 끼워진 금반지를 돌렸다. 그리고 덮쳐오는 두려움과 절망감을 가라앉히려고 노력했다.

'파리에서 일어난 일들은 심히 잘못되었어.'

아링가로사는 눈을 감으면서 브쥐 파슈가 상황을 바로잡을 방법을 찾게 되길 빌었다.

64

나무상자를 무릎에 얹고 티빙은 침대의자에 앉았다. 그리고 뚜껑에 섬세하게 상감된 장미를 찬탄의 마음으로 들여다보았다.

'오늘 밤은 내 인생에서 가장 기이하고 마술 같은 밤이 될 거야.'

"뚜껑을 열어요."

소피가 랭던과 함께 티빙 앞에 서서 속삭였다.

티빙은 미소를 지었다.

'날 몰아붙이지 말게나.'

쐐기돌을 찾아 수십 년을 허비한 티빙으로서는 이 순간의 1백만 분의 1이라도 음미하고 싶었다. 상감된 장미의 질감을 느끼면서 티빙은 손바닥으로 상자의 뚜껑을 쓸었다.

"장미로군."

티빙이 속삭였다.

'장미는 막달레나이고, 막달레나는 성배지. 장미는 길을 안내하는 나침반이기도 하지.'

티빙은 자신이 어리석었음을 깨달았다. 수년 동안 프랑스 전역의 성당과 교회들을 찾아다녔다. 특별한 접근을 위해 돈을 지불하고, 장미

무늬 창문 아래에 있는 수백 개의 아치를 조사하고, 암호화된 쐐기돌이 있는지를 찾았다.

'클레 드 부트, 장미의 표지 아래에 있는 돌.'

티빙은 천천히 빗장을 풀고 뚜껑을 들어올렸다.

마침내 티빙의 눈이 안의 내용물에 닿았을 때, 티빙은 즉시 그것이 쐐기돌임을 확신했다. 티빙은 문자가 박힌 다이얼들이 서로 연결된 석조 원통을 응시했다. 이 장치는 놀랍게도 어딘지 낯이 익었다.

"다 빈치의 일기를 보고 디자인한 거예요. 할아버지는 취미로 이것들을 만들곤 했어요."

'물론이야.'

티빙은 깨달았다. 크립텍스의 스케치와 청사진을 본 적이 있었다.

'성배를 찾는 열쇠가 이 돌 안에 들어 있다.'

티빙은 무거운 크립텍스를 상자에서 부드럽게 들어올렸다. 원통을 어떻게 여는지는 알 수 없었지만, 자기 운명이 그 안에 놓여 있다는 느낌이 들었다. 지난 세월 실패를 맛본 매순간마다, 티빙은 자신의 삶을 건 성배 탐험이 과연 보상받을 수 있을지 의문을 품었다. 이제 그런 의문은 영원히 사라졌다. 티빙은 성배 전설의 기초에 관한 오래된 구절이 귓가에 들리는 듯했다.

'성배를 찾으려고 하지 마라, 성배가 너를 찾을 것이다.'

그리고 오늘 밤, 믿을 수 없게도 성배를 찾아낼 열쇠가 그의 현관문으로 들어온 것이다.

소피와 티빙이 크립텍스를 가지고 식초와 다이얼, 패스워드가 무엇일까 얘기하는 동안, 랭던은 장미목 상자를 조명이 밝은 탁자로 가져갔다. 상자를 좀더 자세히 보고 싶어서였다. 티빙이 방금 말한 뭔가가 랭던의 마음을 지나가고 있었다.

'성배를 찾아낼 열쇠는 장미의 표지 아래 숨어 있다.'

랭던은 상자를 들어올려 불에 비춰 보았다. 그리고 상감으로 된 장미 문양을 조사했다. 목공예나 목조가구 쪽에 전문은 아니었지만, 그는 지금 마드리드 외곽에 있는 스페인 수도원의 유명한 타일 천장을 떠올리고 있었다. 3백 년 전에 세워진 수도원의 타일들이 떨어지기 시작했는데 떨어진 자리에 수도승들이 휘갈겨쓴 성스러운 글자들이 보였던 것이다.

랭던은 다시 장미를 보았다.

'장미 아래에.'

'서브 로사.'

'비밀.'

홀 쪽에서 뭔가가 움직인 것 같아 랭던은 뒤를 돌아보았다. 그러나 어둠 외에는 아무것도 보이지 않았다. 티빙의 집사가 지나갔는지도 모를 일이었다. 랭던은 다시 상자로 돌아섰다. 랭던은 혹시 장미를 파낼 수 있지 않을까 생각하며 손가락으로 장미 문양이 들어간 부위의 부드러운 가장자리를 쓸어 보았다. 하지만 장인의 기술은 완벽했다. 장미가 들어앉은 자리와 장미 문양 사이에는 오직 레이저 날만이 들어갈 수 있을 것 같았다.

랭던은 상자를 열고 뚜껑의 안쪽을 조사했다. 부드러웠다. 하지만 상자의 위치를 바꾸자, 뚜껑 안쪽 정확히 한가운데에 조그마한 구멍이 나 있는 것이 보였다. 랭던은 뚜껑을 닫고 위쪽의 장미를 조사했다. 위쪽에서는 구멍이 보이지 않았다.

'뚫고 지나가는 것은 아니군.'

상자를 탁자 위에 놓고 랭던은 방을 둘러보았다. 종이 뭉치 사이에 끼워진 클립이 눈에 들어왔다. 랭던은 클립을 빼들고 다시 상자를 열어 구멍을 관찰했다. 랭던은 클립을 펴서, 끝을 구멍으로 조심스럽게 넣었다. 그리고 가볍게 밀어 보았다. 별 힘을 들이지 않았는데 탁자

위로 뭔가 떨어졌다. 랭던은 뚜껑을 다시 닫았다. 퍼즐 조각 같은 나무 조각 하나가 탁자에 떨어져 있었다. 놀랍게도 그것은 나무로 만든 장미 문양이었다. 뚜껑에 상감되어 있던 장미 문양이 튕겨져 나와 책상에 떨어진 것이다.

할 말을 잃은 채, 랭던은 장미가 박혀 있던 뚜껑의 홈을 응시했다. 거기에는 그가 결코 본 적이 없는 언어로 네 줄의 글자가 적혀 있었다. 흠잡을 데 없는 필기체였다.

'셈족의 언어 같은데, 알아볼 수가 없군!'

랭던은 생각했다.

그때 머리에 갑작스러운 타격을 입는 바람에 랭던은 무릎을 꿇고 말았다.

랭던은 쓰러지면서, 순간 권총을 들고 자기 몸 위로 떠도는 창백한 유령을 보았다. 그 뒤에는 모든 것이 캄캄했다.

65

그 동안 법을 집행해 왔지만 소피 느뵈는 총구 앞에 서보기는 처음이었다. 믿기 어렵게도, 소피가 보고 있는 총은 거대한 몸집에 길고 하얀 머리를 가진 알비노의 창백한 손에 쥐어져 있었다. 알비노는 영혼이 떠난 위협적인 눈빛으로 소피를 쳐다보았다. 모로 된 헐렁한 옷을 걸치고, 그 위에 밧줄을 맨 사내는 중세의 성직자 같았다. 소피는 이 사내가 누구인지 상상조차 할 수 없었다. 하지만 교회가 이 사건의 배후에 있을 것이라는 티빙의 정확한 의혹에 존경심이 일었다.

"내가 무엇을 찾아 여기에 왔는지 알 것이오."

공허한 목소리로 사내가 말했다.

소피와 티빙은 알비노인 수도승이 시키는 대로 손을 머리 위로 든 채 침대의자에 앉았다. 랭던은 바닥에 누워 신음소리를 냈다. 사내의 눈이 즉시 티빙의 무릎 위에 있는 쐐기돌로 향했다.

티빙의 어조는 경건했다.

"자넨 이것을 열 수 없을 걸세."

"내 스승님은 매우 지혜로운 분이시오."

티빙과 소피에게 총을 겨누고 수도승은 쐐기돌로 조금 더 다가갔다.

소피는 티빙의 집사가 어디에 있는지 궁금했다.

'집사는 로버트가 쓰러지는 소리를 듣지 못했을까?'

티빙이 물었다.

"자네 스승이 누구인가? 아마 우리는 돈으로 해결을 볼 수 있을 걸세."

"성배는 값을 매길 수 있는 물건이 아니오."

사내는 조금 더 가까이 다가왔다.

"피를 흘리고 있구먼. 그리고 다리를 절고 있군 그래."

수도승의 오른쪽 발목을 보고 티빙이 차분하게 말했다. 다리를 타고 한 줄기의 피가 흘러내리고 있었다.

티빙 옆에 세워져 있는 알루미늄 목발을 가리키며 사내가 대꾸했다.

"당신도 마찬가지요. 이제 쐐기돌을 내게 건네시오."

"자네, 쐐기돌에 대해서 알고 있기나 한 건가?"

놀란 듯한 목소리로 티빙이 말했다.

"내가 뭘 알고 있는지는 당신이 신경 쓸 일이 아니오. 천천히 일어서서 내게 건네시오."

"나 같은 인간에게 일어서는 일은 버거운 일이라네."

"잘됐군. 아무도 움직이지 마시오."

티빙은 오른손으로는 목발 하나를 붙잡고, 왼손으로는 쐐기돌을 잡았다. 비틀거리며 가까스로 몸을 세웠다. 무거운 원통을 왼쪽 손바닥에 쥐고, 불안정하게 오른쪽 목발에 몸을 기댔다.

사내가 권총을 곧바로 티빙의 머리에 겨누고, 몇 걸음 앞으로 다가왔다. 소피는 수도승이 석조 원통을 가져가기 위해 손을 내미는 것을 무기력하게 보고 있었다.

티빙이 말했다.

"자넨 성공하지 못할 거야. 오직 그럴 가치가 있는 사람만이 이 돌을 열 수 있거든."

'오직 신만이 가치 있는 자를 판단하신다.'

사일래스는 생각했다.

팔을 흔들거리며 목발을 짚은 티빙이 말했다.

"이건 꽤 무겁다네. 빨리 받지 않으면, 떨어뜨릴지도 모르겠네."

노인은 위험하게 팔을 휘청거렸다.

사일래스는 돌을 받아 들기 위해 재빨리 앞으로 다가섰다. 그 순간 목발을 짚은 노인이 균형을 잃었다. 알루미늄 목발이 아래로 미끄러지고, 노인의 몸은 오른쪽으로 쓰러질 듯이 기울었다.

'안 돼!'

사일래스는 돌을 구하기 위해 총을 아래로 내린 채 몸을 던졌다. 하지만 쐐기돌은 사일래스에게서 멀어지고 있었다. 노인이 오른쪽으로 쓰러지면서, 쐐기돌을 들고 있던 왼쪽 팔을 뒤로 휘둘렀기 때문이다. 노인의 손바닥을 떠난 대리석 원통은 소파 위로 떨어졌다. 그와 동시에 노인의 몸 아래로 떨어져 있던 금속제 목발이 가속이라도 붙은 듯이 공기를 가르며 사일래스의 다리로 날아들었다.

목발은 사일래스가 허벅지에 묶어 둔 말총 허리띠에 정확히 부딪혔고, 사일래스는 고통으로 몸이 찢겨지는 것 같았다. 맨살뿐인 허벅지에 말총 허리띠의 갈고리들이 파고들었다. 몸을 구부린 채 무릎으로 넘어지자 허리띠는 더욱 깊이 살로 파고들었다. 사일래스가 쓰러질 때 귀가 멍할 정도의 소리와 함께 권총이 발사되었지만, 총알은 누구에게도 해를 입히지 않고 어딘가로 날아가 박혔다. 사일래스가 총을 들어 다시 쏘기 전에, 소피의 발이 사일래스의 턱을 걸어찼다.

도로 아래에 있던 콜레는 총소리를 들었다. 그의 혈관에 막혀 있던 공포가 퍼져 나갔다. 파슈가 오고 있는 중이었기 때문에, 랭던을 찾아내 공을 세우려던 희망은 이미 버린 후였다. 하지만 만일 반장이 변덕을 부려 재빨리 행동을 취하지 않았다고 자기를 평가위원회에 세운다면, 자신만 비난받을 것이 뻔했다.

'개인 집에서 총기가 사용되었다! 그리고 너는 차도 앞에서 기다리고 있었다?'

콜레는 지나가 버린 기회가 다시 은밀하게 찾아왔다는 것을 깨달았다. 만일 더 꾸물거리고 서 있다간, 아침이면 자기의 모든 경력이 그저 지나간 역사가 되어 버릴 것이다. 사유지의 철문을 응시하며 콜레는 결정을 내렸다.

"철문을 매서 잡아당겨라."

혼미한 의식 먼 곳에서 로버트 랭던은 총탄이 발사되는 소리를 들었다. 그리고 고통에 찬 비명 소리도 들렸다.

'내가 내는 소리인가?'

굴착기로 두개골 뒤에 구멍을 낸 것 같았다. 주위에서 사람들의 목소리가 들려왔다.

"자넨 도대체 어디에 있었는가?"

티빙이 소릴 질렀다.

집사가 급히 들어왔다.

"무슨 일입니까? 오, 하느님, 맙소사! 이자는 누굽니까? 경찰에 전화하겠습니다."

"지랄하네! 전화는 그만둬. 좀 쓸모 있게 굴어 봐. 이 괴물을 묶을 만한 것을 찾아가지고 오게나."

"그리고 약간의 얼음도요!"

소피가 집사의 뒤에 대고 소리쳤다.

랭던의 의식은 다시 표류했다. 더 많은 목소리. 움직임. 이제 그는 침대의자에 앉아 있었다. 소피가 랭던의 머리에 얼음팩을 갖다 얹었다. 그는 여전히 머리가 아팠다. 시야가 또렷해지자, 랭던은 바닥에 있는 몸뚱어리 하나를 자신이 응시하고 있다는 것을 깨달았다.

'내가 헛것을 보는 걸까?'

송수관 테이프로 입이 틀어막힌 거대한 몸집의 알비노가 바닥에 고꾸라져 있었다. 입은 살짝 벌어졌고, 사내의 오른쪽 허벅지 위의 겉옷은 피로 물들어 있었다. 사내 역시 지금 막 그런 꼴이 된 듯했다.

랭던은 소피를 돌아보았다.

"저자는 누구요? 무슨 일이…… 일어난 겁니까?"

티빙이 절룩거리며 다가왔다.

"자넨 최고의 정형외과에서 만든 엑스칼리버를 휘두르는 기사에게 구조되었다네."

'허?'

랭던은 곧추앉으려고 애를 썼다.

소피가 부드럽게 어루만져주었다.

"조금만 더 쉬어요, 로버트."

티빙이 말했다.

"내 신체조건의 불행한 이점을 숙녀분 앞에서 휘둘러 미안하네. 모두들 자네를 과소평가한 것 같구먼."

랭던은 침대의자에 앉아서, 수도승 차림의 사내를 바라보며 무슨 일이 일어났는지를 더듬어 보려고 했다.

"저자는 말총 허리띠를 차고 있었다네."

티빙이 설명했다.

"네?"

티빙은 갈고리들이 달린 가죽 허리띠가 피에 젖어 바닥에 떨어져 있는 것을 가리켰다.

"체벌용 허리띠라네. 저 작자는 저걸 허벅지에 두르고 있었지. 내가 떼어 버렸네."

랭던은 머리를 문질렀다. 그도 체벌용 허리띠를 알고 있었다.

"하지만 어떻게…… 아셨습니까?"

티빙이 싱긋 웃었다.

"기독교는 내 연구 분야지, 로버트. 가진 것을 숨김없이 말해 버리는 그런 교파들도 있다네. 이것처럼 말이야."

티빙은 목발로 사내의 피에 젖은 겉옷을 가리켰다.

"오푸스 데이."

랭던은 속삭였다. 최근에 보스턴의 저명한 비즈니스맨 몇 사람이 오푸스 데이의 회원이라는 내용을 다룬 방송보도를 본 것이 기억났다. 회사 동료들이 양복 정장 아래에 말총 허리띠를 차고 있던 이들을 공개적으로 고소한 사건이었다. 오푸스 데이의 많은 신도들처럼 이들은 '임시' 단계에 있던 사람이었고, 육체의 고행을 겪지는 않았다. 방송에 나온 사람들은 독실한 가톨릭 신자이고, 아이를 보살피는 아버지였으며, 사회에 깊이 공헌하는 사람이었다. 더 한정된 오푸스 데이 정식 회원들에 관한 충격적인 사실로 들어가기 전에, 방송은 그저 간단하게 이들의 정신적인 몰입에만 초점을 맞췄다. 정식 회원이란……지금 바닥에 누워 있는 저 수도승 같은 사람들이었다.

티빙은 피에 젖은 허리띠를 가까이서 들여다보고 있었다.

"하지만 왜 오푸스 데이가 성배를 찾으려고 애쓰는 걸까?"

랭던은 그걸 생각하기에는 너무나 피로한 상태였다.

장미목 상자로 걸어간 소피가 불렀다.

"로버트, 이게 뭐예요?"

소피는 뚜껑에서 빠져나온 작은 장미 문양을 들고 있었다.

"상자 뚜껑에 상감되어 있던 장미 조각이 빠져나온 거요. 내 생각에는 장미 조각이 있던 자리에 적힌 글귀가 쐐기돌을 어떻게 여는지 알려줄 것 같소."

소피와 티빙이 미처 반응을 보이기 전에, 언덕 아래에서 경찰차의 푸른 불빛과 사이렌 소리가 1킬로미터가량 되는 차도를 뱀처럼 휘감으며 올라오고 있었다.

티빙은 얼굴을 찌푸렸다.

"친구들, 우린 결정을 내려야 할 것 같네. 빠를수록 좋겠군."

66

콜레와 그의 요원들은 총을 꺼내 들고 레이 티빙의 저택 문을 박차고 들어섰다. 사람들은 흩어져서 1층에 있는 모든 방을 뒤지기 시작했다. 요원들은 화실로 보이는 방에서 탄환 구멍과 싸운 흔적, 소량의 피, 갈고리가 달린 이상한 허리띠, 그리고 쓰다 남은 송수관 테이프를 발견했다. 1층엔 아무도 없는 것 같았다.

콜레가 요원을 두 편으로 나누어 지하실과 집 뒤편을 수사하고 있을 때, 위에서 목소리가 들려왔다.

"이 층이다!"

요원들은 2층으로 향하는 넓은 계단으로 달려갔다. 2층의 어두운 침실들과 복도를 확인하면서 요원들은 소리가 나는 방으로 가까이 다가갔다. 소리는 기다란 복도 제일 끝에 있는 침실에서 새나오는 듯했다. 요원들은 복도의 출입구를 봉쇄하면서 복도를 따라 조금씩 내려갔다.

마지막 침실에 가까이 이르렀을 때, 콜레는 침실의 문이 활짝 열려 있는 것을 보았다. 목소리가 갑자기 그쳤다. 그리고 엔진처럼 이상한 중얼거림이 다시 시작됐다.

권총을 치켜든 콜레는 신호를 보냈다. 그리고 소리 없이 문짝으로 접근해 전기 스위치를 발견하고 얼른 켰다. 뒤따르는 요원들과 함께 콜레는 방으로 뛰어들며 소리쳤다. 그리고 총을 겨누었다…… 그러나 아무도 없었다.

텅 빈 객실이었다. 손 댄 흔적도 없었다.

침대 옆, 벽에 붙은 검은색의 전자 계기판에서 털털거리는 자동차 엔진 소리가 흘러나오고 있었다. 이런 계기판은 저택 어디에서나 볼 수 있었다. 일종의 인터콤 시스템 같았다. 콜레는 계기판 앞으로 쏜살같이 달려갔다. 계기판에는 이름표가 적힌 대략 열두 개 정도의 버튼이 달려 있었다.

서재…… 부엌…… 세탁실…… 지하 저장실……

'그럼 차 소리가 어디에서 난 것일까?'

주인님 침실…… 일광욕실…… 헛간…… 도서실……

'헛간!'

콜레는 순식간에 아래층으로 내려와서 뒷문으로 달려갔다. 가는 도중 요원 한 명과 마주친 콜레는 그를 데리고 저택 뒤쪽에 있는 잔디밭을 가로질러 달려갔다. 두 사람은 숨도 쉬지 않고 낡은 잿빛의 헛간 앞에 도착했다. 안으로 들어가기도 전에 콜레는 점점 멀어져 가는 자동차 소리를 들을 수 있었다. 콜레는 총을 꺼내 들고 헛간으로 들어가서 불을 찾아 켰다.

헛간의 오른쪽은 기본적인 작업실이었다. 잔디깎이 기계와 자동 기구들, 정원 손질에 필요한 장비들이 보였다. 눈에 익은 인터콤 계기판도 가까운 벽에 붙어 있었다. '객실 Ⅱ' 버튼이 눌린 채, 소리를 전송하고 있었다.

콜레는 돌아섰다. 분노가 들끓기 시작했다.

'인터콤을 이용해 우리를 2층으로 꾀어낸 거였구나!'

헛간의 다른 쪽을 살펴보다가, 콜레는 길게 늘어선 마구간의 칸막이들을 발견했다. 말은 없었다. 집주인은 명백히 다른 종류의 마력을 좋아하는 듯했다. 마구간의 칸막이는 멋진 자동차 주차장으로 변모해 있었다. 거기에 있는 자동차들은 모두 탄성을 자아낼 만한 차량이었다. 검은색 페라리, 오래된 롤스로이스, 고풍스러운 스타일의 아스톤 마틴 스포츠 쿠페, 빈티지 포르셰 356.

제일 마지막 칸은 비어 있었다.

콜레는 바닥에 기름 방울이 떨어져 있는 것을 보았다.

'아직 영지를 벗어나진 못했을 것이다.'

이런 사태를 예방하기 위해서 저택의 보안문과 차도를 경찰차 두 대가 막고 있었다.

"부관님?"

요원이 마구간 끝을 가리켰다. 헛간의 뒷문이 활짝 열려 있고, 그 뒤로 어둡고 뿌연 둥성이들이 펼쳐져 있었다. 콜레는 뒷문으로 달려나가 눈에 띄는 것이 있는지 살폈다. 보이는 것은 멀리 떨어진 숲의 희미한 그림자뿐이었다. 자동차의 헤드라이트는 보이지 않았다. 아마 이 골짜기는 지도에 나와 있지 않은 수십 개의 소방도로들과 사냥길로 얽혀 있을 것이다. 하지만 콜레는 자신의 사냥감이 숲으로 달아날 수는 없을 것이라고 확신했다.

"요원들을 데려와서 저기 아래로 추적하라고 해. 도망자들은 근처 어딘가에서 이미 옴짝달싹 못하고 있을 거야. 이런 우아한 스포츠카로는 숲속을 돌아다닐 수가 없지."

"저, 부관님?"

요원이 여러 벌의 열쇠들이 매달린 나무못 말판을 가리켰다. 열쇠들에 달린 꼬리표는 익숙한 이름들이었다.

다임러…… 롤스로이스…… 아스톤 마틴…… 포르셰……

마지막 못엔 아무것도 걸려 있지 않았다.
비어 있는 못 위에 붙은 이름표를 본 콜레는 자신이 곤경에 처했음
을 깨달았다.

67

레인지로버는 자바 블랙 진주색깔로 사륜구동 차량이었다. 표준 트랜스미션에 강화 폴리프로필렌 램프, 브레이크 등에는 클러스터 피팅을 장착했고 운전대는 오른쪽에 있었다.

랭던은 자신이 운전을 하지 않아서 즐거웠다.

주인의 명령에 따라 집사인 레미가 운전대를 잡고 빌레트 성을 뒤로 한 채 달빛에서 차량을 운전하는 인상적인 일을 하고 있었다. 헤드라이트도 켜지 않은 채, 레미는 작은 언덕을 가로질러 갔다. 그리고 긴 경사를 내려가며 영지에서 점점 멀어지고 있었다. 레미는 멀리 보이는 들쑥날쑥한 숲으로 향하는 것처럼 보였다.

쐐기돌을 껴안은 채 보조석에 앉은 랭던은 뒷좌석에 앉은 티빙과 소피를 돌아보았다.

"머린 어때요, 로버트?"

걱정스러운 말투로 소피가 물었다.

랭던은 억지로 미소를 지어 보였다.

"한결 나아졌소, 고마워요."

사실은 무척이나 아팠다.

소피 옆에 앉아 있던 티빙이 어깨 너머로 뒷좌석 짐칸에 구겨진 채 누워 있는 수도승을 돌아보았다. 티빙의 무릎에는 수도승이 가지고 있던 권총이 놓여 있었다. 티빙의 모습은 사냥감 앞에서 포즈를 취한 낡은 사진의 영국인 사냥꾼 같았다.

"자네가 나타나서 매우 즐겁네, 로버트."

아주 오랜만에 즐거움을 맛본 사람처럼 티빙은 싱긋 웃으며 말했다.

"이런 일에 연관시켜서 죄송합니다, 레이 경."

"어허, 내 인생 전체가 이런 일에 연관되기를 기다려 왔다네."

티빙은 앞 창문으로 보이는 긴 관목 울타리의 그림자를 바라보았다. 티빙은 뒤에서 레미의 어깨를 두드렸다.

"브레이크를 밟지 않아야 한다는 것을 명심하게. 필요할 때에만 비상 브레이크를 쓰도록 해. 나무 사이로 살짝 지나갔으면 하네. 저택에서 우리를 보게 되는 위험을 자초할 필요는 없으니까."

레미는 아주 천천히 레인지로버를 울타리 입구로 몰고 갔다. 차가 울창한 나무 그늘 사이로 들어가자 달빛도 잘 보이지 않았다.

'아무것도 보이지 않는군.'

앞에 있는 형체를 구분하려고 애쓰며 랭던은 생각했다. 밖은 컴컴했다. 나뭇가지들이 차량의 왼쪽에 와서 부딪히자, 레미는 방향을 반대로 틀었다. 그러고는 30미터 정도 앞으로 나아가고 있었다.

티빙이 말했다.

"아주 잘하고 있구먼, 레미. 이제 꽤 벗어났을 거야. 로버트, 거기 구부러진 곳 아래에 있는 작은 파란색 버튼을 누를 수 있겠나? 거기 보이지?"

랭던은 버튼을 찾아내서 눌렀다.

조도가 낮은 노란 불빛이 그들 앞의 길을 비추었다. 길 양쪽으로 빽빽하게 늘어서 있는 관목들이 보였다.

'안개등이로군.'

랭던은 깨달았다. 똑바로 길을 갈 수 있을 정도의 빛이었다. 하지만 지금은 숲 깊숙이 들어와 있기 때문에 빛이 멀리 퍼지지는 못할 것이다.

티빙이 행복한 목소리로 말했다.

"레미, 불이 켜졌네. 우리 목숨은 자네 손에 달려 있어."

"어디로 가는 거죠?"

소피가 물었다.

"이 길은 숲으로 삼 킬로미터 정도 계속된다네. 영지를 가로질러서 북쪽으로 향하는 길이지. 물 웅덩이나 쓰러진 나무를 만나지만 않는다면, 오 번 고속도로와 별 탈 없이 만나게 될 걸세."

'별 탈 없이.'

랭던은 다른 것을 생각하기로 했다. 무릎에 있는 상자를 내려다보았다. 쐐기돌은 상자 안에 안전하게 들어 있었다. 뚜껑의 장미문양 조각도 다시 제자리에 박혀 있었다. 머릿속은 여전히 엉망이었지만, 랭던은 장미 조각을 떼어내 그 아래 새겨진 글자들을 좀더 가까이서 조사해 보고 싶어 죽을 지경이었다. 랭던은 상자의 빗장을 풀고 뚜껑을 들어올렸다. 이때 티빙의 손이 랭던의 어깨 위에 닿았다.

"참게나, 로버트. 이 길은 어둡고 울퉁불퉁하네. 우리가 어느 것을 망가뜨려도 신은 우릴 구해 주실 걸세. 밝은 데서도 자네가 그 언어를 알아보지 못했다면, 어둠에서 더 잘할 수는 없을 거야. 모두 무사히 빠져나가는 데만 신경을 쓰자고. 안 그런가? 곧 자세히 조사해 볼 시간이 생길 걸세."

티빙의 말이 옳았다. 고개를 끄덕이며 랭던은 상자를 다시 닫았다.

꽁꽁 묶인 수도승이 몸부림치며 신음하기 시작하더니 갑자기 험악하게 발길질을 해댔다.

티빙이 돌아앉아 권총을 겨눴다.

"네놈이 불평을 하다니, 상상도 못할 일이군. 네놈은 내 집으로 침입해서, 사랑하는 내 친구의 머리통에 일격을 가했어. 난 지금 당장이라도 자넬 쏠 권리가 있고, 자넬 숲에 던져 놓고 그냥 썩도록 내버려두고 갈 수도 있네."

수도승이 조용해졌다.

"저자를 정말 데려갈 겁니까?"

랭던이 물었다.

"그야 당연하지! 자넨 살인범으로 몰리고 있어, 로버트. 이 깡패는 자유를 얻기 위한 자네의 티켓이야. 경찰은 내 집까지 쫓아올 정도로 자넬 잡으려고 안달이 나 있네."

소피가 말했다.

"제 잘못이에요. 아마 장갑 트럭에 자동발신 장치가 있었을 거예요."

"중요한 건 그게 아니야. 경찰이 자네를 찾아낸 것 때문에 내가 놀란 것이 아니야. 날 놀라게 한 것은 오푸스 데이 인물이 자넬 찾아낸 것이네. 자네가 나에게 해준 모든 얘기를 되짚어 봐도, 이 작자가 어떻게 내 집까지 자네를 따라올 수 있었는지 상상할 수가 없어. 혹시 사법경찰이나 취리히 안전금고 은행에 끈이 있다면 몰라도."

랭던도 그 점을 생각했다. 브쥐 파슈는 확실히 오늘 밤 일어난 살인 사건의 희생양을 찾을 의도가 강해 보였다. 그리고 은행장인 베르네는 네 사람의 살인범이 랭던이라고 생각했기 때문에, 자신들을 빼냈다가 다시 경찰에 넘기려 했다. 베르네의 심정 변화는 이해되었다.

"이 수도승은 혼자서 일하는 것이 아니야, 로버트. 이 뒤에 누가 있는지를 알기 전까지, 자네 둘은 위험에 처해 있는 걸세. 좋은 소식은 자네들이 이제 힘있는 위치에 있다는 것이지. 내 뒤에 있는 괴물은 정보를 쥐고 있고, 이 괴물을 조종하던 사람은 지금 똥줄깨나 타고 있을 거야."

길에 익숙해진 레미가 속력을 냈다. 차는 물을 튀기며 작은 언덕을 올라갔다가 다시 내려갔다.

"로버트, 전화기 좀 건네주겠나?"

티빙이 자동차 계기판 위에 있는 전화기를 가리키며 말했다. 랭던이 뒤로 건네주자, 티빙이 번호를 눌렀다. 누군가 전화를 받을 때까지 티빙은 꽤 오랫동안 기다렸다.

"리처드? 내가 깨웠는가? 물론 그렇지. 어리석은 질문을 했구먼. 미안하네. 내게 작은 문제가 생겼어. 별로 상태가 좋지 않아. 치료를 위해서 레미와 내가 영국으로 가야 할 것 같네. 그래, 사실은 지금 당장. 너무 급하게 알려줘서 미안하구먼. 이십 분 후에 엘리자베스를 준비시켜 줄 수 있겠는가? 그래, 할 수 있는 한 최선을 다해 주게. 그럼 이따가 보세."

"엘리자베스?"

랭던이 물었다.

"내 비행기야. 여왕의 몸값만큼이나 돈이 들었지."

랭던은 완전히 돌아앉아서 티빙을 쳐다보았다.

"뭔가? 사법경찰 전체가 자네 둘을 쫓고 있는 마당에, 여기 프랑스에 있을 수는 없어. 런던이 훨씬 안전할 거네."

소피 역시 티빙을 돌아보았다.

"우리가 프랑스를 떠나야 한다고 생각하시는 거예요?"

"친구들, 여기 프랑스말고 문명화된 세상에서 난 훨씬 영향력 있는 사람이라네. 거기에다 성배는 영국에 있는 걸로 알려져 있고. 만일 쐐기돌을 풀게 되면, 우리가 어느 쪽으로 움직여야 할지 알려주는 지도를 찾게 될 것이라고 확신하네."

소피가 말했다.

"우리를 도우면 큰 위험이 따를 거예요. 앞으로 프랑스 경찰과는 어떤 친분 관계도 맺을 수 없을 텐데."

티빙은 역겹다는 표정을 지었다.

"프랑스에서의 볼일은 다 끝났네. 여기엔 쐐기돌을 찾으러 온 것이니까. 이제 일이 끝났으니, 다시는 빌레트 성을 보지 못해도 상관없네."

소피는 불안한 표정이었다.

"공항 경비를 어떻게 뚫고 지나가죠?"

티빙은 소리내어 웃었다.

"여기서 그리 멀지 않은 곳에 있는 르 부르제라는 비행장에서 날아갈 거야. 프랑스 의사들은 날 신경질나게 하거든. 그래서 이 주일마다 치료를 위해 영국으로 날아가지. 확실한 특권을 위해서 양쪽에다 돈을 좀 썼지. 일단 우리가 이륙하면, 영국 주재 미국 대사관에서 사람을 나오게 할지 말지는 자네가 결정하게나."

랭던은 갑자기 대사관과는 어떤 일도 하고 싶지가 않았다. 그가 생각하는 것은 쐐기돌과 장미목 상자에 새겨진 글자뿐이었다. 그리고 이것이 정말로 그를 성배로 이끌어줄 수 있을지 의문이 들었다. 랭던은 성배가 영국에 있다는 티빙의 확신이 진정 맞는지 의아했다. 대부분의 현대 전설은 성배가 영국 어딘가에 있다고 인정하고 있었다. 성배 이야기가 풍부한 아서 왕의 신비스러운 아발론 섬은 영국의 글래스턴베리에 비하면 이제 아무것도 아니었다. 성배가 어디에 누워 있든 간에, 랭던은 자기가 실제로 그걸 찾는 중이라는 사실이 믿어지지 않았다.

'상그리엘 문서들. 예수 그리스도의 진짜 이야기. 마리아 막달레나의 무덤.'

랭던은 갑자기 자신이 전혀 다른 세계에 살고 있는 것처럼 느껴졌다…… 진짜 세상은 그에게 닿을 수 없는 곳, 물거품이었다.

레미가 말했다.

"주인님, 진짜 영국으로 돌아가실 작정입니까?"

"레미, 자넨 걱정할 필요 없네. 여왕의 땅으로 돌아가는 것이 내 인생의 마지막 나날들을 소시지와 으깬 감자요리에 미각을 맞추겠다는 뜻은 아니니까. 거기서도 자네가 내 곁에 영원히 있어 줬으면 싶네. 데번셔에 멋진 빌라를 살 작정이야. 자네 물건을 즉시 몽땅 옮겨 오자고. 모험이야, 레미. 모험이라고!"

랭던은 웃지 않을 수 없었다. 티빙이 개선장군이라도 되는 것처럼 영국에서의 계획을 펼치는 것을 보며, 랭던은 티빙의 열정에 자기 역시 사로잡히는 것을 느꼈다.

창문 밖을 멍하니 바라보면서, 랭던은 유령처럼 창백한 안개등 불빛 사이로 나무들이 지나치는 것을 보았다. 나뭇가지들 때문에 랭던 쪽의 사이드 미러는 안쪽으로 살짝 꺾여 있었다. 랭던은 거울에서 소피가 뒷좌석에 조용히 앉아 있는 것을 보았다. 그리고 오랫동안 그녀를 지켜보았다. 예기치 못한 만족감이 솟아올랐다. 자신이 처한 곤경에도 불구하고, 멋진 동료와 함께하게 되어 감사할 따름이었다.

몇 분 후에 자신을 쳐다보는 랭던의 시선을 느끼기라도 한 듯, 소피가 몸을 앞으로 내밀어 랭던의 어깨에 손을 얹었다.

"괜찮아요?"

"예, 그럭저럭."

다시 물러나 앉는 소피의 입가에 조용한 미소가 번지는 것을 랭던은 보았다. 그 역시 싱긋 웃고 있었다.

레인지로버 뒤에 구겨진 채로 처박힌 사일래스는 숨조차 제대로 쉴 수가 없었다. 팔은 뒤로 비틀어져 있고, 발목은 삼끈과 송수관 테이프로 꽁꽁 묶여 있었다. 울퉁불퉁한 길을 지날 때마다 비틀린 어깨에서 고통이 전해졌다. 자기를 체포한 사람이 그나마 말총 허리띠를 떼어내 준 것이 다행이었다. 입을 막고 있는 테이프 때문에, 사일래스는 오직 콧구멍으로만 숨을 쉴 수밖에 없었다. 하지만 갇혀 있는 짐칸의 먼지들로 코가 서서히 막히고 있었다. 사일래스는 재채기를 시작했다.

"저 사람, 숨이 막히는 모양인데요."

걱정스러운 어투로 프랑스 운전사가 말했다.

목발로 사일래스를 후려친 영국인이 돌아앉아서, 차갑게 얼굴을 찡그리며 사일래스를 내려다보았다.

"자네에겐 다행스러운 일이구먼. 우리 영국인들은 친구를 위한 연민이 아니라, 적을 위한 연민을 보고 인간의 예의를 판단한다네."

영국인은 손을 뻗어 사일래스의 입을 틀어막고 있는 테이프를 뜯어내 버렸다.

사일래스는 입술이 불에 덴 것 같았다. 하지만 신이 보내준 공기가 폐로 흘러 들어왔다.

"누굴 위해 일하고 있는가?"

영국인이 물었다.

"난 신의 사업을 위해 일하오."

사일래스는 여자가 턱을 걷어차서 입 안에 고여 있던 침과 피를 뱉어냈다.

"자네는 오푸스 데이에 속해 있지."

노인이 말했다. 그것은 질문이 아니었다.

"내가 누군지 하나도 알아낼 수 없을 것이오."

"왜 오푸스 데이가 쐐기돌을 원하는가?"

사일래스는 대답할 생각이 없었다. 쐐기돌은 성배와의 연결고리이고, 성배는 믿음을 보호하기 위한 열쇠였다.

'난 신의 일을 한다. 그 길이 위험에 처해 있다.'

레인지로버 안에서 발버둥치며, 사일래스는 자신이 스승과 주교의 기대를 영원히 저버린 것에 대해 두려움을 느꼈다. 그들과 연락할 길도 없었고, 일이 틀어졌다고 말할 수도 없었다.

'저들이 쐐기돌을 가지고 있다! 우리보다 먼저 성배를 손에 넣을

것이다!'

숨막히는 어둠에서 사일래스는 기도했다. 몸의 고통으로 인해 자기의 간청이 더욱 간절해지기를 빌었다.

'주여, 기적을! 전 기적이 필요합니다.'

지금부터 몇 시간 후에, 자신이 기적을 체험하게 되리란 것을 사일래스는 아직 모르고 있었다.

소피는 여전히 랭던을 보고 있었다.

"로버트, 우스운 표정이 방금 당신 얼굴에 지나갔어요."

랭던은 소피를 돌아보았다. 그의 턱은 굳게 다물어져 있고, 심장은 빠르게 뛰고 있었다. 믿을 수 없는 생각이 방금 떠올랐던 것이다.

'정말로 그렇게 간단히 설명될 수 있을까?'

"당신 휴대 전화기를 사용해도 되겠소?"

"지금요?"

"지금 막 생각난 게 있소."

"뭔데요?"

소피는 신중한 표정을 지었다.

"파슈가 추적할지도 몰라요. 그러니까 만약을 위해 일 분 안에 끝내요."

소피는 랭던에게 전화기를 건넸다.

"미국으로는 어떻게 거는 거요?"

"요금을 물어야 할 거예요. 내 전화기로는 대서양을 건너지 못해요."

랭던은 0번을 눌렀다. 오늘 밤 내내 그에게 수수께끼였던 질문에 대한 답이 다음 60초 안에 들어 있을지도 모른다는 생각이 스치고 지나갔다.

68

뉴욕에 있는 편집장 조나스 파우크만은 침대로 기어들고 있었다. 그때 전화벨이 울렸다.

'남의 집에 전화를 걸기엔 조금 늦은 시간이군.'

조나스는 투덜거리며 수화기를 들었다.

전화 교환원의 목소리가 물었다.

"로버트 랭던 씨의 수신자 부담 전화를 받으시겠습니까?"

어리둥절한 조나스는 방의 불을 켰다.

"어라…… 물론입니다, 좋아요."

딸각거리는 소리가 흘러나왔다.

"조나스?"

"로버트? 깨우는 것도 모자라서 나한테 전화비까지 물려?"

"조나스, 미안해요. 짧게 얘기해야 합니다. 분명히 알아야 할 것이 있는데, 내가 당신에게 준 원고 말입니다, 당신 혹시……"

"로버트, 미안하네. 이번 주말에 편집을 해서 자네에게 보내주기로 했다는 건 알고 있네. 하지만 진짜 바빴어. 다음 주 월요일에는 꼭, 약속하지."

"편집을 걱정하는 것이 아닙니다. 추천사를 부탁하려고 내게 말없이, 혹시 원고 사본을 다른 사람에게 보냈는지 알고 싶은 겁니다."

파우크만은 망설였다. 여신숭배의 역사를 탐구하는 랭던의 새로운 원고는 마리아 막달레나에 관한 여러 내용이 있었다. 이 부분들은 일부 사람들의 눈썹을 치켜뜨게 할 만한 그런 내용이었다. 랭던의 원고가 논리적으로 잘 정리되어 있고 다른 책들의 내용을 인용했다 하더라도, 파우크만은 이름 있는 역사가들과 예술가들의 추천 없이는 랭던의 급진적인 원고를 출간할 의도가 없었다. 파우크만은 예술계에서 영향력 있는 10인을 골라, 그들에게 책 표지에 쓸 짧은 추천사를 써줄 수 있겠냐는 공손한 편지와 함께 원고의 사본을 보냈던 것이다. 파우크만의 경험으로 볼 때, 추천인들은 대부분의 사람이 그들의 이름을 보는 것만으로도 펄쩍 뛸 만한 인물들이었다.

랭던이 강한 어조로 말했다.

"조나스? 내 원고를 내보냈죠, 그렇죠?"

랭던이 이 일에 대해 즐거워하지 않는다는 감을 잡고, 파우크만은 눈살을 찌푸렸다.

"원고는 깨끗하다네, 로버트. 난 멋진 추천사를 가지고 자넬 놀라게 해주고 싶었을 뿐이야."

잠시 말이 없었다.

"파리 루브르 박물관 관장에게도 한 부 보냈습니까?"

"자네 원고는 그 사람의 루브르 수집품을 여러 차례 참고로 하고 있었어. 그의 저서들이 참고문헌 목록에도 올라 있고 말이야. 그리고 그 사람 이름은 해외판매 측면에서도 대단한 영향력을 발휘할 거라고. 소니에르 씨한테는 누워서 떡 먹기란 말이야."

침묵이 꽤 길었다.

"사본을 언제 보냈습니까?"

"한 달 전쯤에. 그리고 자네가 곧 파리에 가게 될 것 같으니까, 둘이

서 얘기를 나눠 보는 것이 어떻겠느냐고 제안했지. 그가 자네에게 만나자고 전화했던가?"

눈을 문지르면서 파우크만은 잠시 말을 멈췄다.

"잠깐만, 자네 이번 주말에 파리에 있기로 되어 있지 않나?"

"지금 파리에 있습니다."

파우크만은 똑바로 앉았다.

"파리에서 수신자 부담 전화를 걸고 있는 거야?"

"내 인세에서 요금만큼 빼요, 조나스. 소니에르한테서 별 얘기 없습니까? 그가 내 원고를 맘에 들어하던가요?"

"나야 모르지. 그로부터는 아직 연락을 못 받았으니까."

"그럼, 조나스, 긴장하지 말아요. 그만 끊어야겠습니다. 하지만 이 일이 많은 것을 설명해 주는군요. 고맙습니다."

"로버트……"

하지만 랭던은 이미 전화를 끝은 뒤였다.

의혹감에 머리를 저으며 파우크만은 머리를 흔들었다.

'작가들이란 정신이 온전한 작가도 괴짜이긴 마찬가지야.'

레인지로버 안에서 레이 티빙은 킬킬 웃었다.

"로버트, 자네 지금 비밀조직을 연구한 원고를 썼다고 말했는가? 그리고 자네 편집장이 그 사본을 비밀조직에 보냈다고?"

랭던은 풀이 죽었다.

"그런 모양입니다."

"잔인한 우연의 일치로구먼, 친구."

'우연의 일치는 이 일과 아무런 상관이 없어.'

랭던은 알고 있었다. 자크 소니에르에게 여신숭배에 관한 원고의 추천사를 부탁하는 것은 타이거 우즈에게 골프 책의 추천사를 부탁하는

84

것과 같았다. 더욱이 여신숭배에 관한 책이라면 시온 수도회를 언급해
야만 했다.

여전히 킬킬거리며 티빙이 말했다.

"여기 백만 달러짜리 질문이 있네. 시온에 대한 자네의 입장은 우호
적인가, 비우호적인가?"

랭던은 티빙의 진짜 의도를 또렷하게 들을 수 있었다. 많은 역사가들
은 왜 시온 수도회가 아직도 상그리엘 문서를 숨기고 있는지 궁금해했
다. 일부는 오래 전에 세상과 함께 문서의 정보를 공유해야 한다고 느
끼고 있었다.

"시온의 행동에 대해 저는 아무런 입장도 가지고 있지 않습니다."

"믿음이 부족하단 뜻이구먼."

랭던은 어깨를 움츠렸다. 티빙은 명백히 문서를 공개해야 한다는 입
장에 서 있었다.

"저는 그저 시온의 역사를 제시하고, 시온을 현대의 여신숭배 단체,
성배의 수호자, 고대 문서의 파수꾼들로 묘사했을 뿐입니다."

소피가 랭던을 쳐다보았다.

"쐐기돌에 대해서도 언급했나요?"

랭던은 주춤했다. 언급했다. 그것도 아주 자주.

"난 시온이 상그리엘 문서를 그렇게 오랫동안 보호할 수 있었던 예
로, 쐐기돌의 존재 가능성에 대해서 얘기했어요."

소피는 놀라는 것 같았다.

"P.S. 로버트 랭던을 찾아라, 그 말이 이제 이해되네요."

랭던은 실제로 원고에 있는 뭔가가 소니에르의 관심을 끌었다고
느끼고 있었다. 하지만 그 주제는 소피와 단둘이 있을 때 의논하고
싶었다.

소피가 말했다.

"그럼 당신은 파슈 반장에게 거짓말을 한 셈이군요."

"뭘요?"

"할아버지와 연락을 주고받은 적이 한 번도 없다고 말했었잖아요."

"난 그런 적이 없소! 내 편집장이 보낸 거요."

"생각해 봐요, 로버트. 만일 파슈 반장이 당신 편집장이 보낸 원고의 봉투를 발견하지 못했다면, 당신이 그걸 보냈다고 결론지을 거예요. 더욱 심하게 얘기하자면, 당신이 그걸 손수 전달하고서 거짓말을 했다고 믿을 수도 있어요."

레인지로버가 르 부르제 비행장에 도착했을 때, 레미는 비행장 제일 끝에 있는 작은 격납고로 차를 몰고 갔다. 그들이 다가가자, 구겨진 카키색 군복을 입은 헝클어진 머리의 남자가 손을 흔들며 격납고에서 나왔다. 남자가 주름 접힌 거대한 금속 문을 밀어내자, 늘씬한 하얀색 제트기가 모습을 드러냈다.

랭던은 반짝이는 비행기의 동체를 바라보았다.

"저게 엘리자베스입니까?"

티빙이 빙긋이 웃었다.

"지랄 같은 해저터널을 이겨 버려야지."

카키색 군복을 입은 남자가 헤드라이트 때문에 눈을 찡그리며 그들에게 다가왔다.

"거의 준비되었습니다. 선생님."

남자는 영국식 억양을 쓰고 있었다.

"늦어서 죄송합니다. 하지만 선생님이 너무 급작스럽게 연락을 주셨고, 그리고……"

차에서 내리는 사람들을 보더니 남자는 말을 멈췄다. 남자는 소피와 랭던을 쳐다본 뒤 티빙에게로 다시 시선을 돌렸다.

"내 동료들과 나는 런던에 급한 용무가 있다네. 시간이 없어. 즉시 출발할 수 있도록 준비해 주게나."

티빙은 얘기를 하면서, 차에서 권총을 꺼내 랭던에게 건넸다.

무기를 본 비행기 조종사의 눈이 튀어나왔다. 남자는 티빙에게로 다가가 속삭였다.

"선생님, 정말 죄송합니다만, 제 외교 비행은 오직 선생님과 선생님의 집사만 모시는 걸로 되어 있습니다. 선생님의 손님들은 태울 수가 없습니다."

티빙이 따뜻하게 웃으며 말했다.

"리처드, 이만 파운드와 장전된 저 총이라면, 자넨 내 손님들을 태울 수 있을 걸세."

티빙은 레인지로버를 가리켰다.

"그리고 저 뒤에 있는 불행한 친구도."

69

호커 731의 쌍발 엔진 가렛 TFE-731이 불을 뿜자, 비행기는 어마어마한 힘으로 땅을 박차고 치솟았다. 비행기 창문으로 부르제 비행장이 빠른 속도로 멀어지고 있었다.

'나는 지금 내 나라에서 도망치고 있다.'

가죽 의자에 몸을 기대며 소피는 생각했다. 그 동안은 파슈와의 게임에서, 자신의 행동을 방위청에 어떻게든 정당화시킬 수 있을 거라 믿고 있었다. 그러나 그녀는 지금 서류도 없이 수배자에다 인질까지 타국으로 빼돌리고 있었다. 정당성의 선이라는 것이 있다면, 그녀는 지금 막 그 선을 넘어 버린 것이다. 음속의 속도로.

'나는 무고한 시민을 보호하려는 것이다. 할아버지의 절박한 소망을 이루려고 노력하는 중이다.'

이제 기회의 창이 닫혔다는 것을 소피는 깨달았다.

소피는 랭던, 티빙과 함께 객실 앞쪽에 앉아 있었다. 객실 문에 붙은 금빛 메달에는, '팬 제트 엘리트 디자인'이라는 회사가 객실을 디자인했다고 적혀 있었다. 의자는 바닥의 트랙에 나사가 달려 있어서 회전시킬 수가 있었다. 의자를 돌리면 사각 나무탁자 둘레로 의자들이 모여 작은 회의실을 만들 수 있었다. 하지만 품위 있는 실내 디자인은 객실 뒤쪽 화장실 근처의 살벌한 상황을 누그러뜨리지는 못했다. 티빙의 집사 레미는 권총을 손에 들고 앉아, 발 밑에 짐짝처럼 묶여 있는 피투성이 수도승을 감시하고 있었다.

아이들에게 막 성교육을 시작하려는 아버지처럼 자애로운 목소리로 티빙이 입을 열었다.

"쐐기돌에 관심을 쏟기 전에, 내가 몇 마디 해도 좋을지 모르겠네. 친구들, 나는 그저 이 여행의 손님이라는 것을 깨달았네. 그리고 이런 기회를 얻게 되어 매우 영광일세. 하지만 성배를 찾아 일생을 보낸 사람으로서, 이 일이 얼마나 위험한 일이든지 간에 자네 두 사람은 돌아올 수 없는 길로 막 걸음을 내디뎠다고 경고해 주는 것이 내 의무라고 생각하네. 그리고 느뵈 양, 아가씨의 할아버지는 성배에 대한 비밀을 살리기 위해 이 크립텍스를 아가씨에게 주었소."

"예."

"이것이 어디로 아가씨를 이끌든 그 자취를 따라가야 한다는 의무감을 느끼겠죠, 이해해요."

소피는 고개를 끄덕였다. 하지만 그녀의 내부에서는 두 번째 동기가 여전히 불타오르고 있었다.

'내 가족에 관한 진실.'

쐐기돌이 그녀의 과거와 아무 연관이 없다는 랭던의 확신에도 불구하고, 소피는 좀더 개인적인 뭔가가 이 수수께끼와 깊이 연결되었다는 느낌을 품고 있었다. 할아버지가 손수 만든 크립텍스는 그녀에게 무슨 말을 하려고 애쓰고 있고, 지난 세월 동안 그녀를 엄습했던 공허함을 치료할 수 있는 뭔가를 줄 것만 같았다.

"아가씨의 할아버지와 세 사람이 오늘 밤에 죽었어요. 그들은 죽음으로써 이 쐐기돌을 교회로부터 지켜냈소. 오늘 밤 오푸스 데이가 이것을 손에 넣을 뻔했지. 나는 이 쐐기돌에 이례적인 책임이 따른다는 것을 아가씨가 이해하기를 바라오. 아가씬 횃불을 건네받은 것이오. 이천 년 동안 타오른 불꽃이 꺼지도록 내버려 둘 수는 없지. 이 횃불은 나쁜 사람의 손에 들어가선 안 되는 것이오."

티빙은 잠시 말을 멈추고 장미목 상자를 응시했다.

"이 일에 아가씨는 아무런 선택권이 없었다는 것을 나도 알아요. 느뵈 양, 하지만 여기에 걸린 일을 생각하면 이 책임을 완전히 받아들이든지…… 아니면 다른 누군가에게 그 책임을 넘겨야만 할 거요."

"할아버지는 크립텍스를 제게 주셨어요. 할아버진 제가 그 책임을 잘 소화해 낼 것이라고 믿었기 때문에 그랬을 거예요."

티빙은 고무된 표정이었지만 이해한 얼굴은 아니었다.

"좋아요, 강한 의지가 필요하지. 하지만 만일 쐐기돌을 제대로 열게 되면, 더 큰 시련에 처할지도 모른다는 것을 아가씨가 이해하고 있는지 궁금하군요."

"어떻게요?"

"아가씨가 성배의 위치를 알려주는 지도를 갑자기 손에 쥐게 되었다고 상상해 봅시다. 그 순간, 아가씨는 역사를 영원히 바꿔 놓을 수 있는 진실을 갖게 되는 거요. 아가씨는 사람들이 수백년 동안 찾아 헤맨 진실의 수호자가 되는 거요. 그 진실을 세상에 알려야 하는 책임과 마주하게 된단 뜻이오. 그 일로 한 개인은 많은 사람들로부터 존경받을 수도 있고, 또 많은 사람들로부터 경멸당할 수도 있어요. 문제는 아가씨에게 그런 일을 수행할 수 있는 힘이 있느냐는 거요."

소피는 잠시 잠자코 있었다.

"제가 결정을 내려야 하는 사람인지 확신이 없어요."

티빙은 눈썹을 치켜세웠다.

"없다고? 열쇠를 손에 쥐고 있는 사람이 아니라면, 그럼 누가?"

"비밀을 오랫동안 성공적으로 보호해 왔던 조직."

티빙은 의심스러운 표정을 지었다.

"시온? 하지만 어떻게? 조직은 오늘 밤 와해됐소. '참수당했다.' 바로 아가씨가 적절하게 표현했지. 시온에 구멍이 뚫린 것이 도청에 의한 것인지, 아니면 조직 내부의 스파이에 의한 것인지 우리는 알 수가 없어요. 하지만 남은 진실은 누군가 조직에 접근해서 최고위층 네 사람의 신분을 알아냈다는 것이오. 이 시점에서는 조직의 사람을 만난다 해도 그 누구도 신뢰할 수가 없어요."

"그럼 어떻게 하자는 겁니까?"

랭던이 물었다.

"로버트, 자네도 나만큼이나 잘 알지 않나. 시온은 진실을 영원히 보호하려고 하지는 않았지. 그들은 비밀을 공유할 적당한 때를 기다리고 있었던 거야. 세상이 이 진실을 다룰 준비가 되어 있는 때를 말이야."

"그럼 레이 경은 그 순간이 왔다고 믿는 겁니까?"

"물론이지. 이보다 더 분명할 수는 없어. 모든 역사적인 표지가 한자리에 있으니까. 그리고 시온이 그들의 비밀을 곧 공개할 의도가 아니었다면, 왜 교회가 이제서야 공격을 했겠나?"

소피가 끼어들었다.

"저 수도승은 자기 목적에 대해 아직 얘기하지 않았어요."

"수도승의 목적이 바로 교회의 목적이야. 문서를 파괴해서 위대한 거짓말을 계속 보존하자는 거지. 오늘 밤에 교회는 다른 어느 때보다 가까이 다가왔어요. 느뵈 양, 시온은 당신을 믿은 거요. 성배를 구하는 임무는 세상과 진실을 공유하려던 시온의 마지막 소원을 수행하는 일도 분명 포함하고 있는 거요."

랭던이 끼어들었다.

"레이 경, 지금 결정을 내리라고 소피에게 요구하는 것은, 고작 한 시간 전에 상그리엘 문서가 존재한다는 것을 알게 된 사람에게 너무 무거운 짐을 지게 하는 겁니다."

티빙이 한숨을 내쉬었다.

"내가 지나쳤다면 사과하리다, 느뵈 양. 분명히 나는 그 문서가 공개되어야 한다고 믿고 있는 사람이오. 하지만 결국 결정은 아가씨에게 달려 있소. 난 그저 우리가 쐐기돌을 성공적으로 열었을 때 무슨 일이 일어날지를 아가씨가 미리 생각해 보는 것이 필요하다고 여길 뿐이오."

소피가 확고한 목소리로 말했다.

"레이 경의 말을 인용하자면, '성배를 찾으려고 하지 마라. 성배가 너를 찾을 것이다.' 성배가 어떤 이유로든 저를 찾아내리라고 믿어요. 때가 되면 제가 무엇을 해야 할지 알 수 있을 겁니다."

티빙과 랭던은 놀란 표정을 지었다.

소피는 장미목 상자를 가리키며 말했다.

"그럼, 시작해 볼까요."

70

빌레트 성의 화실에 선 콜레 부관은 꺼져 가는 벽난로의 불을 바라보며 의기소침해 있었다. 조금 전에 도착한 파슈 반장은 옆방에 있었다. 전화기에 대고 고함을 지르고, 자취를 감춘 레인지로버의 행방을 알아내려는 헛된 시도를 하느라 애쓰고 있었다.

'지금쯤이라면 어디로든 달아났겠지.'

콜레는 생각했다.

파슈의 직접적인 지시를 어기고, 랭던마저 두 번째로 놓친 지금, 콜레는 PTS가 바닥에서 탄환 구멍을 찾아낸 것이 그나마 고마웠다. 총알이 발사됐다는 콜레의 주장은 적어도 입증됐으니 말이다. 하지만 여전히 파슈의 기분은 사나웠다. 이 먼지가 가라앉을 때쯤이면, 바로 불똥이 튈 거라고 콜레는 생각했다.

불행히도 성 안에 있는 증거들은 무슨 일이 벌어졌는지, 누가 관련됐는지 아무런 단서도 주지 못했다. 밖에 있는 아우디 승용차는 가짜 신용카드와 가명으로 빌린 거였다. 그리고 차에 있는 지문은 인터폴의 데이터베이스에도 없었다.

다급한 표정으로 한 요원이 황급히 들어왔다.

"파슈 반장님은 어디에 있습니까?"

콜레는 타고 있는 장작불에서 눈을 떼지 않은 채 말했다.

"전화 통화중이시네."

방으로 들어서며 파슈가 말을 잡아챘다.

"통화는 끝났어. 무슨 용건인가?"

"취리히 안전금고 은행의 앙드레 베르네로부터 중앙본부에 연락이 왔답니다. 그 사람이 반장님과 개인적으로 할 얘기가 있다는데요. 자기 진술을 바꾸고 있습니다."

"흠?"

파슈는 놀라움과 반가움이 섞인 표정이었다.

그제야 콜레는 고개를 들었다.

"랭던과 느뵈가 오늘 밤 자기 은행에서 시간을 보낸 것을 인정한답니다."

파슈가 말했다.

"우리도 알고 있어. 그런데 왜 거짓말을 한 거래?"

"반장님께만 말씀드리겠다고 합니다. 수사에 전적으로 협조하겠다고 했습니다."

"그 대가로 무엇을 원하던가?"

"뉴스에 자기네 은행 이름이 나가지 않게 해달라는 겁니다. 그리고 잃어버린 소유물을 찾도록 도와달라고 했습니다. 랭던과 느뵈가 소니에르 씨의 계좌에서 뭔가를 훔쳐 간 모양입니다."

콜레가 불쑥 끼어들었다.

"뭐라고? 어떻게?"

파슈는 시선을 요원에게 고정시킨 채 꿈쩍도 하지 않았다.

"그들이 무엇을 훔쳤는데?"

"베르네는 말하지 않았습니다. 하지만 그 물건을 되찾기 위해서라면 무슨 일이든 할 태세였습니다."

콜레는 어떻게 이런 일이 일어났는지 상상해 보았다. 랭던과 느뵈가 총 끝으로 은행 직원을 움직인 것일까? 베르네를 위협해 강제로 소니에르의 계좌를 열게 하고, 장갑 트럭으로 탈출할 수 있도록 협박한 것일까? 그렇다 하더라도 소피 느뵈 같은 여자가 이런 일에 연관되었다는 것이 믿기지 않았다.

부엌에서 다른 요원이 소리를 질렀다.

"반장님! 티빙 씨 전화기의 자동 단축 번호를 조사하다가, 르 부르제 비행장과 연락이 닿았습니다. 나쁜 소식인데요."

30초 후에 파슈는 팀을 정리해 빌레트 성을 떠날 준비를 했다. 파슈는 티빙이 르 부르제 비행장 근처에서 개인 제트기를 타고 30분 전에 떠났다는 것을 알게 되었다.

비행장 관계자는 전화로 누가 비행기에 탔으며, 또 어디로 갔는지 모른다고 주장했다. 비행기 이륙은 예정에 없었으며, 비행 스케줄에도 기록되어 있지 않았다. 작은 비행장이었지만 분명 불법 행위였다. 파슈는 정당한 압력을 행사해 해답을 얻으리라고 확신했다.

문으로 향하면서 파슈가 고함을 쳤다.

"콜레 부관, 여기 PTS 조사를 자네에게 맡길 수밖에 없군. 일을 좀 제대로 하게나."

71

비행기가 수평을 이루고 영국으로 방향을 정하자, 랭던은 비행기가 이륙하는 동안 무릎에 올려 두었던 장미목 상자를 조심스레 들어올렸다. 탁자에 상자를 놓을 때, 소피와 티빙이 기대감으로 몸을 앞으로 내미는 것이 느껴졌다.

랭던은 뚜껑의 빗장을 풀고 상자를 열었다. 그의 관심은 크립텍스의 문자 다이얼이 아니라 상자 뚜껑 안쪽의 작은 구멍이었다. 펜 끝을 이용해 위에 박힌 장미 문양을 조심스레 밀어내자, 그 아래에 있던 문자들이 드러났다. '장미 아래.' 제대로 다시 보면 알지 모른다는 기대감에 랭던은 즐거운 기분이었다. 모든 에너지를 모아서 랭던은 이상한 문자를 조사하기 시작했다.

다 읽고 난 랭던은 처음 느꼈던 좌절감이 다시 치밀어 오르는 것을 느꼈다.

"레이 경, 무슨 말인지 모르겠습니다."

탁자 건너편에 앉은 소피는 글자가 보이지 않았다. 하지만 랭던이 언어를 해독하는 데 실패하자 놀랐다.

'심지어 기호학자도 해독할 수 없는 모호한 언어를 할아버지가 사용했단 말인가?'

그러나 그녀는 곧 그리 놀라운 일은 아니라는 것을 깨달았다. 이것이 자크 소니에르가 손녀에게 남긴 최초의 비밀은 아니었으니 말이다.

소피 맞은편에 앉은 레이 티빙은 터질 듯한 흥분을 느끼고 있었다. 글자를 보고 싶은 열망으로 몸이 떨릴 지경이었다. 티빙은 랭던에게 몸을 기대며 글자를 보려고 애썼다. 랭던은 아직도 상자에 몸을 숙이고 있었다.

랭던이 속삭였다.

"잘 모르겠습니다. 제 첫째 추측은 셈어가 아닌가 싶었습니다. 하지만 지금은 확실치 않아요. 모든 기본적인 셈어에는 네쿠닷이 있는데, 여기엔 보이지 않습니다."

"아마도 고대어겠지."

티빙이 추측했다.

"네쿠닷이 뭐예요?"

소피가 물었다.

티빙은 상자에서 눈을 떼지 않고 말했다.

"현대 셈어의 알파벳을 보면 모음이 없고 네쿠닷을 이용하지. 자음 아래 혹은 자음 안에 쓰인 작은 점들과 줄을 네쿠닷이라고 하는데, 자음을 동반하면서 모음 역할을 하는 거요. 역사적으로 보면, 네쿠닷은 비교적 현대에 첨가된 것들이라오."

랭던은 아직도 필적에 골몰하고 있었다.

"어쩌면 스페인계 유대어를 음역한 것일까……?"

티빙은 더 이상 참을 수가 없었다.

"내가 좀……"

티빙은 손을 뻗어 상자를 자기 쪽으로 끌어당겼다. 랭던이 표준 고대 언어들, 그리스어, 라틴어, 고대 로마어 등에 익숙하다는 것은 의심의 여지가 없었다. 하지만 티빙은 흘끗 보고 나서, 이 언어가 좀더 특별하다는 느낌을 받았다. 라쉬(Rashi) 글씨체이거나 STA"M*일지도 모른다는 생각이 들었다.(STA"M：Sifrei, Torah, Tefillin, Mezuzo의 약자로, 까마귀 발 같은 마크를 가진 특별한 헤브라이어 필기체.)

깊이 숨을 들이마신 다음, 티빙은 즐겁게 뚜껑에 새겨진 자국을 들여다보았다. 티빙은 오랫동안 아무 말도 하지 않았다. 그러나 티빙은 점점 확신이 사그라드는 것을 느꼈다. 티빙이 말했다.

"정말 놀라운걸. 일찍이 본 적이 없는 언어야."

랭던은 침울했다.

"제가 좀 볼까요?"

소피가 물었다.

티빙은 그녀의 말을 못 들은 척했다.

"로버트, 자네 조금 전에 이런 것을 본 적이 있던 것 같다고 얘기했지?"

랭던은 당황스러운 표정을 지었다.

"그렇게 생각했습니다. 하지만 확신이 서지는 않아요. 어쨌든 필적이 낯익습니다."

소피가 재차 말했다.

"레이 경, 제 할아버지가 만든 상자를 볼 수 있을까요?"

"물론이오, 아가씨."

상자를 소피에게 밀며 티빙이 말했다. 소피를 우습게 볼 생각은 아니었지만, 소피 느뵈는 이 자리에 있는 그녀의 동료들에 비해 수십 광년은 떨어져 있었다. 영국의 왕립 역사가와 하버드의 기호학자가 해독하지 못한 언어라면⋯⋯

"아, 이럴 줄 짐작했어야 했는데."

상자를 조사한 지 몇 초 후에 소피가 말했다.

티빙과 랭던은 동시에 그녀를 돌아보았다.

"뭔가 알아냈나?"

티빙이 물었다.

소피는 어깨를 으쓱했다.

"할아버지가 쓰던 언어가 아닐까 하고 추측했어요."

"지금 이 글자를 읽을 수 있다고 말하는 거요?"

티빙이 외쳤다.

이 상황을 즐기면서 소피는 명랑하게 말했다.

"꽤 쉬워요. 할아버지는 제가 겨우 여섯 살이었을 때 이 언어를 배우도록 했어요. 전 꽤나 유창한 편이죠."

소피는 탁자 앞으로 몸을 기대며, 질책의 눈빛으로 티빙을 응시했다.

"그리고 솔직히 말해서 군주에 충성을 맹세한 경의 입장을 고려해 볼 때, 경이 이 언어를 해석하지 못하다니 조금 놀라운 걸요."

순간적으로 랭던은 깨달았다.

'이 필적이 익숙해 보인 것이 하나도 놀랄 일이 아니었군.'

몇 년 전에 랭던은 하버드의 포그 박물관에서 열린 행사에 참석한 적이 있었다. 하버드 자퇴생인 빌 게이츠가 모교에 돌아와, 값을 매길 수 없는 그의 경매품 중 하나를 박물관에 대여해 준 것이다. 빌 게이츠가 경매를 통해 아르망 함마르 재단으로부터 구입한 열여섯 장의 종이들이었다.

게이츠의 낙찰가는 3천 80만 달러.

종이들의 저자는 레오나르도 다 빈치.

열여섯 장의 종이는 레스터의 백작이라는 유명한 소유주의 이름을 따서, 레오나르도의 '레스터의 사본'으로 알려져 있었다. 현존하는 레오나르도의 가장 매혹적인 공책 중 일부였다. 천문학, 지질학, 고고학, 수리학에 관한 다 빈치의 급진적인 이론들을 전개한 수필과 드로잉이 거기에 들어 있었다.

줄을 서서 기다리면서, 값을 매길 수 없는 이 진귀한 양피지를 마침내 보게 되었을 때 자신이 보인 반응을 랭던은 결코 잊을 수가 없었다. 완벽한 환멸. 양피지는 전혀 지적이지 않았다. 크림색 종이 위에 진홍색 잉크로 씌어진 다 빈치의 필기체는 나무랄 데 없이 아주 깔끔했고 공책의 보존 상태도 아주 훌륭했지만, 글은 그저 뜻 모를 횡설수설이었다. 처음에는 다 빈치가 고대 이탈리아어로 적어서 자신이 읽을 수 없다고 생각했다. 하지만 좀더 가까이서 살펴본 후에, 이탈리아어는 한 단어, 심지어 한 글자도 찾아볼 수 없다는 것을 깨달았다.

"이걸 사용해 보시죠."

전시관 옆에 있던 여자 안내원이 속삭였다. 여자는 전시물 옆에 사슬로 매달려 있는 손거울을 가리켰다. 랭던은 거울을 집어 들고, 거울의 표면에 나타난 글자들을 조사했다.

즉시 모든 것이 분명해졌다.

랭던은 위대한 사상가의 아이디어의 일부를 탐독하는 데 열심이었다. 이 위대한 남자의 예술적인 재능 중 하나가 거울에 비추어 보아야 읽을 수 있는 필기체 기법이었다는 것을 깜박 잊은 것이다. 거울로 비추어야만 하는 다 빈치의 필적은 무심코 글을 보는 사람들에게는 시각적으로 읽을 수 없는 언어였다. 역사가들은 다 빈치가 자기 자신을 즐겁게 하기 위해서 이런 식으로 글을 쓴 것인지, 사람들이 그의 어깨 너머로 훔쳐보거나 자기 아이디어를 훔쳐 가지 못하게 이런 방식을 사용한 것인지 아직도 논쟁하고 있다. 하지만 논쟁은 미결이었다. 다 빈치는 자기가 하고 싶은 대로 했을 것이다.

소피는 랭던이 자기를 이해하는 것을 보고 속으로 웃었다. 소피가 말했다.

"처음 단어 몇 개를 읽어 드릴게요. 이건 영어예요."

티빙이 침을 튀기며 말했다.

"어떻게 된 거야?"

랭던이 말했다.

"거꾸로 쓴 글자들입니다. 우린 거울이 필요해요."

소피가 말했다.

"아니오, 그럴 필요 없어요. 이 합판이 아주 얇다는 데 내기를 걸어도 좋아요."

소피는 상자를 들어 천장의 조명에 비춰 보았다. 그리고 상자 뚜껑 안을 조사하기 시작했다. 할아버지는 실제로 글을 거꾸로 쓰지는 않았다. 정상적으로 글을 쓴 후에 그것을 뒤집어서 마치 거꾸로 쓴 것 같은 인상을 만들어 냈다. 소피는 할아버지가 나무판에 낙인을 찍듯 글자들을 태워서 새기고, 그 뒤 종이처럼 얇아질 때까지 나무판을 대패나 사포 따위로 밀었을 것이라고 추측했다. 낙인이 된 글자들은 얇은 나뭇결을 통해서도 쉽게 보일 터였다. 그런 뒤에 할아버지는 종이처럼 얇아진 나무판을 간단히 뒤집어서 뚜껑 안쪽에 붙였을 것이다.

뚜껑을 빛에 가까이 가져간 소피는 자기 생각이 옳았다는 것을 확인했다. 밝은 조명이 얇은 나뭇결을 통과해서, 뚜껑 안쪽의 글자가 반대로 나타났다.

즉시 읽을 수 있었다.

부끄러움으로 고개를 떨구면서 티빙이 목쉰 소리로 말했다.

"영어라, 내 모국어로구먼."

비행기 뒤쪽에 앉은 레미는 시끄러운 엔진 소음 너머로 무슨 소리가 들리는지 신경을 곤두세웠다. 하지만 앞쪽에서 벌어지고 있는 대화는 알아듣기 어려웠다. 레미는 발 밑에 누워 있는 수도승의 몸뚱이를 내려다보았다. 모든 것을 받아들이기로 체념한 것인지, 아니면 구출을 바라는 조용한 기도를 올리기라도 하는지 사내는 전혀 움직임 없이 얌전히 누워 있었다.

72

457 킬로미터 상공에 떠 있는 랭던은 소니에르의 거울이미지 시에 정신을 집중할수록 물리적인 세계가 사라지는 듯한 기분을 느꼈다. 소니에르의 시는 상자 뚜껑을 통해 빛나고 있었다.

an ancient word of wisdom frees this scroll
and helps us keep her scattered family whole
a headstone praised by templars is the key
and atbash will reveal the truth to thee

소피는 재빨리 종이를 찾아와서 보통 필기체로 시를 받아 적었다. 다 받아 적자, 세 사람은 돌아가며 글을 읽었다. 글은 고고학적인 낱말 게임의 일종 같았다…… 크립텍스를 여는 법을 알려주는 수수께끼. 랭던은 천천히 글을 읽었다.

"지혜로운 고대의 낱말이 이 두루마리를 자유롭게 하리라…… 그리고 그녀의 흩어진 가족 전체를 우리가 지킬 수 있게 도우리라…… 기사단이 찬양한 묘석이 열쇠이리라…… 아트배쉬가 너희에게 진실을 드러내리라."

시가 드러내려는 고대의 암호가 무엇일까 생각해 내기 전에, 랭던은 보다 기본적인 무엇이 자기 안에서 울리는 느낌을 받았다. 그것은 시의 운율이었다.

'강약 5보격의 시.'

유럽 전역에 퍼진 비밀단체들을 조사하면서 랭던은 이런 운율과 자주 마주쳤었다. 지난해 바티칸 문서보관소에서도 그랬다. 수백년 동안 강약 5보 시는 고대 그리스의 작가 아르킬로쿠스로부터 시작해서 셰익스피어, 밀턴, 초서, 볼테르에 이르기까지 저명한 문학가들이 애호한 운율이었다. 당시 사람들은 이 운율에 신비로운 능력이 있다고 믿었는데, 이런 운율에 사회적 논평을 담아냈으니 이들은 대담한 영혼의 소유자인 셈이었다. 강약 5보 시의 근원은 이교도적인 색채가 아주 강했다.

'강약의 운율. 서로 다른 강조를 두는 두 음절. 강조와 비강조. 음양. 균형을 이룬 쌍. 다섯 줄로 정렬. 5보 시. 신성한 여성과 비너스의 별을 나타내는 숫자, 다섯.'

랭던을 돌아보며 티빙이 불쑥 말했다.

"오 보격 시로구먼! 그리고 시 구절은 영어로 씌어졌어! 순수한 언어지!"

랭던은 고개를 끄덕였다. 교회에 반대하는 유럽의 많은 비밀단체들처럼 시온 수도회는 수백년 동안 영어만이 유럽의 '순수한 언어'라고 믿어 왔다. 바티칸의 언어인 라틴어에 뿌리를 둔 프랑스어, 스페인어, 이탈리아어와는 달리 영어는 문자 그대로 로마의 선동적인 언어 영향에서 배제되어 있었다. 따라서 영어를 배울 정도로 충분히 교육을 받은 비밀단체 회원들에게 영어는 신성하고 은밀한 용어가 되었다.

티빙이 지껄였다.

"이 시는 성배만을 말하고 있는 것이 아니야. 성당 기사단과 마리아 막달레나의 흩어진 가족들도 말하고 있다고! 무엇을 더 바라겠나?"

시를 다시 들여다보며 소피가 말했다.

"패스워드. 지혜로운 고대의 낱말 같은 것이 필요한 모양인데요."

"주문?"

눈을 반짝이며 티빙이 눈알을 굴렸다.

'다섯 글자로 이루어진 한 낱말.'

랭던은 생각했다. 지혜로운 낱말은 신비로운 송가에서부터 점성학적인 예언, 비밀단체의 가르침, 위카의 주술, 이집트의 마술용어, 이교도적인 주문 등 셀 수 없이 많았다.

"패스워드는 기사단과 관련 있는 것 같아요."

소피는 큰 목소리로 글을 읽었다.

"기사단이 찬양한 묘석이 열쇠이리라."

랭던이 말했다.

"레이 경, 당신이 성당 기사단 전문가잖아요. 뭐 생각나는 것 없어요?"

티빙은 잠시 동안 말이 없더니 한숨을 내쉬었다.

"글쎄, 묘석은 분명히 무덤 앞에 세운 돌에 뭔가를 새겨 놓은 것이지. 이 시가 막달레나의 무덤에 있던 비석을 기사단이 찬양하고 있다는 추리는 가능하네. 하지만 막달레나의 무덤이 어디에 있는지 모르기 때문에 우리에게 그다지 도움이 되지 못하겠구먼."

소피가 말했다.

"마지막 줄 말이에요. 아트배쉬(Atbash)가 진실을 드러내리라. 이 단어를 들어본 적이 있어요. 아트배쉬."

랭던이 대꾸했다.

"놀라운 일은 아니오. 아마 암호 해독학 기본 강의 시간에 들었을 거요. 아트배쉬는 인간에게 알려진 암호들 가운데 가장 오래된 것 중 하나니까."

'물론이야! 유명한 헤브라이어 해독 시스템이지.'

소피는 생각했다.

아트배쉬 암호는 소피의 초기 암호 해독 훈련의 일부였다. 이 암호의 연원은 기원전 5백 년으로 거슬러 올라간다. 현재는 기본적인 치환기법의 예로 강의실에서 사용된다. 유대인들의 일상적인 암호문 형태인 아트배쉬 암호는 스물두 개의 헤브라이어 철자에 바탕을 둔 간단한 치환기법이다. 아트배쉬 암호에서 첫 글자는 제일 끝에 있는 글자와 자리를 바꾸고, 두 번째 글자는 끝에서 두 번째에 있는 글자와 자리를 바꾸는 식이었다.

티빙이 말했다.

"아트배쉬는 아주 그럴듯해. 아트배쉬로 쓰인 글들은 카발라와 사해의 두루마리 심지어 구약성서에서도 나타나니까. 유대인 학자들과 신비주의자들은 아직도 아트배쉬를 이용해서 숨겨진 의미를 찾아내고 있지. 시온 수도회도 분명히 가르침의 일부로 아트배쉬를 포함시켰을 걸세."

랭던이 말했다.

"유일한 문제는 암호를 적용시킬 만한 것이 우리에게는 없다는 겁니다."

티빙은 한숨을 쉬었다.

"묘석에 힌트가 되어 줄 낱말이 있을 텐데. 우린 기사들이 찬양한 묘석을 반드시 찾아야만 하네."

기사들의 묘석을 찾는 일이 그리 만만하지 않다는 것을 소피는 랭던의 어두운 표정을 보고 알아차렸다.

'아트배쉬가 열쇠다. 하지만 우리는 열 수 있는 문을 가지고 있지 않다.'

소피는 생각했다.

3분 정도 흐른 후에 티빙이 좌절의 한숨을 내쉬며 고개를 흔들었다.

"친구들, 난 아무것도 떠오르지 않는군. 먹을것을 좀 가져오겠네. 레미와 우리 손님을 살펴본 뒤 계속 생각해 보자고."

티빙은 일어서서 비행기 뒤쪽으로 향했다.

티빙이 가는 것을 지켜보며 소피는 피곤함을 느꼈다.

창 밖은 아직 날이 밝지 않았는지 여전히 캄캄했다. 소피는 어디에 착륙하는지도 모른 채 그저 우주 공간을 돌진하는 기분이었다. 할아버지의 수수께끼를 풀면서 자란 소피로서는, 앞에 놓인 시가 그들이 아직 보지 못한 정보를 담고 있으리라는 불안한 느낌이 들었다.

'뭔가가 더 있어. 아주 철저하게 숨겨진…… 하지만 겉으로는 아무렇지도 않아 보이는.'

그녀를 사로잡고 있는 또 하나의 감정은 두려움이었다. 그들이 크립텍스 안에서 결국 발견하는 것은 단순히 '성배를 찾는 지도'만은 아닐 것이다. 진실이 대리석 원통 안에 누워 있을 것이라고 믿는 티빙과 랭던의 확신에도 불구하고, 할아버지의 보물사냥 게임을 충분히 풀어 본 소피로서는 자크 소니에르가 비밀을 그렇게 쉽사리 끝낼 사람이 아니라는 것을 알고 있었다.

73

사법경찰 반장이 문을 열고 들어섰을 때, 르 부르제 비행장 관제탑의 야간 직원은 아무것도 나타나지 않는 빈 레이더 스크린 앞에서 졸고 있었다.

작은 관제탑 안으로 행진하듯 들어오며 브쥐 파슈가 소리를 질렀다.

"티빙의 제트기는 어디로 갔어?"

관제탑 직원의 첫 반응은 영국인 고객의 사생활을 보호하려는 차원에서 미약하게 항의하는 것이었다. 그 영국인은 비행장 이용 고객 중 가장 존경받는 인물이었다. 그러나 직원의 시도는 비참하게 끝났다.

"좋아, 비행 시간표를 기록하지 않고 개인 비행기의 이륙을 승인한 대가로 자네를 체포하겠네."

파슈가 다른 요원에게 몸짓을 하자, 요원이 수갑을 들고 다가왔다. 관제탑 직원은 공포에 떨며, 프랑스 경찰 반장이 영웅인지 아니면 폭군인지를 다투는 신문기사들을 떠올렸다. 이 물음에 곧 답이 나왔다.

"기다려요! 이것만은 말할 수 있습니다. 레이 티빙 경은 치료를 목적으로 런던에 자주 갑니다. 그분은 켄트의 비긴힐 사설 비행장에 격납고를 가지고 있습니다. 런던 교외입니다."

수갑 앞에서 직원은 자기 목소리가 힘없이 작아지는 것을 느꼈다.

파슈는 수갑을 들고 있는 요원에게 손을 저었다.

"비긴힐이 오늘 그 작자의 종착지인가?"

직원이 정직하게 말했다.

"저도 모릅니다. 비행기는 평소 이용하던 궤도로 움직였고, 마지막 레이더 교신은 영국임을 나타냈습니다. 비긴힐이 가장 유력합니다."

"그 영국인이 다른 사람들도 태웠나?"

"맹세합니다만, 저는 거기까지는 모릅니다. 우리 고객들은 격납고로 직접 차를 몰고 가서, 마음대로 탈 수 있습니다. 누가 타고 있느냐는 도착지 공항 세관 직원들의 몫입니다."

파슈는 자기 시계를 살피고, 비행장에 흩어져 있는 제트기들을 응시했다.

"만일 그들이 비긴힐로 간다면 착륙할 때까지 얼마나 남았나?"

직원은 기록을 뒤적였다.

"짧은 비행이라서, 티빙 경의 비행기는 아마…… 여섯 시 반이면 착륙할 겁니다. 지금으로부터 십오 분 뒤입니다."

파슈는 얼굴을 찡그리며 요원들 중 한 명에게 돌아섰다.

"수송선을 한 대 가져와. 런던으로 가야겠어. 그리고 켄트 지방경찰과 연결해 줘. 영국의 MI5*가 아니야. 이 일을 조용하게 처리했으면 좋겠네. 켄트 지방경찰이야. 그쪽 경찰에게 티빙의 비행기에 착륙 허가를 내리라고 말해. 도로에서 그들을 포위하고 싶으니까. 내가 도착할 때까지 아무도 비행기를 떠나지 못하게 해."(MI5 : 테러 방지, 보완 정보 활동 등을 주 업무로 하는 영국의 보안국.)

74

"조용하군요."

건너편에 앉은 소피를 바라보며 랭던이 말했다.

"그냥 피곤해요. 그리고 그 시도. 잘 모르겠어요."

랭던도 같은 느낌이었다. 엔진 소리와 비행기의 부드러운 진동은 졸음을 몰고 왔다. 그리고 수도승에게 한 대 얻어맞은 머리는 여전히 쑤셨다. 티빙은 아직 비행기 뒤편에 있었다. 랭던은 단둘이 있는 이 순간에 자기 마음에 맺힌 것을 말하기로 결심했다.

"당신 할아버지가 우리 둘을 엮어 놓은 이유를 알 것 같다는 생각이 듭니다. 내 생각에 소니에르 씨는 당신에게 내가 뭔가를 설명해 주길 바라는 것 같아요."

"성배와 마리아 막달레나의 역사로는 충분하지 않나요?"

랭던은 얘기를 어떻게 이끌어야 할지 막막했다.

"당신들 두 사람 사이의 불화, 십 년 동안 당신이 할아버지와 얘기하지 않은 이유, 당신을 멀어져 가게 한 이유를 설명하고 어떻게든 내가 바로잡아 주기를 그분은 희망했던 것 같소."

소피는 앉은 자리에서 몸을 꿈틀했다.

"우리 사이를 멀어지게 한 것이 있다는 얘기를 한 적이 없는데요."

랭던은 주의 깊게 소피를 살폈다.

"당신은 성(性) 의식을 목격했어요, 그렇죠?"

소피는 주춤했다.

"어떻게 알았어요?"

"소피, 당신은 할아버지가 비밀단체의 회원임을 확인시켜 주는 뭔가를 보았다고 내게 말했소. 그리고 당신이 본 것이 무엇이었든지 간에, 그후 당신은 할아버지와 얘기하기 싫을 정도로 분노했소. 난 비밀단체에 대해서 꽤 알고 있어요. 당신이 무얼 보았는지 추측하기 위해서 다 빈치의 두뇌까지 빌릴 필요도 없소."

소피는 아무 말 없이 랭던을 응시할 뿐이었다. 랭던이 물었다.

"그때가 봄이었소? 춘분에 가까운 그런 때? 삼월 중순?"

소피는 창 밖을 바라보았다.

"대학에서 봄방학을 맞았을 때였어요. 며칠 일찍 집으로 돌아왔지요."

"그 일에 대해 얘기할 수 있겠소?"

소피는 갑자기 랭던을 돌아보았다. 그녀의 눈에는 감정이 고여 있었다.

"안 하는 게 좋겠어요. 내가 뭘 본 건지 모르겠어요."

"남자와 여자들이 같이 있었소?"

몇 초 후, 소피는 고개를 끄덕였다.

"흰색과 검은색 옷을 입고?"

눈에 작은 티가 들어간 것처럼 소피는 눈을 훔치며 고개를 끄덕였다.

"여자들은 잠자리 날개 같은 얇은 가운을 걸쳤어요…… 금색 신발에. 손에는 금색 구슬을 들고 있었어요. 남자들은 검은색 신발에 검은색 가운을 입었고요."

랭던은 자기 감정을 가까스로 숨기고 있었다. 하지만 지금 듣고 있는 얘기를 믿을 수가 없었다. 소피 느뵈는 뜻하지 않게 2천 년의 역사를 가진 신성한 의식을 목격한 것이다. 차분한 목소리를 유지하며 랭던이 물었다.

"가면은? 자웅양성의 가면은?"

"그래요. 모두들, 똑같은 가면을 쓰고 있었어요. 여자들은 흰색, 남자들은 검은색."

랭던은 이 의식에 관한 설명을 읽은 적이 있었고, 그 신비로운 기원을 이해했다. 랭던은 부드럽게 말했다.

"그것은 '히에로스 가모스(Hieros Gamos)'라는 거요. 그 의식의 기원은 이천 년 이상 거슬러 올라가는 것이오. 이집트의 남자 사제와 여사제들이 여성의 창조적인 힘을 축하하기 위해 정기적으로 그 의식을 수행했었소."

랭던은 말을 멈추고 소피에게로 몸을 기울였다.

"그것이 무엇을 뜻하는지 충분히 이해할 준비가 되어 있지 않은 채당신이 히에로스 가모스를 보았다면, 꽤나 충격적이었을 거요."

소피는 아무 말도 하지 않았다. 랭던은 말을 이었다.

"히에로스 가모스는 그리스어요. '신성한 결혼'을 뜻하는 말이오."

"내가 본 의식은 전혀 결혼이 아니었어요."

"결합으로서의 결혼이오, 소피."

"성교를 뜻하는군요."

"아니오."

"아니라고요?"

소피의 올리브색 눈동자는 랭던을 시험하고 있었다. 랭던은 뒤로 물러났다.

"글쎄…… 그래요, 어떤 식으로 본다면. 하지만 오늘날 우리가 이해하는 것과는 다른 것이오."

소피가 본 것이 성 의식처럼 보였을지라도, 히에로스 가모스는 성욕

과는 아무런 연관이 없다고 랭던은 설명했다. 그것은 정신적인 행위였다. 역사적으로 여자와 남자가 성교를 통해 신을 경험하는 행위였다. 고대인은 남자가 신성한 여성에 대한 육체의 지식을 알기 전까지는 정신적으로 불완전하다고 믿었다. 여성과의 육체 결합은 남자가 정신적으로 완벽해지고, 궁극적인 영적 직관을 얻을 수 있는 유일한 수단이었다. 여신 이시스 시절부터 성 의식은 인간을 땅에서 천국으로 이어주는 유일한 다리로 인식되었다.

"여성과의 결합을 통해서 남자들은 절정의 순간을 획득할 수가 있었소. 그 순간에 마음은 완전히 무가 되고, 신을 볼 수가 있었던 거요."

소피의 표정은 회의적이었다.

"오르가슴을 기도로 이용해요?"

소피의 말이 본질적으로 맞기는 했지만, 랭던은 그저 어깨를 으쓱해 보였다. 생리적으로 얘기하자면, 남자의 절정은 전적으로 무의 상태인 찰나의 순간이다. 짧은 정신적인 진공 상태. 신이 번득이며 나타날 수 있는 명료한 순간. 명상의 대가들은 성교 없이도 이와 비슷한 무념의 상태를 얻으며, 종종 끝없는 영적 기쁨을 주는 열반의 상태를 묘사하곤 한다.

"소피, 성에 대한 고대인의 시각은 오늘날 우리가 생각하는 것과는 완전히 다르다는 것을 이해하는 게 중요해요. 성은 기적이라고 할 수 있는 새로운 생명을 잉태하는 거요. 그리고 기적은 오직 신에 의해서만 이루어지는 것이오. 자궁에서 생명을 창조하는 여성의 능력은 여성을 신성하게 만들었소. 신처럼 말이오. 성교는 남자와 여자라는 인간 영혼의 두 반쪽들이 신성하게 결합하는 거였소. 그 결합을 통해 남자는 영혼의 완벽함을 찾았고, 신과 접할 수 있었던 거요. 당신이 본 것은 육욕의 성이 아니오. 그것은 영적인 거였소. 히에로스 가모스는 변태적인 행위가 아니오. 그 의식은 아주 신성한 겁니다."

랭던의 말이 소피의 신경을 건드렸다. 오늘 밤 소피는 내내 잘 가장

하고 있었지만, 랭던은 처음으로 뭔가 깨지는 듯한 분위기를 느꼈다. 소피의 눈에 다시 눈물이 맺히고, 그녀는 소매로 눈물을 닦아냈다.

랭던은 소피에게 약간의 시간을 주었다. 분명 신에게 이르는 길로서의 성이란 처음에는 마음을 심란하게 만드는 개념이다. 강의 시간에 초기 유대교 전통이 성 의식과 관련 있다는 얘기를 하면, 유대인 학생들은 항상 어리둥절한 표정을 지었다.

'그것도 다른 곳이 아닌 신전에서.'

초기 유대인은 신 중의 신인 솔로몬의 사원에 남자 신뿐만 아니라 그와 대등한 상대의 여신 셰키나도 함께 머물렀다고 믿었다. 영혼의 완벽함을 추구하는 남자는 여사제를 방문하기 위해 신전에 왔다. 여사제와 사랑을 나누었고, 육체의 합일을 통해 신성함을 경험했던 것이다. 유대 용어인 야훼(YHWH)는 신을 기호화한 것이다. 이것은 남자다움을 나타내는 '야'와 이브의 헤브라이어 이전 이름인 '하와'가 자웅동체의 물리적 결합을 한 여호와라는 이름에서 유래했다.

랭던은 부드러운 목소리로 설명했다.

"신과 직접 접촉하기 위해 인간이 성을 이용하는 것은 초기 교회의 권력 바탕에 심각한 위협이었소. 교회만이 신과의 유일한 통로라는 그들의 주장을 약화시키고, 교회를 곤란에 빠지게 하는 일이었을 거요. 이런 명백한 이유로 교회는 성을 악마로 묘사하고, 더럽고 불결한 행위로 주입시켰소. 다른 주요 종교들도 마찬가지요."

소피는 아무 말이 없었다. 하지만 랭던은 그녀가 자기 할아버지를 이해하기 시작했다는 느낌을 받았다. 랭던은 이번 학기 초에 이와 똑같은 요지의 강의를 한 적이 있었다.

랭던이 학생들에게 물었다.

"성에 대해 우리가 혼란을 느낀다는 것이 놀랍지 않습니까? 고대 유산과 생리학은 우리에게 성은 자연스러운 것이라고 말합니다. 영혼을 채우기 위해 내재된 길이라는 것이죠. 하지만 현대 종교는 성을 부끄러운 것으로 묘사하고, 성에 대한 욕망을 악마의 손길이라도 되는 양 가르칩니다."

전세계적으로 열두 개 이상의 비밀단체들이 아직도 성 의식을 행하며, 이를 통해 고대의 전통을 지켜나가고 있었다. 랭던은 이 같은 사실을 학생들에게 알려 더 이상 충격을 주지는 말자고 결심했다. 영화 〈아이즈 와이드 셧〉에 나온 톰 크루즈는 이 같은 의식을 어렵사리 밝혀내고 있다. 맨해튼 상류층의 은밀한 사적 모임에 몰래 들어간 남자 주인공이 히에로스 가모스를 목격하는 것이다. 슬프게도 영화를 만든 사람들은 세세한 사항들 대부분을 틀리게 그렸지만, 그래도 기본적인 핵심은 놓치지 않았다. 성 결합의 신비를 찬양하기 위해 서로 교제하는 비밀단체.

뒤에 앉은 한 남학생이 손을 들고 밝은 목소리로 말했다.

"랭던 교수님? 지금 교회에 가는 대신 우리가 더 많은 섹스를 해야 한다고 말씀하시는 겁니까?"

랭던은 그 말에 담긴 미끼를 물지 않으려고 소리내어 웃었다. 하버드 파티에서 들은 바에 따르면, 학교 학생들은 섹스 이상의 행동을 충분히 하고 있었기 때문이다. 자신이 곤혹스러운 처지에 놓였다는 것을 알고서 랭던은 말했다.

"남학생 여러분, 여러분 모두에게 제안을 하나 할까 합니다. 혼전 섹스의 용서를 구한다고 뻔뻔해지지도 말고, 여러분이 모두 정숙한 천사라고 순진한 척하지도 마십쇼. 그럼 여러분의 성생활에 작은 충고 하나를 하겠습니다."

학생들이 모두 주의 깊게 들으려고 몸을 앞으로 내밀었다.

"다음에 여자와 함께 있게 될 때면 여러분의 마음을 들여다보고, 성을 신비롭고 영적인 행위로 접근할 수 있는지 보는 겁니다. 오직 신성한 여성과의 합일을 통해서만 얻을 수 있는 성스러운 불꽃을 여러분 자신이 찾아낼 수 있는지 도전해 보십시오."

여학생들은 뭔가를 알고 있다는 듯 고개를 끄덕이며 웃었다.

남학생들은 의심스러운 미소와 상스러운 농담을 주고받았다.

랭던은 한숨을 쉬었다. 대학생이라 해도 아직 소년에 불과했다.

비행기 창문에 이마를 대자 몹시 차가웠다. 랭던이 방금 들려준 이야기를 곱씹으며 소피는 멍하니 밖을 응시했다. 소피는 새로운 후회가 내부에서 일어났다.

'십 년.'

할아버지가 자신에게 보낸 뜯지도 않은 편지 뭉치들이 떠올랐다.

'로버트에게 모든 것을 말하겠어.'

창에서 얼굴을 떼지 않은 채 소피는 얘기하기 시작했다. 조용하고 두려운 목소리로.

그날 일어난 일을 떠올리기 시작하자, 소피는 자신이 과거로 끌려 들어가는 기분이었다…… 할아버지의 노르망디 성 외곽 숲에서 내린 일…… 혼란스러운 기분으로 조용한 집을 수색하던 일…… 아래에서 목소리가 들려온 일…… 그리고 마침내 숨겨진 문을 찾아낸 일.

돌 계단을 한 번에 하나씩 내려가서 지하 동굴에 이르렀다. 흙 냄새를 맡을 수 있었다. 차갑고 가벼웠다. 봄이었다. 자신이 몸을 숨긴 계단 그늘에서, 소피는 깜박이는 오렌지색 촛불 옆에서 낯선 사람들이 몸을 흔들며 노래하는 것을 지켜보았다.

'난 꿈을 꾸고 있는 거야. 이건 꿈이야. 꿈이 아니면 대체 뭐겠어?'

남자와 여자들이 검은색, 흰색, 검은색, 흰색으로 서서 비틀거렸다. 여자들이 오른손에 든 금색 구슬을 들어올리자, 아름다운 가운 자락들이 펄럭였다. 그리고 모두 한목소리로 외쳤다.

"나는 시작부터 그대와 함께 있었네, 신성한 모든 것들의 새벽에도, 날이 시작되기도 전에 나는 그대를 자궁에서부터 품었네."

여자들이 구슬을 내리자, 모두 황홀경에 젖은 사람들처럼 이리저리 몸을 흔들었다. 사람들은 원 안에 있는 뭔가를 숭배하고 있었다.

'사람들이 무엇을 보고 있는 거지?'

소리가 점점 커졌다. 점점 크고 빨라졌다.

"그대가 안고 있는 여인은 사랑이라!"

여자들이 다시 구슬을 올리며 소리쳤다.

남자들이 응답했다.

"그녀는 영원 속에 보금자리를 가지고 있노라!"

노래는 끊임없이 계속되었다. 가속이 붙은 듯했다. 이제는 천둥 소리처럼 빨라졌다. 참가한 사람들이 한 걸음 원 안으로 내딛더니 무릎을 꿇었다.

그 순간, 소피는 사람들이 무엇을 보고 있는지 마침내 알게 됐다.

원 중심에는 호화롭게 장식된 낮은 제단이 있었고, 그 위에 남자가 엎드려 있었다. 알몸으로 엎드린 남자는 검은색 가면을 쓰고 있었다. 소피는 즉시 몸과 어깨의 점으로 그가 누군지 알아보았다. 소피는 울음을 터뜨릴 뻔했다.

'할아버지!'

이 이미지만으로도 소피의 믿음을 넘어 충격적인 장면이었을 텐데, 거기에는 뭔가 더 있었다.

하얀 가면을 쓴 알몸의 여인이 할아버지에게 매달려 있었다. 여자의 우아한 은발이 가면 뒤로 흘러내렸다. 여자의 몸은 완벽함과는 거리가 먼 포동포동한 몸집이었다. 그리고 노랫가락에 맞추어 리듬을 타듯 소용돌이쳤다. 소피의 할아버지와 사랑을 나누고 있었다.

소피는 돌아서서 달려나가고 싶었지만 그럴 수가 없었다. 노래가 더 열정적으로 높아지면서 동굴의 석벽이 그녀를 가두는 것 같았다. 원을 이룬 사람들이 이제 시끄러울 정도로 노래를 부르고, 소음이 광란의 상태로 커졌다. 갑작스러운 고함과 함께 방이 절정에서 폭발할 것처럼 보였다. 소피는 숨을 쉴 수가 없었다. 그리고 자신이 조용히 흐느끼고 있다는 것을 알아차렸다. 소피는 몸을 돌려 조용히 비틀거리며 계단을 올라갔다. 밖으로 나와 떨리는 몸으로 파리를 향해 다시 차를 몰았다.

75

아링가로사가 파슈와 두 번째 통화를 끝냈을 때, 전세 프로펠러 비행기는 모나코에서 이제 빛나기 시작한 태양 위를 지나고 있었다. 주교는 멀미 주머니에 다시 손을 뻗었지만, 토할 기력도 없이 너무 탈진해 있었다.

'그저 끝나기나 했으면 좋으련만!'

파슈의 최신 정보는 믿기 어려웠다. 하지만 간밤에 일어난 모든 일들은 상식에 들어맞지 않았다.

'일이 어떻게 돼 가는 거지?'

모든 일이 통제를 벗어나 제멋대로 뻗어가고 있었다.

'내가 사일래스를 무엇에다 집어넣은 걸까? 나는 내 자신을 어디에 집어넣은 것일까?'

떨리는 다리로 아링가로사는 조종석으로 걸어갔다.

"목적지를 바꿔야겠소."

조종사가 어깨 너머로 돌아보며 웃었다.

"농담하시는 거겠죠, 그렇죠?"

"아니오, 즉시 런던으로 가야겠소."

"신부님, 이건 전세 비행기지, 택시가 아니랍니다."

"물론 돈은 더 지불하겠소. 얼마면 되겠소? 런던은 북쪽으로 겨우 한 시간만 더 가면 되는 것 아니오. 방향을 거의 바꿀 필요도 없고, 그러니……"

"돈이 문제가 아닙니다, 신부님. 다른 문제들이 있어요."

"일만 유로. 지금 당장 주겠소."

돌아보는 조종사의 눈에는 충격이 가득했다.

"얼마요? 무슨 사제가 그렇게 많은 현금을 들고 다닌답니까?"

아링가로사는 서류가방으로 걸어가서, 가방을 열고 뭉치에서 채권 한 장을 꺼냈다. 주교는 채권을 조종사에게 건넸다.

"이게 뭡니까?"

"바티칸 은행에서 발행된 일만 유로짜리 채권이오. 현금과 같은 거요."

조종사는 의심스러운 표정이었다.

"오직 현금만이 현금이지요."

채권을 되돌려주며 조종사가 말했다.

아링가로사는 조종실 문을 등지고 서서, 힘없는 자신을 느꼈다.

"이건 생사가 걸린 문제요. 당신은 나를 도와야만 합니다. 난 꼭 런던에 가야만 하오."

조종사의 시선이 주교의 금반지에 머물렀다.

"진짜 다이아몬드인가요?"

아링가로사는 반지를 바라보았다.

"난 이 반지를 몸에서 뗄 수 없소."

조종사는 어깨를 으쓱거리더니, 몸을 돌려 조종석 앞 유리창 밖으로 시선을 집중했다.

아링가로사는 깊은 슬픔을 느꼈다. 주교는 반지를 보았다. 반지가 나타내는 모든 것을 잃게 될 참이었다. 한참이 지난 뒤, 주교는 반지를 손가락에서 빼내 조종석 계기판 위에 살며시 올려놓았다.

아링가로사는 조종실에서 조용히 걸어나와 자리에 앉았다. 15초 정도 지난 후에, 조종사가 북쪽으로 각도를 약간 조정했다는 것을 느낄 수 있었다.

그렇다 해도 아링가로사의 영광의 순간이 흔들리고 있었다.

이 모든 일은 성스러운 이유로 시작되었다. 너무나 훌륭하게 짜맞춰진 계획. 그러나 이제 카드로 만든 집처럼 계획은 무너지려고 한다…… 그리고 그 끝은 어디에도 보이지 않았다.

76

랭던은 히에로스 가모스의 기억을 되살린 소피가 아직도 떨고 있다는 것을 알 수 있었다. 하지만 그런 경험을 들을 수 있었다는 것은 그에게도 놀라운 일이었다. 소피는 완벽한 의식을 목격했을 뿐만 아니라, 그녀 자신의 할아버지가 사제였던 것이다…… 시온 수도회의 그랜드 마스터. 그것은 정말 흥분되는 일이었다.

'다 빈치, 보티첼리, 아이작 뉴턴, 빅토르 위고, 장 콕토, 자크 소니에르.'

랭던이 부드럽게 말했다.

"당신에게 무슨 말을 해야 할지 모르겠소."

소피의 눈동자는 눈물을 머금어 짙은 초록색으로 물들어 있었다.

"할아버지는 나를 자신의 친딸처럼 키웠어요."

랭던은 소피의 눈동자에서 일렁이는 감정을 보았다. 그것은 후회였다. 길고 깊은 후회. 소피 느뵈는 이제야 할아버지를 전혀 다른 입장에서 보는 것이다.

밖에서는 아침이 빠르게 다가오고 있었다. 비행기 우측으로 진홍색 빛이 퍼져나갔다. 그들 아래에 펼쳐진 지상은 여전히 캄캄했다.

"뭐 좀 들겠나?"

티빙이 콜라 캔 몇 개와 오래된 크래커 상자를 가지고 나타났다. 두 사람에게 나눠주면서 티빙은 음식이 보잘것없음에 사과했다.

"우리 친구인 저 수도승은 아직 입을 열지 않는군. 하지만 그놈에게 시간을 좀 주자고."

티빙은 크래커를 한 입 깨물고 시를 보았다.

"그래, 아름다운 아가씨, 무슨 진척이라도?"

티빙은 소피를 쳐다보았다.

"아가씨 할아버지가 여기에서 우리에게 얘기하고자 하는 것이 뭘까? 묘석은 어디에 있을 것 같나? 기사단이 찬양한 묘석 말이야."

소피는 고개를 젓고 말없이 앉아 있었다.

티빙이 다시 시 구절을 파고드는 동안, 랭던은 콜라 캔을 따서 창문으로 돌아섰다. 랭던의 머릿속은 은밀한 의식의 이미지와 깨어지지 않은 암호로 가득했다.

'기사단이 찬양한 묘석이 열쇠이리라. 기사단이 찬양한 묘석.'

랭던은 콜라를 한 모금 길게 마셨다. 콜라는 미지근했다.

밤의 장막이 재빨리 증발하고 있었다. 랭던은 그들 아래에서 바다가 은은하게 빛나는 것을 보았다.

'영국 해협.'

이제 얼마 남지 않았을 것이다.

랭던은 아침 햇살이 다른 생각을 일깨워주기를 바랐다. 하지만 바깥이 밝아질수록, 그는 진실에서 멀어지는 것 같았다. 랭던은 제트기의 웅얼거리는 소음과 함께 히에로스 가모스와 비밀 의식, 낮은 찬송가락과 강약 5보격 시의 리듬을 듣고 있었다.

'기사단이 찬양한 묘석.'

어떤 생각이 랭던을 치고 지나갈 때, 비행기는 땅 위를 날고 있었다. 랭던은 빈 콜라 캔을 힘차게 내려놓으며 자리에 앉았다. 그리고 두 사람을 향해 말했다.

"믿지 못하시겠지만 기사단의 묘석, 이게 뭔지 알 것 같습니다."

티빙의 눈은 접시에 가 있었다.

"묘석이 어디에 있는지 알아냈다고?"

랭던은 미소를 지었다.

"묘석이 어디에 있느냐가 아니라, 무엇이냐는 겁니다."

소피는 귀를 기울이기 위해 몸을 기울였다.

랭던은 학문 탐구의 난관에서 돌파구를 찾았을 때 느끼는 익숙한 흥분을 맛보며 설명해 나갔다.

"제 생각에 묘석(headstone)은 문자 그대로 돌 머리(stone head)를 나타내는 것 같습니다. 글자를 새겨 놓은 비석이 아니란 얘깁니다."

"돌 머리?"

티빙이 물었다.

소피 역시 혼란스러운 표정이었다.

돌아보며 랭던이 말했다.

"레이 경, 종교재판 동안에 교회는 성당 기사단을 모든 종류의 이단으로 고발했습니다, 맞죠?"

"정확하네. 교회는 모든 종류의 죄상을 날조했지. 남색, 십자가에 대한 방뇨, 악마숭배 등 다 얘기하자면 꽤 긴 목록이 될 거네."

"그리고 그 목록에 가짜 우상숭배라는 것이 있었습니다, 그렇죠? 구체적으로 말하자면, 교회는 기사단이 은밀한 의식을 행하는 것을 고발했고, 그 의식에서 기사단이 조각된 돌머리에 기도를 드렸다고 했습니다…… 이교도의 신……"

티빙이 불쑥 끼어들었다.

"바포메! 하느님 맙소사, 로버트, 자네가 옳아! 기사단이 찬양한 머릿돌!"

랭던은 재빨리 소피에게 바포메가 재생산의 창조적인 힘을 가진 이교도의 다산의 신이라는 것을 설명했다. 바포메의 머리는 출산과 다산의 일반적인 상징인 염소나 양의 머리로 그려졌다. 기사단은 바포메의 머리 모양을 한 돌을 둘러싸고, 기도문을 찬송하면서 바포메를 기렸다고 했다.

티빙은 킬킬거렸다.

"바포메, 그 의식은 성의 합일을 이루는 창조적인 마법을 기리는 거였지. 하지만 클레멘트 교황은 바포메의 머리가 사실은 악마의 머리라고 사람들에게 주입시켰어. 교황은 기사단에 적대적인 자기 입지를 위해서 바포메의 머리를 핵심으로 사용했던 걸세."

랭던은 동의했다. 사탄을 뿔 달린 악마로 알고 있는 현대적인 믿음은 바포메가 그 기원이다. 뿔을 가진 다산의 신을 악의 상징으로 탈바꿈시키기 위한 교회의 시도에서 비롯된 것이다. 언뜻 보면 교회가 성공한 듯 보이지만 전적으로 그런 것은 아니다. 미국 가정의 전통적인 추수감사절 식탁에는 뿔 달린 다산의 상징인 이교도적인 요소가 남아 있다. 풍요의 뿔은 바포메의 다산 능력에 대한 감사의 표시였다. 이 뿔은 염소의 젖을 빨아먹었다는 제우스 신에까지 기원이 거슬러 올라간다. 염소의 뿔이 부러지면 마술처럼 과일로 가득 채워지는 것이다. 바포메는 단체 사진에서도 종종 볼 수 있다. 일부 장난꾸러기들이 친구의 머리 뒤에 손가락 두 개를 들어 뿔 모양인 V 형태를 만드는 짓 말이다. 자기들의 장난질이 사실 희생자인 친구의 왕성한 정자 개수를 광고한다는 것을 깨닫지 못하고 하는 짓이지만.

티빙이 열성적으로 말했다.

"그래, 그래. 분명 시가 언급하는 것은 바포메야. 기사단이 찬양한 머릿돌."

"좋아요. 만일 바포메가 기사단이 찬양한 머릿돌이라면, 우리는 새로운 딜레마에 직면하게 돼요."

소피는 크립텍스의 다이얼을 가리켰다.

"바포메(Baphomet)는 철자가 여덟 개예요. 우리는 다섯 글자만 필요하고요."

티빙이 활짝 웃었다.

"귀여운 아가씨, 이제 아트배쉬 암호가 나와서 활약할 때라오."

77

랭던은 깊은 인상을 받았다. 티빙은 기억만으로 스물두 개의 헤브라이어 문자를 써내려 간 것이다. 다행스럽게도 티빙은 헤브라이어 문자보다는 그에 상응하는 로마자를 대신 사용했다. 하지만 티빙은 흠잡을 데 없는 발음으로 문자들을 읽어 내려갔다.

A B G D H V Z Ch T Y K L M N S O P Tz Q R Sh Th

"알레프, 베이트, 기멜, 달렛, 헤이, 바브, 자인, 체트, 테트, 유드, 카프, 라메드, 멤, 넌, 사메흐, 아인, 페이, 차디크, 커프, 레이쉬, 쉰, 그리고 타브."

티빙은 이마를 훔쳤다가 다시 주름을 잡았다.

"헤브라이어 문자에서 공식적으로 모음은 안 적혀 있지. 그래서 바포메란 단어를 헤브라이어로 적으면, 세 개의 모음이 빠지게 되는 거요. 그럼 우리에게 남는 것은……"

"다섯 자."

소피가 불쑥 끼어들었다.

티빙은 고개를 끄덕이고 다시 적었다.

"좋아요. 여기 헤브라이어로 된 바포메의 철자가 있소. 빠진 모음들은 나중에 다룰 거요."

B a P V O M e Th

티빙은 덧붙였다.

"물론 헤브라이어는 보통 우리가 글을 쓰는 방향과는 반대로 씌어진다는 것을 기억하도록 해요. 하지만 우리는 이런 식으로 아트배쉬를 쉽게 이용할 수가 있소. 다음으로 우리가 할 일은 치환작업을 위해 헤브라이어 문자들을 순서대로 거꾸로 적는 것이야."

티빙에게서 펜을 건네받으며 소피가 말했다.

"쉬운 방법이 있어요. 아트배쉬를 포함해서 모든 치환암호에 유용하게 쓰이는 방법이에요."

소피는 왼쪽에서 오른쪽으로 헤브라이어 반을 적고, 그 밑에 오른쪽에서 왼쪽으로 나머지 반을 적었다.

"암호분석가들은 이것을 '접기 방식'이라고 불러요. 반만으로는 복잡하지만, 두 배로는 깨끗하게 보이는 법이죠."

A	B	G	D	H	V	Z	Ch	T	Y	K
Th	Sh	R	Q	Tz	P	O	S	N	M	L

티빙은 소피의 수작업을 바라보며 웃음을 터뜨렸다.

"정말 그렇구먼. 홀로웨이에 있는 친구들이 일을 제대로 하는 것 같아 기쁘구먼."

소피의 치환행렬을 바라보며, 랭던은 그 유명한 '셰샤흐(Sheshach)의 수수께끼'를 떠올렸다. 이것을 해독하기 위해 처음으로 아트배쉬 암호를 사용하던 초기 학자들이 느꼈을 전율과 견줄 만한 감정이 내부에서 타올랐다. 수년 동안 종교학자들은 성경이 '셰샤흐'라고 불리는 도시를 언급하는 데 당황스러워했다. 이 도시는 어느 지도, 어느 문서에도 나타나지 않았기 때문이다. 하지만 도시의 이름은 예레미아의 책에서도 반복적으로 언급됐다. 셰샤흐의 왕, 셰샤흐라는 도시, 셰샤흐의 백성들. 마침내 한 학자가 이 단어에 아트배쉬 암호를 적용시켰다. 해독 결과는 셰샤흐가 사실은 매우 잘 알려진 도시의 암호화된 이름이었다는 게 밝혀졌다. 해독 과정은 간단했다.

헤브라이어로 셰샤흐는 Sh-Sh-K이다.

Sh-Sh-K를 치환행렬을 보고 자리를 바꾸면 B-B-L이 된다.

헤브라이어로 B-B-L은 바벨(Babel)이다.

셰샤흐라는 수수께끼 도시는 바벨이었던 것이다. 성경을 조사하다 보면 이런 흥분은 잇따라 일어난다. 학자들이 아직 찾아내지 못한 수만 개의 숨겨진 의미들이 활보하고 있는 구약성서에서 몇 주 만에 아트배쉬 암호 대여섯 개가 밝혀졌다.

"우리는 점점 더 가까이 가고 있습니다."

흥분을 억누르지 못하며 랭던이 속삭였다. 그러자 티빙이 말했다.

"조금씩 말이야, 로버트."

그리고 소피를 건너다보며 웃었다.

"아가씨, 준비됐소?"

소피는 고개를 끄덕였다.

"좋아, 헤브라이어로 바포메는 모음 없이 이렇게 읽어요. B-P-V-M-Th. 이제 이 철자를 다섯 글자로 된 패스워드로 바꾸기 위해, 아가씨의 치환행렬표를 간단히 적용해 보자고."

랭던은 심장이 쿵쿵 뛰었다. B-P-V-M-Th. 이제 창문으로는 햇살이 쏟아지고 있었다. 랭던은 소피의 치환행렬표를 보고, 천천히 바꾸기 시작했다. 'B는 Sh가 되고…… P는 V가 되고……'

티빙은 크리스마스를 맞은 학생처럼 웃고 있었다.

"그럼 아트배쉬 암호는 이렇게 말하지……"

티빙은 잠시 말을 끊었다.

"신이여!"

티빙의 얼굴이 하얗게 변했다.

랭던은 고개를 들었다.

"뭐가 잘못됐나요?"

소피가 물었다.

티빙은 소피를 응시했다.

"자네들은 이걸 믿지 못할 거야. 특히 아가씨는 말이야."

"무슨 뜻이죠?"

"이건…… 천재야. 진짜 천재야!"

티빙은 다시 종이에 적었다.

"머릴 굴리라고. 여기 자네들을 위한 패스워드가 있네."

티빙은 자기가 쓴 것을 보여주었다.

Sh-V-P-Y-A

소피는 얼굴을 찡그렸다.

"이게 뭐죠?"

랭던 역시 알아볼 수가 없었다.

티빙의 목소리는 경이로움으로 떨고 있었다.

"이건 말일세, 친구들, 실제로 지혜를 나타내는 고대 단어라네."

랭던은 다시 장미목 상자 뚜껑에 적힌 글귀들을 읽어 보았다.

'지혜로운 고대의 낱말이 이 두루마리를 자유롭게 하리라.'

즉시 깨닫는 게 있었다. 하지만 이런 식으로 쓰인 것을 본 적은 없었다.

"지혜로운 고대의 낱말!"

티빙은 소리내어 웃었다.

"정말 말 그대로이지 않나!"

소피는 단어를 쳐다보고, 크립텍스의 다이얼을 살펴보았다. 즉시 그녀는 랭던과 티빙이 중요한 것을 놓쳤다는 것을 깨달았다.

"잠깐만요! 이 단어가 패스워드일 수는 없어요. 다이얼에 Sh라는 철자는 없답니다. 크립텍스는 보통 로마 철자를 사용하고 있거든요."

랭던이 촉구했다.

"이 단어를 읽어 봐요. 그리고 두 가지를 명심해요. 헤브라이어에서 Sh는 S로도 발음할 수 있다는 것과 철자 P 또한 F로 발음할 수 있다는 거요."

'SVFYA?'

그래도 소피는 이상하다는 생각이 들었다.

티빙이 덧붙였다.

"천재야! 철자 V는 종종 모음인 O 역할을 하거든!"

소피는 발음을 해보려고 다시 철자들을 내려다보았다.

"S… o… f… y… a. 소—피—아."

소피는 자기 목소리를 듣고 믿을 수가 없었다.

"소피아? 이 말이 소피아(Sophia)로 풀이되는 거예요?"

랭던이 열정적으로 고개를 끄덕였다.

"그래요! 소피아는 말 그대로 지혜를 뜻하는 그리스어입니다. 소피, 당신 이름의 뿌리가 문자 그대로 '지혜로운 단어'였던 거요."

소피는 갑자기 할아버지가 너무나도 보고 싶었다.

'할아버지는 수도회의 쐐기돌에 내 이름을 암호로 만들었구나.'

소피는 울컥 목이 메었다. 모든 것이 완벽한 것 같았다. 하지만 돌아서서 다섯 글자만이 들어갈 수 있는 크립텍스의 다이얼을 본 소피는 여전히 문제가 남아 있음을 깨달았다.

"하지만 기다려 봐요…… 소피아(Sophia)는 철자가 여섯 개예요."

티빙은 여전히 미소를 짓고 있었다.

"시를 다시 봐요. 당신 할아버지는 '지혜로운 고대의 낱말'이라고 적었소."

"그래서요?"

티빙이 윙크를 했다.

"고대 그리스어로, 지혜는 소피아(SOFIA)라고 쓰거든요."

78

크립텍스를 껴안고 다이얼을 돌리면서, 소피는 거친 흥분을 느꼈다.
'지혜로운 고대의 낱말이 이 두루마리를 자유롭게 하리라.'
지켜보는 랭던과 티빙도 숨을 멈춘 것처럼 보였다.

S⋯ O⋯ F⋯

티빙이 말했다.

"조심하시오. 아주 조심해야 해요."

⋯ I ⋯ A

소피는 마지막 다이얼을 맞췄다. 다른 사람들을 올려다보며 소피는
속삭였다.

"좋아, 이제 이걸 분해할 거예요."

두려움에 찬 기대를 안고 랭던이 속삭였다.

"식초를 잊지 말아요. 조심하시오."

이 크립텍스도 그녀가 어릴 때 열어본 다른 크립텍스들과 비슷하리
라는 걸 소피는 알고 있었다. 이제 남은 일은 크립텍스 양쪽을 잡고,
천천히 서로 반대 방향으로 일정한 힘으로 잡아당기는 일이었다. 만
일 맞춘 다이얼들이 패스워드와 일치한다면, 사진기 렌즈의 뚜껑이

열리는 것처럼 크립텍스의 한쪽 끝이 살짝 돌아가며 부드럽게 열릴 터였다. 그럼 손을 안으로 넣어 식초병을 감싸고 있는 파피루스 두루마리를 꺼낼 수 있다. 하지만 패스워드가 틀렸다면 소피가 바깥으로 끌어당기는 힘은 내부의 관절 구실을 하는 레버에 전달되고, 내부 빈 공간의 아래쪽으로 선회해서 유리병에 압력을 가하게 된다. 결국 크립텍스를 세게 잡아당기면 유리병은 산산조각나는 것이다.

'부드럽게 잡아당겨야 해.'

소피가 손바닥으로 크립텍스의 양끝을 감싸자, 티빙과 랭던은 몸을 앞으로 기울였다. 패스워드를 알아냈다는 흥분에 휩싸여, 소피는 안에 들어 있는 것이 무엇일지에 대해서는 전혀 예상하지 못했다.

'이 크립텍스는 시온의 쐐기돌이다.'

티빙에 따르면, 이것은 성배의 행방을 알려주는 지도를 담고 있다고 했다. 마리아 막달레나의 무덤과 상그리엘의 보물을 드러내는…… 은밀한 진실의 궁극적인 발견.

석조 원통을 단단히 잡고, 소피는 모든 글자가 눈금에 맞게 늘어서 있는지 재차 확인했다. 그리고 천천히 잡아당겼다. 아무 일도 일어나지 않았다. 소피는 힘을 약간 더 가했다. 갑자기 돌이 잘 만들어진 망원경처럼 살짝 돌아갔다. 두꺼운 크립텍스 뚜껑이 소피의 손에 쥐어졌다. 랭던과 티빙은 펄쩍 뛸 뻔했다. 뚜껑을 탁자에 놓자 소피의 심장 박동수가 빠르게 올라갔다. 소피는 안을 들여다보기 위해 원통을 기울였다.

'두루마리다!'

둘둘 말린 종이의 빈 공간을 들여다보며, 소피는 종이가 원통 비슷한 물체를 감싸고 있는 것을 볼 수 있었다. 식초가 든 유리병일 거라고 생각했었다. 하지만 이상하게도 식초를 감싸고 있는 종이는 섬세한 파피루스가 아니라 양피지였다.

'이거 이상한데. 식초로는 양피지를 녹일 수가 없을 텐데.'

두루마리 속의 공간을 다시 들여다보며, 소피는 가운데에 있는 물건이 식초병이 아니라는 것을 깨달았다. 그것은 전혀 다른 것이었다.

"뭐가 잘못됐소? 두루마리를 꺼내 봐요."

티빙이 물었다.

눈살을 찌푸리며, 소피는 양피지 두루마리와 양피지가 감싸고 있는 물체를 잡고 원통에서 끄집어냈다.

"이건 파피루스가 아니잖아. 너무 무겁군."

티빙이 말했다.

"그래요. 덧대어져 있어요."

"무엇을 위해서? 식초병 때문에?"

소피는 두루마리를 풀어서 양피지가 안에 감싸고 있던 것을 내보였다.

"아니에요. 이것 때문에요."

양피지 안에 있던 물체를 보는 순간, 랭던의 심장은 가라앉았다.

티빙이 침울하게 말했다.

"신이여, 우릴 도우소서! 아가씨 할아버지는 무자비한 건축가였군."

랭던은 놀란 마음으로 응시했다.

'소니에르는 이 일을 쉽게 끌고 갈 의도가 전혀 없다는 것을 이제 알겠군.'

탁자에는 둘째 크립텍스가 놓여 있었다. 검은 마노로 만들어진 것이다. 둘째 크립텍스가 첫째 것 안에 들어 있었던 것이다. 이중성에 대한 소니에르의 열정이었다.

'두 개의 크립텍스.'

모든 것이 짝을 이루고 있었다.

'이중 해석. 남자와 여자. 하얀색 안에 깃든 검은색.'

랭던은 상징주의의 거미줄이 사방으로 뻗치는 듯한 느낌이었다.

'흰색은 검은색을 낳았다.'

'모든 남자는 여자로부터 나왔다.'

'흰색─여자.'

'검은색—남자.'

손을 뻗어 랭던은 더 작은 크립텍스를 집어 들었다. 크기가 반으로 줄고 색이 검정이라는 것만 빼면, 첫째 크립텍스와 똑같아 보였다. 랭던은 다시 출렁이는 소리를 들었다. 그들이 전에 들었던 액체 소리는 분명 이 작은 크립텍스 안에서 흘러나온 것이리라.

양피지를 랭던에게 내밀며 티빙이 말했다.

"자, 로버트, 적어도 우리가 옳은 방향으로 날아가고 있다는 것을 알게 되면 기분이 좋아질 걸세."

랭던은 두꺼운 양피지를 조사했다. 깔끔한 필적으로 네 줄의 글귀가 적혀 있었다. 역시 강약 5보격의 시였다. 시는 수수께끼 같았지만, 랭던은 처음 한 줄만 읽고서도 영국으로 향하는 티빙의 비행기가 제값을 하고 있다는 것을 깨달았다.

런던에 교황이 묻은 기사가 누워 있노라.

시의 나머지 부분은 두 번째 크립텍스를 열 수 있는 패스워드가 런던 어딘가에 있는 기사의 무덤을 방문하면 찾을 수 있다는 분명한 암시를 주고 있었다.

랭던은 걱정스럽게 티빙을 돌아보았다.

"이 시에서 말하는 기사가 누구인지 떠오르는 게 있습니까?"

티빙이 슬며시 웃었다.

"그렇게 막막한 것만은 아닐세. 하지만 우리가 어느 교회당의 지하실을 봐야 하는지는 정확하게 알고 있지."

그 순간, 비행기의 25킬로미터 앞에서는 여섯 대의 켄트 경찰 차량들이 비긴힐 사설 비행장을 향해 비에 젖은 거리를 달리고 있었다.

79

콜레 부관은 티빙의 냉장고에서 페리에 한 병을 꺼내 마시며 화실을 터벅터벅 걸어나왔다. 실제 상황이 벌어지고 있는 런던으로 파슈와 함께 가지 않고, 콜레는 빌레트 성을 샅샅이 수색하고 있는 PTS 팀을 책임지고 있었다.

지금까지 요원들이 발견한 증거들은 별 쓸모가 없었다. 바닥에 박힌 총알 하나, 칼날과 잔이라는 말과 함께 여러 상징들이 그려진 종이 한 장, PTS 팀이 콜레에게 말한 대로 보수적인 가톨릭 단체인 오푸스 데이를 연상시키는 피 묻은 갈고리 허리띠 하나. 최근 어떤 뉴스 프로그램이 파리에서 오푸스 데이가 벌이는 공격적인 신도 모집 활동을 보도했을 때, 이 단체는 소동을 불러일으켰다.

콜레는 한숨을 쉬었다.

'서로 아무런 관련이 없어 보이는 이 잡동사니들을 이해하려면 행운이 있어야겠군.'

호화로운 복도를 내려가다가 콜레는 서재로 쓰이는 거대한 무도회장으로 들어갔다. 서재에서는 PTS 조사 팀장이 지문을 조사하느라 바빴다. 팀장은 멜빵바지를 입은 뚱뚱한 남자였다.

"뭐 새로 나온 거 없습니까?"

콜레가 들어서며 물었다.

팀장이 머리를 저었다.

"새로운 것은 없습니다. 여러 개의 지문들은 저택 다른 곳에 있는 지문들과 일치해요."

"말총 허리띠에 있는 지문들은 어때요?"

"인터폴이 계속 알아보고 있습니다. 우리가 발견한 모든 것을 거기로 보냈거든요."

콜레는 책상에 놓인 두 개의 증거품 봉투를 가리켰다.

"그럼 이것들은?"

팀장은 어깨를 으쓱했다.

"습관입니다. 이상하게 보이는 게 있다 싶으면 일단 봉투에 집어넣고 보는 거죠."

콜레는 다가갔다.

'이상하게 보이는 것?'

팀장은 봉투 속에서 사진 한 장을 골라 콜레에게 내밀었다.

"이 영국인은 이상한 사람입니다. 이걸 한 번 보십쇼."

사진은 고딕 성당의 입구를 보여주고 있었다. 여러 개의 늑재층*이 아치 모양을 그리면서 작은 문으로 갈수록 좁아지는 전통적인 성당 내부의 모습이었다.(늑재층: 갈비뼈 모양의 뼈대를 이루는 재목으로 만들어진 층 구조.)

콜레는 사진을 들여다보고는 다시 내밀었다.

"이게 이상합니까?"

"뒤집어 보십쇼."

사진 뒤에서 콜레는 영어로 휘갈겨쓴 메모를 발견했다. 대성당 안의 길고 빈 본당은 여자의 자궁에 대한 은밀한 이교도의 헌사라는 내용이었다. 이상한 말이었다. 하지만 성당의 통로를 묘사한 이 메모는 콜레를 놀라게 했다.

"잠깐만! 그럼 이 영국인은 성당의 입구가 여성의……"

팀장은 고개를 끄덕였다. 그리고는 한숨을 내쉬었다.

"입술 모양의 용마루와 통로 위에 있는 음핵 모양의 작은 다섯잎 꽃 장식으로 완성된다는 겁니다. 교회에 다시 가보고 싶게 만드는군요."

콜레는 다른 증거품 봉투를 집었다. 비닐 봉투 속에서 이상한 문서처럼 보이는 커다란 광택 사진 한 장이 두드러졌다. 사진 위에는 이렇게 씌어 있었다.

'기밀 서류 넘버 4° lm¹ 249'

"이게 뭡니까?"

콜레가 물었다.

"저도 몰라요. 영국인이 저택 여기저기에 이 종이의 사본을 갖다 놓았더군요. 그래서 한 장 집어넣었습니다."

콜레는 문서를 읽었다.

시온 수도회 뱃사공들 / 그랜드 마스터

장 드 기소르	1188 – 1220
마리 드 생클레르	1220 – 1266
기욤 드 지소와	1266 – 1307
에두아르 드 바	1307 – 1336
잔 드 바	1336 – 1351
장 드 생클레르	1351 – 1366
블랑 데브로	1366 – 1398
니콜라스 플라멜	1398 – 1418
르네 당주	1418 – 1480
이오란드 드 바	1480 – 1483

산드로 보티첼리	1483 – 1510
레오나르도 다 빈치	1510 – 1519
코네타블 드 부르봉	1519 – 1527
페르디낭 드 곤자크	1527 – 1575
루이 드 느베르	1575 – 1595
로버트 플러드	1595 – 1637
J. 발렌틴 안드레아	1637 – 1654
로버트 보일	1654 – 1691
아이작 뉴턴	1691 – 1727
찰스 래드클리프	1727 – 1746
샤를 드 로레인	1746 – 1780
맥시밀리앙 드 로렌	1780 – 1801
샤를 노디에	1801 – 1844
빅토르 위고	1844 – 1885
클로드 드뷔시	1885 – 1918
장 콕토	1918 – 1963

'시온 수도회?'

콜레는 의아했다.

요원 한 명이 서재로 머리를 들이밀었다.

"부관님? 전화 교환대에서 파슈 반장님을 찾는 긴급 전화를 받았습니다. 그런데 반장님과 연락이 안 됩니다. 부관님이 받으시겠습니까?"

콜레는 부엌으로 돌아와 전화를 받았다.

전화를 건 사람은 앙드레 베르네였다.

은행장의 세련된 억양도 그 목소리에 담긴 긴장감을 지우지는 못했다.

"파슈 반장과 통화하고 싶다고 얘기한 걸로 아는데, 아직 반장에게서 연락을 받지 못했습니다."

"반장님은 무척 바쁩니다. 제가 도울 일이라도?"

"오늘 밤 경찰 수사 진행과 병행해야 될 것 같아서 말입니다."

순간 콜레는 남자의 목소리를 들은 적이 있다고 느꼈다. 하지만 누구인지는 금방 생각이 나지 않았다.

"베르네 씨, 현재는 제가 파리 수사를 담당하고 있습니다. 제 이름은 콜레 부관입니다."

긴 침묵이 이어졌다.

"부관, 다른 전화가 걸려와서 그럼 실례합니다. 제가 나중에 다시 걸도록 하지요."

베르네는 전화를 끊었다.

몇 초 동안 콜레는 수화기를 들고 있었다. 그 순간 생각이 났다.

'그래, 그 목소리야!'

콜레는 숨이 멎을 정도였다.

'장갑 트럭 운전사. 가짜 롤렉스 시계를 차고 있던 운전사.'

콜레는 은행장이 왜 그리 서둘러 전화를 끊었는지 이해가 됐다. 간밤에 자신이 거짓말을 했던 경찰관 콜레 부관이라는 이름을 베르네도 기억해 냈을 것이다.

콜레는 이 이상한 사건의 추이가 주는 암시를 곰곰이 생각했다.

'베르네가 관련되어 있었군.'

본능적으로 콜레는 파슈에게 전화해야 한다는 것을 알았다. 감정적으로는 이 일이 자신을 빛내줄 기회가 될 수도 있을 것 같았다.

콜레는 즉시 인터폴에 전화를 걸어, 취리히 안전금고 은행과 은행장 앙드레 베르네에 대한 모든 정보를 알아봐 달라고 요구했다.

80

"좌석에 앉아 안전벨트를 매주십쇼. 오 분 후에 착륙할 것입니다."

티빙의 조종사가 안내 방송을 했다. 비행기는 비가 내리는 어둑어둑한 아침 속으로 기체를 내리고 있었다.

하강하는 비행기 아래로 펼쳐진 안개 낀 켄트의 언덕을 바라보며, 티빙은 고향으로 돌아오는 즐거운 기분을 느끼고 있었다. 영국은 파리에서 비행기로 한 시간도 안 되는 거리에 있지만 전혀 다른 세계였다. 오늘 아침, 봄의 녹색이 감도는 축축한 그의 고향 땅은 특별히 더 자신을 환영하는 것 같았다.

'프랑스에서의 내 시간은 끝났다. 나는 승리를 안고 영국으로 돌아온 것이다. 쐐기돌을 찾아내다니.'

물론 쐐기돌이 궁극적으로 그들을 어디로 이끌 것인가 하는 문제는 아직 남아 있었다.

'영국 어디겠지.'

어디인지는 정확히 알 수 없지만, 티빙은 벌써부터 영광을 맛보고 있었다.

랭던과 소피가 지켜보는 가운데 티빙은 일어나서 객실 한쪽으로 걸어갔다. 벽에 붙은 판을 한쪽으로 밀치자 교묘하게 숨겨진 벽장 금고가 모습을 드러냈다. 티빙은 금고의 다이얼을 맞추고, 금고를 열어서 두 개의 여권을 꺼냈다. 그리고 티빙은 50파운드 지폐들이 묶인 두꺼운 돈뭉치를 끄집어냈다.

"레미와 나를 위한 문서일세. 그리고 이건 자네 둘을 위한 문서라네."

소피는 의심스러운 표정을 지었다.

"뇌물?"

"창조적인 외교 수법이지. 사설 비행장에서는 확실히 통할 거야. 내 격납고에서 영국 세관원이 우리를 맞이할 걸세. 그리고 비행기 안으로 들어오려고 하겠지. 세관원을 안으로 들이기보다는 이렇게 말할 거네. 지금 프랑스 여성 유명인사와 여행하는 중인데, 아무도 그녀가 영국에 있는 걸 모르기를 바란다고 말이야. 왜 자네들도 알잖는가, 언론이나 기자회견 따위 말일세. 이를 묵인해 주는 관용의 대가로 세관원에게 후한 팁을 주는 거지."

랭던은 대단하다는 표정을 지었다.

"세관원이 그걸 받아들일까요?"

티빙은 빙긋 웃었다.

"아니, 그 사람들은 받으려 들지 않겠지. 하지만 비행장 사람들은 모두 나를 알거든. 어쨌거나 나는 무기 중개상도 아닌 데다 기사 작위를 받은 사람이니까. 멤버십엔 특권이 따르는 법이지."

레미가 손에 권총을 들고 복도로 올라와서 말했다.

"주인님, 제가 할 일은?"

티빙은 그의 집사를 바라보았다.

"자네는 우리가 돌아올 때까지 손님과 함께 비행기에 남아 있도록 하게. 저놈을 런던 여기저기로 끌고 다닐 수는 없으니까."

소피는 걱정스러운 표정이었다.

"레이 경, 우리가 돌아오기 전에 프랑스 경찰이 이 비행기를 찾아낼 거예요."

티빙은 웃었다.

"그래요. 프랑스 경찰이 탑승해서 레미를 찾아냈을 때, 놀랄 모습을 상상해 봐요."

소피는 티빙의 대범한 태도에 놀랐다.

"당신은 인질을 묶어서 국가 경계선을 넘어왔어요. 이건 심각한 문제라고요."

"내 변호사들도 심각하다오."

티빙은 비행기 뒤편에 있는 수도승에게 눈을 부라렸다.

"저 짐승 같은 놈이 내 집에 침입해서 나를 죽일 뻔했지. 그것은 사실이오. 레미가 증언해 줄 거요."

랭던이 말했다.

"하지만 저 사람을 묶어서 런던으로 싣고 왔잖습니까?"

티빙은 오른손을 들어 법정에서 선서하는 모습을 흉내냈다.

"존경하는 재판장님, 영국 사법제도에 어리석은 편견이 있는 이 괴짜 늙은 기사를 용서해 주시기 바라오. 프랑스 당국에 전화를 했어야 한다는 것을 나도 압니다. 하지만 난 속물이어서, 자유방임주의인 프랑스 경찰이 적절한 고소를 취해 줄지 믿을 수가 없었습니다. 이 남자는 나를 죽일 뻔했어요. 그래요, 이놈을 영국까지 데려온 건 성급한 결정이었어요. 하지만 난 심한 스트레스를 받고 있었어요. Mea culpa. Mea culpa(내 탓이오)."

랭던은 믿기 어렵다는 표정을 지었다.

"당신에게서 나온 얘기라면, 레이 경, 일이 풀릴 수도 있겠군요."

조종사가 다시 불렀다.

"선생님? 관제탑에서 막 연락이 왔습니다. 선생님의 격납고 근처에서 보수 작업이 있답니다. 그래서 격납고 대신 터미널로 곧장 비행기를 가져오라는데요."

10년 넘게 비긴힐 사설 비행장을 이용했지만, 이런 일은 처음이었다.

"무슨 문제인지 그 사람들이 얘기하던가?"

"그게, 관제탑 직원의 말이 모호합니다. 주유소에서 기름이 샜다나 뭐라는데요. 터미널 앞에 비행기를 세우고 다른 지시가 있을 때까지 모두 비행기 안에 대기하라고 합니다. 안전조치겠죠. 관제탑으로부터 모든 것이 안전하다는 지시를 받을 때까지 비행기에서 내려서는 안 됩니다."

티빙은 의심스러운 표정을 지었다.

'기름유출 사고가 벌어진 거겠지.'

주유소는 티빙의 격납고에서 1킬로미터 정도 떨어진 곳에 있었다.

레미 역시 걱정스러운 표정이었다.

"주인님, 매우 수상하게 들리는데요."

티빙은 소피와 랭던을 돌아보았다.

"친구들, 매우 불쾌한 생각이 드는군. 환영위원회를 만나게 될 것 같아."

랭던은 침울한 한숨을 내쉬었다.

"파슈는 아직도 내가 용의자라고 생각하고 있을 겁니다."

소피가 말했다.

"그렇든가, 아니면 파슈는 자기 실수를 인정하기에는 너무 깊이 들어와 있을 수도 있어요."

티빙은 듣고 있지 않았다. 파슈의 정신상태와는 상관없이, 빨리 조치를 취하는 것이 무엇보다 중요했다.

'궁극적인 목적이 뭔지 잊지 말아야 해. 성배. 우리는 매우 가까이 왔어.'

둔한 소리와 함께 착륙 기어가 발을 내렸다.

깊이 후회하는 목소리로 랭던이 말했다.

"레이 경, 내가 나서서 법적으로 이 일을 해결하겠습니다. 다른 사람들은 이 일에서 모두 빠지도록 해요."

티빙이 손을 저었다.

"오, 맙소사, 로버트! 그렇다고 저들이 우리를 그냥 가게 내버려 둘 것 같은가? 나는 자네를 불법적으로 데려왔소. 느뵈 양은 루브르 박물관에서 자네의 도주를 도왔고, 비행기 뒤에는 사지가 묶인 남자를 데리고 있네. 이게 지금 우리가 처한 상황이야! 우리는 모두 함께 일세."

소피가 말했다.

"어쩌면 다른 비행장은?"

티빙은 고개를 저었다.

"우리가 지금 물러나서 다른 곳에 내릴 때쯤에는, 우리 환영 파티에 군대의 탱크들이 끼어 있을 거요."

소피는 의기소침해졌다.

만일 성배를 찾을 때까지만이라도 영국 당국과의 대면을 지연시킬 수 있다면, 지금 당장 대담한 행동을 취해야 한다고 티빙은 느꼈다.

"잠깐만 기다려들 보게나."

이렇게 말하고 노인은 조종실로 절룩거리며 걸어갔다.

"무얼 하시게요?"

랭던이 물었다.

"세일즈 회의라네."

티빙은 비정상적인 계획을 수행하도록 조종사를 설득하는 데 돈이 얼마나 들지 궁금했다.

81

마침내 티빙의 비행기가 내려오고 있었다.

비긴힐 비행장의 서비스 대표이사인 사이먼 에드워즈는 비에 젖은 활주로를 신경질적으로 흘끔거리며 서둘러 관제탑으로 가고 있었다. 토요일 아침에 이렇게 일찍 일어나 본 것은 처음이었다. 더구나 오늘은 특히 재수없는 날이었다. 가장 부유한 고객 중 한 명이 체포당하는 것을 지켜보기 위해 소집되었기 때문이다. 레이 티빙 경은 개인 격납고에 대해서만 돈을 지불하고 있지 않았다. 그의 비행기는 잦은 이착륙으로 인해, 비행기가 내리고 뜰 때마다 착륙 비용이라는 것을 내고 있었다. 보통은 티빙의 스케줄을 미리 통보받고, 그의 도착을 위한 엄격한 규정을 따르면 되었다. 티빙은 일이 그렇게 진행되는 것을 좋아했다. 개인 격납고에 세워둔 고객 맞춤형 리무진에는 항상 기름이 가득 채워져 있어야 했고, 차체는 반질반질하게 광택이 흘러야 했다. 그리고 그날의 《런던 타임스》가 뒷좌석에 놓여 있으면 되었다. 세관원이 격납고에서 비행기를 기다리고 있다가 기본적인 서류와 가방들을 검사했다. 가끔씩 티빙이 무해한 농산물을 가져오면, 이를 눈감아 주는 대가로 세관원은 후한 팁을 받아 챙길 수가 있었다. 대부분 비싼으로 프랑스산 식용 달팽이, 잘 숙성된 가공되지 않은 로크포르 치즈, 과일들이었다. 어쨌든 관세법은 터무니없는 것이 많았다. 비긴힐이 고객의 비위를 맞추지 못한다면, 분명 경쟁사인 다른 비행장에서 이 짓을 할 것이다. 티빙은 여기 비긴힐에서 자기가 원하는 것을 제공받았고, 비행장 직원들은 그 이익을 거둬들이고 있었다.

제트기가 들어오는 것을 지켜보던 에드워즈는 신경이 갈가리 찢어지는 듯했다. 돈을 뿌리고 다니는 티빙의 기호가 그를 어떤 곤경에 처하게 한 것은 아닌지 궁금했다. 프랑스 당국은 티빙을 비행장에 묶어두려는 강한 의지를 보이는 모양이었다. 티빙에게 씌워진 죄목이 무엇인지 에드워즈는 아직 듣지 못했지만, 경찰은 분명 심각해 보였다. 프랑스 당국의 요청에 따라 켄트 경찰이 비긴힐 통제 센터에 명령을 내렸다. 티빙의 제트기 조종사에게 연락해 고객의 격납고가 아닌 터미널로 곧장 오라는 지시였다. 조종사는 동의했고, 기름 누출이라는 황당한 얘기를 믿는 것 같았다.

일반적으로 영국 경찰은 무기를 소지하지 않지만, 상황의 심각성을 보여주기라도 하듯 무장한 경찰 팀을 내보냈다. 지금 터미널 건물 안에는 권총을 든 여덟 명의 경찰이 비행기의 엔진이 꺼지는 순간을 기다리고 있었다. 비행기의 엔진이 멈추면, 활주로에 있는 직원이 비행기 타이어 고정용 쐐기를 설치할 것이다. 이렇게 되면 비행기는 더 이상 움직일 수 없게 된다. 그럼 경찰이 상황을 파악하러 나서고, 프랑스 경찰이 일을 처리하러 올 때까지 탑승객을 비행기 안에 잡아두면 되었다.

티빙의 비행기는 이제 오른쪽 나무 위를 스치듯 지나면서 하늘을 낮게 날고 있었다. 사이먼 에드워즈는 비행기가 착륙하는 것을 보기 위해 아래층으로 내려갔다. 보이지 않는 곳에 켄트 경찰이 자리를 잡고 있고, 쐐기를 든 보수 유지 직원도 대기하고 있었다. 저 멀리 활주로 끝에서 제트기가 코를 약간 들고 내려앉자 타이어에서 연기가 피어났다. 비행기는 터미널 전방에서 오른쪽에서 왼쪽으로 이동하며 속력을 줄였다. 비행기의 하얀 동체가 젖은 날씨에 반짝이고 있었다. 하지만 브레이크를 밟아 터미널로 회전하는 것이 아니라, 비행기는 멀리 떨어진 티빙의 격납고를 향해 조용히 나아갔다.

모든 경찰들이 돌아서서 에드워즈를 응시했다.

"터미널로 오기로 했다고 하지 않았습니까!"

에드워즈는 당황했다.

"그랬습니다!"

몇 초 후, 활주로를 가로질러 멀리 떨어진 격납고를 향해 달리는 경찰차 안에 에드워즈도 쑤셔박혀 있었다. 티빙의 제트기가 개인 격납고 안으로 조용히 들어가서 사라질 때, 경찰 수송대는 5백 미터는 족히 떨어져 있었다. 마침내 경찰차들이 미끄러지듯 격납고 문 앞에 이르자, 총을 꺼내 든 경찰들이 차에서 쏟아져 내렸다.

에드워즈도 뛰어내렸다.

소음 때문에 귀가 먹먹했다.

제트기는 격납고 안에서 방향을 바꾸며 아직도 시끄러운 엔진 소리를 내고 있었다. 다음 출발을 위해서 비행기 코를 다시 격납고 입구로 내놓는 작업이었다. 비행기가 180도 회전을 마치고, 격납고 입구로 굴러올 때, 에드워즈는 바리케이드를 친 경찰차를 보고 놀라서 겁먹은 조종사의 얼굴을 보았다.

조종사가 엔진을 내리자, 경찰들은 흩어져서 주위를 포위했다. 켄트 경찰 서장을 따라서 에드워즈는 걱정스럽게 비행기의 문으로 향했다. 동체의 문이 활짝 열렸다.

비행기의 전자식 계단이 부드럽게 아래로 뻗어 내리자, 레이 티빙이 문가에 나타났다. 자기를 겨누고 있는 권총의 바다를 응시하며, 레이 티빙은 목발에 몸을 의지하며 머리를 긁적였다.

"사이먼, 내가 없는 동안 경찰 복권에 당첨이라도 됐는가?"

걱정스럽다기보다는 당황한 말투였다.

사이먼 에드워즈는 쉰 목소리를 내며 한걸음 다가섰다.

"안녕하십니까, 레이 경. 혼란을 드린 점 사과드립니다. 비행장에 기름 유출 사고가 있었습니다. 그래서 경의 조종사에게 터미널로 오라고 했지요."

"그래, 그래. 조종사에게 내가 이리로 오자고 그랬네. 내가 약속에 늦었거든. 난 이 격납고에 돈을 지불했고, 기름 유출이라는 하찮은 일 따위에 지나치게 반응하는 것 같아서 말일세."

"경이 이곳으로 오시는 바람에 저희 경비에 약간 문제가 생겼습니다."

"나도 아네. 스케줄에 따른 일이 아니지. 자네와 나 사이니 말인데, 새로운 약물치료가 나와서 나를 들뜨게 하고 있다네. 하지만 비행기 정비를 위해서도 한 번 와야 했어."

경찰들은 서로 시선을 교환했다. 에드워즈는 주춤했다.

"그거 잘된 일이군요, 티빙 경."

켄트 경찰 서장이 앞으로 나서며 말했다.

"티빙 경, 한 시간 정도 탑승한 채로 계셔 주셔야겠는데요."

절룩거리며 계단을 내려오던 티빙이 불쾌한 표정을 지었다. 티빙이 도로에 내려서더니 말했다.

"그 일은 불가능할 것 같소이다. 난 병원 약속이 있어요. 놓칠 수 없는 약속이오."

비행기에서 멀어지려는 티빙의 행보를 서장이 가로막았다.

"저는 여기에 프랑스 사법경찰의 지시로 왔습니다. 그쪽에서는 경이 이 비행기로 도망자들을 실어 왔다고 주장하고 있습니다."

티빙은 서장을 오랫동안 응시했다. 그리고 웃음을 터뜨렸다.

"이거 몰래 카메라 찍는 거요? 꽤나 재미있구먼!"

서장은 꿈쩍도 하지 않았다.

"이건 아주 심각한 상황입니다. 프랑스 경찰은 경의 비행기에 인질도 있을지 모른다고 주장했습니다."

계단 꼭대기 문가에 티빙의 집사인 레미가 나타났다.

"제가 레이 경을 위해 일하는 인질입니다. 하지만 경은 제게 어디든 갈 수 있는 자유를 보장하십니다."

레미는 자기 시계를 체크했다.

"주인님, 까딱하다간 정말 늦겠습니다."

레미는 격납고 구석에 세워진 재규어 리무진을 향해 고개를 끄덕였다. 선팅된 유리창과 흰 타이어로 측면이 멋지게 꾸며진 거대한 자동차였다.

"차를 가져오겠습니다."

레미가 층계를 내려오기 시작했다.

서장이 말했다.

"우리는 여러분을 보내드릴 수 없습니다. 비행기로 돌아가 주십시오, 두 사람 모두. 프랑스 경찰이 곧 도착할 것입니다."

티빙은 사이먼 에드워즈를 돌아보았다.

"사이먼, 하느님 맙소사, 이거 우스꽝스러운 일이구먼! 우리는 비행기에 아무도 태우지 않았소. 보통 때처럼 나와 레미, 내 조종사뿐이오. 자네가 중재자로 나서 주지 않겠는가? 올라가서 비행기에 누가 또 타고 있는지 확인하게나."

에드워즈는 자신이 덫에 걸렸다는 것을 알았다.

"알겠습니다. 그럼 제가 가서 살펴보지요."

"잘도 그러시겠지! 내 눈으로 보겠습니다."

비행장에 대해 너무나 잘 알고 있는 서장이 소리를 질렀다. 비긴힐 비행장에서 티빙과 거래를 계속 유지하기 위해, 사이먼 에드워즈가 거짓말을 할지도 모른다는 것을 서장은 잘 알고 있었다.

티빙은 머리를 저었다.

"안 되오, 당신은 안 되오, 서장. 이건 개인 소유물이고, 서장이 수색 영장을 가져오기 전까진 내 비행기에 한 발짝도 들여놓을 수 없소. 난 지금 서장에게 합리적인 제안을 했소. 에드워즈 씨가 안을 살펴보도록 말이오."

"안 됩니다."

티빙의 자세가 굳어졌다.

"서장, 당신의 게임에 놀아날 시간이 없소이다. 난 늦었고, 지금 가야 하오. 나를 막는 일이 서장에게 그렇게 중요한 일이라면 날 쏘시오."

그 말을 남긴 채 티빙과 레미는 서장 앞을 지나 격납고를 가로질러 주차된 리무진으로 향했다.

켄트 경찰 서장은 자기 앞에 있는 불손한 절름발이 레이 티빙이 밥맛이라고 생각했다. 특권을 가진 사람은 항상 자신이 법 위에 있다고 여겼다.

'법 위에 있을 수는 없지.'

서장은 돌아서서 티빙의 등을 겨누었다.

"멈춰요! 쏘겠습니다!"

발걸음을 멈추거나 뒤도 돌아보지 않고 티빙이 말했다.

"그렇게 하시오. 내 변호사들이 서장의 불알을 아침 식사로 요리해 먹을 테니 그리 아시오. 그리고 만일 영장 없이 내 비행기에 감히 오른다면, 당신 비장이 그 다음 코스가 될 거요."

이런 힘 겨루기에 서장은 초보가 아니었고, 티빙의 말에 전혀 놀라지도 않았다. 기술적인 면에서는 티빙의 말이 옳았다. 경찰이 티빙의 제트기에 오르려면 영장이 필요했다. 하지만 이 비행기는 프랑스에서 왔고, DCPJ의 반장인 브쥐 파슈가 다짐을 준 일이었다. 켄트 경찰 서장은 티빙이 비행기 안에 의도적으로 숨기는 게 무엇인지 알아낸다면 자기 경력이 더 화려해질 것이라 확신했다.

서장이 지시했다.

"저들을 막아라. 내가 비행기를 조사하겠다."

리무진에 가까이 가지 못하도록 경찰들이 총을 들고 티빙과 집사를 가로막았다.

그제야 티빙은 돌아섰다.

"서장, 이것이 마지막 경고요. 비행기에 오를 생각은 꿈에도 하지 마시오. 후회하게 될 거요."

티빙의 위협을 무시하고, 서장은 권총을 꼭 쥐고 계단을 씩씩하게 올라갔다. 문 앞에서 서장은 안을 살폈다. 그런 뒤 객실에 들어갔다.

'제기랄, 이게 뭐야?'

조종실에서 놀란 얼굴을 하고 있는 조종사 외에는 아무도 없었다. 화장실과 의자, 짐칸을 재빨리 둘러본 서장은 여러 사람은 고사하고 한 명도 숨은 흔적을 찾을 수가 없었다.

'브쥐 파슈는 대체 무슨 생각을 하고 있는 거야?'

레이 티빙은 진실을 말한 듯했다.

켄트 경찰 서장은 힘들게 침을 삼키며 버려진 객실에 홀로 서 있었다.

'염병할!'

서장의 얼굴이 붉어졌다. 계단을 다시 내려와서, 서장은 리무진 근처에 서 있는 레이 티빙과 그의 집사를 쳐다보았다.

서장이 지시했다.

"가게 둬라. 잘못된 정보를 받은 모양이다."

격납고를 가로지르는 티빙의 눈이 험악했다.

"내 변호사에게서 전화가 오기를 기대하고 계시오. 그리고 참고로 하는 얘긴데, 프랑스 경찰은 믿을 만한 것이 못 되오."

그 말과 함께 티빙의 집사가 리무진 뒷좌석의 문을 열고 절룩거리는 자기 주인이 뒤에 앉는 것을 도왔다. 그런 뒤 집사는 운전석에 앉아 시동을 걸었다. 재규어 리무진이 격납고를 빠져나가자 경찰들은 흩어졌다.

"잘해줬네, 이 사람아."

공항을 빠져나온 리무진이 속력을 내자 뒷좌석에 앉은 티빙이 명랑한 목소리로 말했다. 티빙은 넓은 리무진 내부의 후미진 구석에 시선을 보냈다.

"모두들 편안한가?"

랭던이 고개를 끄덕였다. 묶인 채로 몸이 구겨진 알비노 옆에서 랭던과 소피는 아직도 엎드려 있었다.

제트기가 격납고 안으로 들어와서 선체를 돌리느라 잠깐 멈췄을 때, 레미가 비행기 문을 열었다. 경찰차가 빠르게 다가오는 것을 보고 랭던과 소피는 수도승을 질질 끌고 계단을 내려가 리무진 뒤에 안 보이게 숨었다. 그 뒤 비행기의 제트엔진이 다시 으르렁거리며 선체를 회전시키고, 완전히 돌아섰을 때 경찰차들이 격납고 안으로 밀려들었던 것이다.

이제 리무진은 켄트를 향하고 있었다. 랭던과 소피는 수도승을 바닥에 내버려 둔 채 리무진 뒷좌석으로 기어 나왔다. 두 사람은 티빙 앞에 있는 긴 의자에 앉았다. 영국인은 둘에게 익살맞은 미소를 지었다. 그리고 리무진 바의 냉장고 문을 열고 말했다.

"마실 것을 좀 줄까? 뭔가 씹을 거리라도? 비스킷? 땅콩? 탄산수?"

소피와 랭던은 고개를 저었다.

티빙은 씨익 웃으며 냉장고의 문을 닫았다.

"자, 그럼, 기사들의 무덤에 대해서 얘기해 볼까……"

82

"플리트 가?"

리무진 뒷좌석에 앉은 티빙에게 눈길을 보내며 랭던이 물었다.

'플리트 가에 교회당 지하실이 있었던가?'

지금까지 티빙은 어디에서 기사의 무덤을 찾아낼 수 있을지를 생각하며 주의 깊게 행동해 왔다. 시에 따르면, '기사의 무덤'이 작은 검은색 크립텍스를 열 수 있는 패스워드를 제공해 줄 것 같았다.

티빙은 활짝 웃으며 소피를 돌아보았다.

"느뵈 양, 우리 하버드 친구에게 시를 한 번 더 보여주는 것이 어때요?"

소피는 주머니를 뒤적거려 검은색 크립텍스를 꺼냈다. 크립텍스는 양피지로 말려 있었다. 장미목 상자와 큰 크립텍스는 비행기의 금고 안에 두고 휴대하기 편리한 작은 검은색 크립텍스만 가져왔다. 소피는 양피지를 벗겨서 랭던에게 건네주었다.

비행기 안에서 여러 번 읽었지만, 랭던은 특정 위치를 끄집어낼 수가 없었다. 그는 다시 시를 읽었다. 땅 위에서 5보격의 리듬이 좀 더 분명한 의미를 드러내기를 바라며 천천히, 그리고 주의 깊게 글을 살폈다.

    런던에 교황이 묻은 기사가 누워 있노라.
    그의 노력의 결실이 성스러운 분노를 불러일으켰노라.
    그의 무덤 위에 있어야만 할 구(球)를 찾아라.
    그것이 장밋빛 살과 씨를 품은 자궁에 대해서 말하리라.

    용어는 매우 간단했다. 런던에 묻힌 기사가 있다. 기사가 공들인 뭔가가 교회를 노엽게 만들었다. 기사의 무덤은 거기 있어야 할 구를 잃어버렸다. 시의 마지막 구절, '장밋빛 살과 씨를 품은 자궁'은 예수의 씨를 잉태한 장미, 즉 마리아 막달레나를 암시하는 것이 분명했다.
    시의 명백한 지침에도 불구하고, 랭던은 이 기사가 누구이며, 그가 어디에 묻혀 있는지 감을 잡을 수 없었다. 게다가 그들이 무덤의 위치를 알아낸다 하더라도, 거기에 없는 뭔가를 찾아야 하는 것처럼 들렸다.
    '그의 무덤 위에 있어야만 할 구?'
    "아무런 생각도 들지 않나?"
    실망스러워하며 티빙이 킬킬 웃었다. 랭던은 왕립 역사가가 자신이 한 수 위임을 즐기고 있다는 것을 눈치 챘다.
    "느뵈 양은?"
    소피도 고개를 가로저었다.
    "내가 없었다면 자네 둘은 어쨌을꼬? 그래, 내 곧장 얘기해 주지. 사실 아주 간단하다네. 첫째 줄이 열쇠야. 로버트, 자네가 다시 읽어주겠나?"
    랭던이 크게 읽었다.
    "런던에 교황이 묻은 기사가 누워 있노라."
    티빙은 랭던을 쳐다보았다.

"정확해. 교황이 묻은 기사, 이게 무슨 의미 같은가?"

랭던은 어깨를 으쓱했다.

"교황에 의해 묻힌 기사? 교황이 장례식을 주관한 기사?"

티빙은 크게 웃었다.

"오, 그럴싸하군. 자넨 항상 낙관주의자로구먼, 로버트. 두 번째 줄을 보게. 기사는 명백히 교회의 성스러운 분노를 불러일으키는 뭔가를 했어요. 다시 생각해 보게. 교회와 성당 기사단과의 역동적인 관계를 고려해 봐. 교황이 묻은 기사?"

"교황이 죽인 기사?"

소피가 물었다.

티빙은 웃으며 소피의 무릎을 토닥거렸다.

"잘했어요, 아가씨. 교황이 매장한 기사, 아니면 죽인 기사인 거지."

랭던은 1307년에 일어난 악명 높은 기사단 소집을 떠올렸다. 불행한 13일의 금요일 사건이다. 교황 클레멘트는 성당 기사단 수백 명을 죽이고 매장했다.

"하지만 교황 때문에 살해당한 기사들의 무덤은 수도 없이 많을 겁니다."

"아하, 그렇지 않네! 기사들 중 상당수는 말뚝 위에서 화형당한 뒤 그대로 티베르 강에 던져졌지. 그런데 이 시는 무덤을 말하고 있어요. 런던에 있는 무덤. 그리고 런던에 묻힌 기사는 별로 없다네."

티빙은 말을 멈추고 랭던을 응시했다. 마침내 티빙은 헛기침을 했다.

"로버트, 하느님 맙소사! 성당 기사단, 그들이 런던에 세운 교회 말일세."

랭던은 깜짝 놀라서 숨을 들이켰다.

"템플 교회? 그 교회에 지하실이 있습니까?"

"가장 놀라운 무덤 열 개를 자넨 보게 될 걸세."

시온 수도회를 연구하면서 랭던은 이 교회의 이름을 수도 없이 지나쳤지만, 정작 템플 교회를 찾아가 본 적은 한 번도 없었다. 한때 모든 기사단과 시온의, 영국에서의 활동 중심지였던 템플 교회는 성당 기사단이 그 이름을 딴 솔로몬의 신전, 즉 템플을 기려 이 이름이 붙었다. 뿐만 아니라 상그리엘 문서는 기사단이 로마에서 큰 영향력을 발휘하게 해주었다. 기사들이 템플 교회의 이상한 장소 안에서 은밀한 의식을 수행했다는 전설은 풍부했다.

"템플 교회가 플리트 가에 있습니까?"

티빙은 짓궂은 표정을 지었다.

"그렇다네, 플리트 가에서 조금 떨어진 안쪽, 템플 거리에 있지. 이렇게 다 얘기해 주기 전에 자네가 좀더 진땀빼는 모습을 보고 싶었는데 말이야."

"고맙습니다."

"두 사람 모두 거기에 가본 적이 있나?"

소피와 랭던은 고개를 저었다.

"그리 놀랍지는 않네. 교회는 현재 커다란 빌딩 숲 뒤에 숨어 있거든. 교회가 거기에 있다는 것을 아는 사람들도 거의 없지. 괴상하고 오래된 곳이니까. 그 건물은 확실히 이교도적이거든."

소피는 놀란 모양이었다.

"이교도?"

"판테온 같은 이교도 말일세. 교회 건물이 둥근 모양이거든. 성당 기사단은 전통적인 십자가 형태의 설계를 무시하고, 태양을 기리는 완벽하게 둥근 형태의 교회를 건설한 거지. 로마에 있는 소년들에게 인사나 하려고 한 게 아니란 말일세. 기사단은 런던 중심부에 스톤헨지를 다시 세운 거라네."

소피는 티빙을 쳐다보았다.

"시의 나머지 부분은요?"

역사가의 즐거운 기분은 차차 가라앉았다.

"아직은 잘 모르겠어. 수수께끼야. 우린 무덤 열 개를 주의 깊게 조사할 필요가 있어요. 운이 따르면, 구가 없는 무덤을 발견할 수 있겠지."

랭던은 그들이 얼마나 가까이 다가왔는지 깨달았다. 꼭 초보적인 낱말 맞추기 게임 같았다.

'다섯 자로 된 단어란 성배(Grail)를 말하는 것일까?'

비행기에 있을 때, 그들은 이미 가능한 모든 낱말을 시험해 보았다. 성배(GRAIL), 그랄(GRAAL), 그리엘(GREAL), 비너스(VENUS), 마리아(MARIA), 예수(JESUS), 사라(SARAH). 하지만 크립텍스는 꿈쩍도 하지 않았다.

'너무 분명해.'

장미와 씨를 품은 자궁을 나타내는 다섯 자로 된 다른 단어가 존재하는 것이 분명했다. 레이 티빙 같은 전문가가 찾아낼 수 없다는 사실은, 패스워드가 평범한 성배 용어가 아니라는 인상을 랭던에게 깊이 심어주었다.

어깨 너머로 레미가 불렀다. 레미는 자동차의 리어 뷰 미러로 열린 칸막이를 통해 그들을 보고 있었다.

"레이 경, 플리트 가가 블랙프라이어스 다리 근처에 있다고 하셨나요?"

"응, 빅토리아 제방길을 타게나."

"죄송합니다. 그게 어디에 있는지 모르겠습니다. 늘 병원으로만 다녔으니까요."

티빙은 랭던과 소피에게 눈을 굴리고 툴툴거렸다.

"날 돌봐주는 것이 아니라, 가끔은 내가 아이를 돌보는 것 같다니까. 잠깐 기다리고들 있게나. 자네들은 뭘 좀 마시며 스낵을 들고 있게."

티빙은 레미와 얘기하기 위해 열린 칸막이로 다가갔다.

소피는 랭던을 향해 돌아앉았다. 그녀의 목소리가 조용했다.

"로버트, 아무도 당신과 내가 영국에 있다는 것을 모를 거예요."

그녀의 말이 옳았다. 켄트 경찰은 파슈에게 비행기는 비어 있었다고 말할 것이다. 그럼 파슈는 그들이 아직 프랑스에 있다고 추정할 것이다.

'우린 눈에 보이지 않는 인물이 된 거로군.'

티빙의 빼어난 연기가 그들에게 많은 시간을 벌어준 것이다.

소피가 말했다.

"파슈는 그렇게 쉽사리 포기하지 않을 거예요. 그 사람은 당신을 체포하는 일에 너무 많은 것을 걸고 있어요."

랭던은 파슈에 대해서 생각하지 않으려고 노력해 왔다. 이 일이 끝나면, 소피는 랭던의 혐의를 푸는 데 자신의 모든 힘을 쏟겠다고 약속했었다. 하지만 랭던은 그게 문제가 아닐 수도 있다는 두려움을 느꼈다.

'파슈가 이 음모의 일부일 수도 있다.'

프랑스 사법경찰이 성배 문제에 얽혀 있다고 상상할 수는 없었지만, 파슈가 공모자일 가능성이 높다고 볼 만큼 많은 우연의 일치를 랭던은 경험했다.

'파슈는 종교와 관련이 깊은 인물이다. 그리고 살인사건을 나에게 덮어씌우려는 의도를 가지고 있다.'

소피는 반장이 이 체포를 성사시키기 위해 그저 과도하게 몰두하는 것이라고 주장했다. 결국 랭던에게 불리한 증거들이 실제로 존재하고 있으니 말이다. 루브르 박물관 바닥에는 랭던의 이름이 휘갈겨져 있을 뿐만 아니라, 원고에 대해서도 거짓말을 했고 그 뒤에 도망을 쳤다.

'소피의 견해는 이렇단 말이지.'

손을 랭던의 무릎에 놓으면서 소피가 말했다.

"로버트, 당신을 이렇게 깊이 끌어들여서 미안해요. 하지만 당신이 여기 있어서 제겐 너무나 다행이에요."

소피의 말은 낭만적이라기보다는 사무적이었다. 하지만 랭던은 둘 사이에서 예기치 않은 애정이 깜박이는 것을 느꼈다. 랭던은 소피에게 조금은 지친 미소를 지어 보였다.

"난 자고 있을 때, 더 재미있는 사람이오."

소피는 몇 초 동안 말이 없었다.

"할아버지는 제게 당신을 믿으라고 했어요. 할아버지 말에 한 번은 귀를 기울이게 돼서 기뻐요."

"당신 할아버지는 날 알지도 못했소."

"그렇다 해도, 할아버지가 원하는 모든 것을 당신이 해주었다고 믿을 수밖에 없어요. 당신은 내가 쐐기돌을 찾을 수 있게 도와줬고, 상그리엘에 대해서 설명해 줬어요. 그리고 지하실에서 일어난 의식에 대해서도 얘기해 줬지요. 어쨌든 지난 시간들보다 할아버지가 더 가깝게 느껴져요. 할아버지가 이 일에 기뻐할 거라고 믿어요."

이른 아침의 가랑비 속에 런던의 모습이 구체적으로 모습을 드러내기 시작했다. 한때 빅벤과 타워 브리지가 지배하던 런던의 명물은 이제 거대하고 초현대적인 밀레니엄 눈동자에 자리를 내주었다. 150미터 높이까지 올라가는 페리스 회전 관람차는 런던의 전경 전체를 조망하게 해주었다. 랭던 역시 한 번 타보려고 시도한 적이 있었지만, '전망 캡슐'이 봉인된 석관을 떠오르게 해서 그냥 땅에 발을 붙이는 쪽을 선택하고 말았었다. 그 대신 랭던은 시원한 템스 강 강둑에서 전망을 즐겼다.

랭던은 자기를 끌어당기며 무릎을 누르는 힘을 느꼈다. 소피의 녹색 눈동자가 랭던을 보고 있었다. 소피가 자기에게 얘기중이었다는 것을 깨달았다. 소피가 속삭였다.

"만일 우리가 상그리엘 문서를 발견한다면, 어떻게 해야 된다고 생각해요?"

랭던이 말했다.

"내 생각엔 지금 논의해 봤자 소용없는 일이오. 당신 할아버지가 당신에게 크립텍스를 주었고, 당신의 본능이 이끄는 대로 할아버지가 바라는 바를 하면 되는 거요."

"난 당신의 의견을 묻는 거예요. 할아버지가 당신의 판단을 신뢰하도록 만든 뭔가를 당신은 원고 안에 분명히 적어 놓았던 거예요. 더구나 할아버지는 당신과 사적인 만남을 가질 예정이었죠. 그것은 드문 일이에요."

"어쩌면 그는 내가 가진 정보가 모두 틀렸다고 말하고 싶었는지도 몰라요."

"할아버지가 당신의 아이디어를 좋아하지 않았다면, 왜 당신을 찾으라고 내게 말했겠어요? 당신은 그 원고에서 상그리엘 문서가 공개되어야 한다는 쪽을 지지했나요, 아니면 묻혀 있어야 된다는 쪽을 지지했나요?"

"어느 쪽도 아니오. 난 어느 쪽으로도 판단을 내리지 않았소. 그 원고는 신성한 여성의 상징을 다루고 있을 뿐이오. 역사를 거슬러 그녀의 도상이 어떻게 변천해 왔는가를 추적한 거요. 난 성배가 어디에 묻혀 있는지, 그것을 드러내야 할지, 말아야 할지는 가정하지 않았소."

"하지만 당신은 결국 성배에 관한 책을 썼어요. 그것은 분명히 정보가 공유되어야 한다는 얘기가 되는군요."

"두 견해에는 큰 차이가 있소. 그리스도의 또 다른 역사를 가설로 토론하는 것과……."

랭던은 말을 멈췄다.

"그리고 또 하나는 뭐죠?"

"신약성서가 가짜 증언이라는 것을 보여주는 과학적인 증거로서 수천 장의 고대 문서를 세상에 내놓는 일 말이오."

"하지만 당신은 내게 신약성서가 날조에 바탕을 둔 거라고 얘기했잖아요."

랭던은 웃었다.

"소피, 세상에 있는 모든 믿음은 허구에 바탕을 두고 있어요. 그것이 믿음의 정의요. 우리가 증명할 수는 없지만 진실이라고 상상하는 것을 마음으로 받아들이는 것이오. 모든 종교에서 신은 은유와 암시, 과장을 통해서 묘사해요. 초기 이집트인부터 시작해서 현대의 일요 예배학교까지 말이오. 은유는 우리가 받아들일 수 없는 것을 우리의 마음이 받아들이도록 돕는 수단이오. 문제는 우리 자신의 은유를 말 그대로 믿기 시작할 때 발생하는 거요."

"그럼 당신은 상그리엘 문서가 영원히 묻혀 있어야 된다는 쪽이에요?"

"난 역사가요. 따라서 문서를 파괴하는 일에 반대하는 입장이오. 그리고 종교학자들이 더 많은 정보를 가지고 예수 그리스도의 예외적인 삶을 숙고하게 되기를 바라고 있어요."

"양쪽 입장을 모두 지지하는군요."

"내가 그렇소? 성서는 세상에 있는 수백만 명의 사람들에게 안내서 역할을 하고 있어요. 코란이나 토라, 팔리 캐논이 그 종교를 가진 사람을 안내하듯이 말이오. 만일 당신과 내가 이슬람교, 유대교, 불교, 다른 이교도들의 성스러운 이야기를 모두 뒤엎는 문서를 파냈다면, 우리가 어떻게 해야 될 것 같소? 깃발을 흔들며 불교 신자에게 부처가 연꽃에서 나온 것이 아니라는 증거를 우리가 가지고 있다고 말해야 할까? 아니면 예수는 문자 그대로 처녀의 몸에서 난 것이 아니라는 얘기를? 자기들의 믿음을 진실로 이해하는 사람들은 이런 얘기들이 은유라는 것을 이해하고 있을 거요."

소피는 회의적인 표정이었다.

"충실한 기독교 신자인 내 친구들은 문자 그대로 그리스도가 물 위를 걷고, 물을 포도주로 바꾸고, 처녀의 몸에서 났다고 믿고 있는데요."

"내 요점이 바로 그거요. 종교적인 암시는 현실을 이루는 일부가 되어 왔소. 그리고 현실에서 살아 숨쉬며, 수많은 사람들이 삶을 이겨내고 더 나은 사람이 되도록 도와왔어요."

"하지만 현실은 가짜라는 것이 드러났잖아요."

랭던은 소리내어 웃었다.

"암호를 깨기 위해 허수(虛數)의 존재를 상정하는 수학적인 암호 해독가보다 더 가짜 같지는 않소."

소피는 눈살을 찌푸렸다.

"그건 공정한 비유가 아니에요."

잠시 시간이 흘렀다.

"당신 질문이 뭐였소?"

"잊어버렸어요."

랭던은 미소를 지었다.

"언제든지 얘기할 수 있으니까."

83

랭던이 소피, 티빙과 함께 재규어 리무진에서 내렸을 때, 랭던의 미키마우스 손목시계는 7시 30분경을 가리키고 있었다. 세 겹으로 이루어진 빌딩들의 미로를 지나서야 템플 교회의 작은 마당에 닿을 수 있었다. 거친 석조 건물이 빗속에서 희미하게 빛을 내고, 건물 위에서는 비둘기들이 구구 소리를 냈다.

런던의 고대 건물인 템플 교회는 전체가 캉 스톤*으로 지어져 있었다. 위압적인 정면과 중앙 탑, 한쪽으로 불쑥 뻗은 본당이 있는 이 원형 건축물은 예배 장소라기보다는 군사 요새 같은 분위기를 풍겼다. 예루살렘의 대주교인 헤라클리우스에 의해 1185년 2월 10일 완공된 템플 교회는 정치적인 소동과 런던 대화재, 그리고 1차 세계대전을 포함해 8백 년의 세월을 버티며 살아남았다. 단지, 1940년 독일 나치 공군의 소이탄에 심하게 손상을 입었을 뿐이다. 전쟁 후, 교회는 본래의 위풍당당한 모습을 되찾았다.(캉 스톤 : 주로 교회에서 사용되는 곱게 연마한 석회암.)

'가장 단순한 형태는 원이다.'

랭던은 처음으로 건물을 바라보며 감탄했다. 교회는 간결하고, 어떤 면에서는 거칠게 보였다. 세련된 판테온이라기보다는 로마의 울퉁불퉁한 산트안젤로 성을 떠오르게 했다. 건물 오른쪽으로 툭 튀어나온 네모난 신축 별관만이 불행히도 눈에 거슬렸다. 하지만 별관은 이교도의 분위기를 물씬 풍기는 본래의 건물 구조를 허물어뜨리지는 못했다.

입구 쪽으로 걸어가며 티빙이 말했다.

"이른 토요일 아침이구먼. 그럼 우리가 치러야 할 예배는 없겠군."

교회 입구는 움푹 들어간 돌로 이루어져 있었는데, 커다란 나무 문이 있었다. 문 왼쪽에는 이 건물과 전혀 어울리지 않는 안내판이 콘서트 일정표와 예배 고지서 따위로 뒤덮인 채 걸려 있었다.

안내판을 읽으며 티빙은 눈살을 찌푸렸다.

"앞으로 두 시간 동안은 관광객들에게 문을 열지 않겠는걸."

티빙은 문으로 다가가서 밀어 보았다. 문은 꿈쩍도 안 했다. 티빙은 나무 문에 다가가 귀를 기울였다. 잠시 후 뒤로 물러난 티빙은 뭔가를 꾸미는 얼굴로 안내판을 가리켰다.

"로버트, 예배 일정표를 좀 살펴봐 주겠나? 이번 주에는 누가 예배를 주재하는가?"

교회 안에서는 어린 복사가 성체 배령식 방석의 청소를 거의 마무리 짓고 있었다. 그때 교회 문을 두드리는 소리가 났다. 소년은 소리를 무시했다. 하비 놀즈 신부는 따로 열쇠를 가지고 있고, 몇 시간이 지나야 나타날 것이다. 문을 두드리는 자들은 아마 호기심 왕성한 관광객이거나 가난한 사람일 것이다. 소년은 청소를 마저 하려고 했지만, 문을 두드리는 소리는 계속되었다.

'글도 읽을 줄 모르나?'

문에 있는 안내판에는 분명히 토요일은 아침 9시 30분에 교회 문을 연다고 명시되어 있었다. 소년 복사는 자기 일을 계속 해나갔다.

문을 두드리는 소리가 갑자기 쾅쾅 차는 소리로 바뀌었다. 마치 누군가 금속 막대기로 문을 때리는 것 같았다. 소년은 청소기의 전원을 끄고, 화가 나서 문으로 달려갔다. 빗장을 풀고 문을 안으로 열었다. 입구에는 세 사람이 서 있었다.

'관광객들이로군.'

소년은 투덜거렸다.

"교회는 아홉 시 삼십 분에 엽니다."

우두머리로 보이는 뚱뚱한 남자가 금속 목발을 이용해 한 발 앞으로 나섰다. 늙은이는 앵글로 색슨계의 지식인인 체하는 말투로 얘기했다.

"난 레이 티빙 경이다. 너도 틀림없이 알고 있겠지만, 난 지금 크리스토퍼 렌 사 세 부부를 모시고 왔다."

늙은이는 옆으로 비켜서며 자기 뒤에 서 있는 매력적인 남녀에게로 우아하게 팔을 뻗었다. 여자는 풍성한 자줏빛 머리카락에 부드러운 인상이었다. 남자는 키가 크고, 어두운 머리 색깔에 어딘지 낯이 익은 얼굴이었다.

소년은 어떻게 응대해야 할지 알 수가 없었다. 크리스토퍼 렌 경은 교회의 가장 유명한 시혜자였다. 대화재로 손실을 입었을 때 렌 경이 모든 복구를 후원했던 것이다. 물론 렌 경은 18세기 초기에 죽었다.

"예…… 뵙게 되어서 영광입니다."

목발을 짚은 늙은이가 얼굴을 찡그렸다.

"막돼먹지 않아서 그나마 다행이로구면. 꼬마야, 넌 아직 확신이 안 서는 모양인데, 놀즈 신부님은 어디 계시냐?"

"오늘은 토요일입니다. 늦게까지 나오지 않으실 거예요."

절름발이 남자의 주름이 더 깊어졌다.

"감사의 마음이 이거로군. 이 시간, 이 자리에 있겠다고 그렇게 다짐을 하더니만. 하지만 신부님 없이도 우리 일을 볼 수 있을 것 같다. 그리 오래 걸리지는 않을 테니."

소년은 입구를 막은 채 서 있었다.

"죄송합니다만, 무엇이 오래 걸리지 않아요?"

방문객의 눈이 날카로워졌다. 늙은이는 모두를 난처한 상황에서 구해 내기라도 하듯 몸을 앞으로 기울이며 속삭였다.

"얘야, 분명 너는 여기 신참이로구나. 매년 크리스토퍼 렌 경의 후손들은 렌 경의 재 한 줌을 가져와서 교회 안에 뿌린단다. 이 일은 렌 경의 마지막 유서이자 유언장의 일부지. 이런 일을 좋아할 사람이 누가 있겠느냐. 하지만 우리가 어쩌겠니?"

이 교회에서 지낸 지 몇 년이 됐지만, 소년은 이런 관습을 들어본 적이 없었다.

"아홉 시 삼십 분이 될 때까지 기다리시는 것이 좋겠어요. 교회는 아직 문을 열지 않았고, 저 역시 아직 청소를 끝내지 못했거든요."

목발을 짚은 늙은이가 눈을 사납게 부라렸다.

"얘야, 네가 이 건물을 청소할 수 있게 된 유일한 이유는 바로 저 여자분의 주머니에 든 아저씨 덕분이야."

"네?"

목발의 남자가 말했다.

"렌 여사, 이 무례한 소년에게 재가 든 유골함을 보여주실 수 있겠습니까?"

여자는 잠시 망설이다가, 미몽에서 깨어난 듯 주머니에서 보호용 헝겊에 싸인 작은 원통을 꺼냈다.

목발의 늙은이가 냉큼 말했다.

"저거 봤지? 이제 네가 렌 경의 절박한 소원을 들어주어 우리가 교회 안에 그분의 재를 뿌리게 해주든지, 아니면 우리가 어떤 취급을 당했는지 놀즈 신부에게 내가 말하는 일만 남았다."

소년은 망설였다. 놀즈 신부가 교회 전통을 얼마나 충실히 따르는지 잘 알고 있었다…… 그리고 무엇보다 중요한 것은 이 오래된 성지에 우호적이지 않은 시선이 내비쳤을 때 신부가 부릴 못된 성질이었다. 아마도 놀즈 신부는 이 가족들이 찾아온다는 것을 깜빡 잊어버린 것인지도 몰랐다. 만일 그렇다면, 이들을 들이는 것보다 돌려보내는 것이 더 위험했다.

'고작해야 몇 분밖에 걸리지 않는다잖아. 그렇게 하는 데 무슨 문제가 있을라고?'

한걸음 비켜서서 세 사람을 안으로 들어오게 했을 때, 소년은 자기처럼 렌 부부도 당황해했다고 맹세할 수 있었다. 불안한 마음으로 소년은 자기 일로 돌아가서 곁눈질로 그 사람들을 지켜보았다.

교회 안으로 한층 더 깊이 들어왔을 때 랭던은 웃지 않을 수 없었다. 랭던이 속삭였다.

"레이 경, 거짓말을 너무 잘하시는군요."

티빙의 눈이 반짝거렸다.

"옥스퍼드 연극반 출신이지. 학생들은 아직도 내가 맡은 줄리어스 시저 얘기를 한다네. 그 누구도 제삼장 일막의 장면을 나만큼 연기할 수 없다고 확신하고 있지."

랭던은 흘끔 쳐다보았다.

"그 장면에서 시저가 죽지 않습니까?"

티빙은 억지로 웃었다.

"그래, 하지만 내가 쓰러질 때 입고 있던 토가가 찢어졌지. 그리고 삼십 분 동안이나 거시기를 밖에 내놓은 채 무대에 누워 있어야만 했다네. 하지만 털끝 하나 움직이지 않았어. 난 아주 멋있었다고."

랭던은 움찔했다.

'이런, 내가 실수를 하고 말았군.'

교회의 본당으로 이르는 아치길을 따라 그들은 네모난 형태의 별관을 지나갔다. 랭던은 황량해 보일 정도로 교회 내부가 엄격하다는 것에 놀랐다. 제단의 배치는 직선 양식의 기독교 예배당을 본떴지만, 가구들은 전통적인 장식물이라고는 하나도 없는 차갑고 경직된 것들이었다. 랭던이 속삭였다.

"황량하군요."

티빙이 웃었다.

"영국의 교회지. 영국 국교회는 자기들 종교를 스트레이트로 마셔 버렸지. 그들의 고난에서 더 이상 빼낼 것이 없었거든."

소피가 교회의 원형 공간에 이르는 거대한 입구를 가리켰다.

"저기에 있는 것은 마치 요새처럼 보여요."

랭던도 동의했다. 심지어 이 자리에서 봐도 벽들은 이상하리만큼 튼튼해 보였다.

반향이 잘 이루어지는 공간에서 알루미늄 목발 소리를 울리며 티빙이 일깨웠다.

"성당 기사단은 전사들이었네. 종교적인 군사단체였지. 템플 교회는 그들의 요새이자 은행이었어."

"은행이었다고요?"

레이를 쳐다보며 소피가 물었다.

"그렇다네. 기사단은 현대 은행의 개념을 고안해 냈지. 옛날에 유럽 귀족들이 금을 가지고 여행하는 것은 위험한 일이었어. 그래서 기사단은 귀족들이 근처에 있는 템플 교회에 금을 맡길 수 있도록 허용했다네. 유럽 전역에 있는 다른 어떤 템플 교회에서라도 금을 인출할 수가 있었지. 필요한 것은 적절한 문서뿐이었어. 그리고 약간의 수수료였지. 템플 교회들은 ATM의 원조라고 볼 수 있어요."

티빙은 스테인드 글라스로 된 창문을 가리켰다. 장미색의 말을 탄 하얀 옷의 기사를 통해 쏟아져 들어오던 태양빛이 굴절되고 있었다.

"알라누스 마르셀, 1200년대 초기 템플 교회의 수장이야. 그와 그의 계승자들은 실제로 의회의 의장직을 맡았지."

랭던은 놀랐다.

"왕국의 첫 남작?"

티빙은 고개를 끄덕였다.

"어떤 사람들은 템플 교회의 수장이 왕보다 더 큰 영향력을 휘둘렀다고 주장하지."

원형의 방 앞에 도착했을 때, 티빙은 어깨 너머로 소년을 흘끔 쳐다보았다. 소년은 멀리서 청소하고 있었다. 티빙이 소피에게 속삭였다.

"한번은 성배가 밤새 이곳에 머물렀다는 말이 있어요. 기사단이 성배를 원래 숨긴 장소에서 다른 장소로 옮기는 도중에 말이야. 마리아 막달레나의 석관과 함께 상그리엘 문서들이 든 네 개의 궤짝이 바로 여기 있었다는 게 상상이 되나? 이 생각만 하면 난 소름이 돋네."

원형의 방으로 들어서면서 랭던 역시 소름이 돋는 것을 느꼈다. 랭던의 눈이 엷은 빛깔의 돌로 이루어진 방의 완만한 곡선을 훑고 지나갔다. 벽에는 이무기와 악마, 괴물, 고통스러운 인간의 얼굴들이 새겨져 있었는데, 모두 방 안을 지켜보고 있었다. 조각 밑에는 긴 의자가 이 방 전체를 따라 둥그렇게 있었다.

"원형 극장이로군요."

랭던이 속삭였다.

티빙이 목발을 들어, 방의 왼쪽 끝과 오른쪽 끝을 가리켰다. 랭던은 이미 그들을 보았다.

'열 명의 돌 기사들.'

'왼쪽에 다섯, 오른쪽에 다섯.'

실제 사람 크기만한 석상들이 편안한 자세로 바닥에 등을 대고 누워 있었다. 기사들은 방패와 갑옷, 칼로 완전 무장을 했다. 랭던은 기사들이 자고 있는 사이, 누군가 몰래 들어와 그들의 몸 위에 회반죽을 부어 놓은 것 같은 불편한 느낌을 받았다. 모든 기사들은 심하게 풍화되었지만, 제각각 뚜렷한 특징이 있었다. 서로 다른 장비를 착용하고 있거나, 다리와 팔의 위치, 얼굴 모양, 방패에 새겨진 문양들이 별개였다.

'런던에 교황이 묻은 기사가 누워 있노라.'

원형의 방으로 더 깊이 들어갈수록 랭던은 몸이 떨리는 것을 느꼈다.

여기가 바로 그곳이어야만 했다.

84

템플 교회 근처 지저분한 골목길에서 재규어 리무진을 몰던 레미는 산업용 쓰레기통이 줄지어 늘어선 뒤편에 차를 세웠다. 그리고 엔진을 끄고 주변을 살폈다. 아무도 없었다. 레미는 차에서 내려 수도승이 누워 있는 뒷좌석으로 올라탔다.

레미의 존재를 느낀 수도승이 비몽사몽 상태에서 서서히 깨어났다. 사내의 붉은 눈은 두려움보다는 호기심에 차 있었다. 레미는 포박당하고도 밤새도록 차분함을 잃지 않는 사내의 능력에 감탄했다. 처음에는 발버둥을 쳤지만, 이내 자신의 곤경을 받아들이기로 한 것 같았다. 이제 수도승은 자신의 운명을 더 큰 힘에 내맡긴 듯했다.

타이를 느슨하게 풀면서, 레미는 빳빳이 풀먹인 높은 칼라의 단추를 풀었다. 수년 만에 처음으로 숨을 쉬는 기분이 들었다. 레미는 리무진의 바에서 스미노프 보드카를 꺼내 마셨다. 마지막 한 방울까지 다 마신 후, 두 번째 병을 또 꺼내 마셨다.

'나는 곧 자유로워질 것이다.'

레미는 바를 뒤져 서비스로 나눠주는 포도주 병따개용 칼을 찾아 날카로운 칼날을 꺼내 세웠다. 칼은 보통 값비싼 포도주 병의 코르크

마개에 붙어 있는 호일을 살며시 도려내는 데 쓰이지만, 오늘 아침에는 평소보다 극적인 용도로 쓰일 참이었다. 레미는 반짝이는 칼날을 쥐고 사일래스를 마주 보았다.

사일래스의 붉은 눈이 공포로 번들거렸다.

레미는 미소를 짓다가 리무진 뒤로 다가갔다. 수도승은 발버둥치며 몸을 웅크렸다.

"얌전히 있어."

칼날을 세우며, 레미가 속삭였다.

신이 자기를 저버리다니, 사일래스는 믿을 수가 없었다. 육체적인 고통은 오히려 영혼의 훈련으로 받아들이면 되었다. 피가 통하지 않아서 생긴 근육의 떨림은 그리스도가 참아야 했던 고통을 생각나게 했다.

'자유를 위해 온밤을 기도했다.'

칼이 다가오자, 사일래스는 눈을 질끈 감았다.

사일래스의 어깨를 가르며 칼에 베인 아픔이 번져 나갔다. 사일래스는 자신을 지킬 수도 없고, 여기 리무진 뒤편에서 이처럼 죽어야 한다는 것이 믿을 수 없었다.

'난 신의 일을 하고 있었다. 스승이 나를 보호할 것이라고 말했다.'

사일래스는 따뜻한 온기가 등과 어깨로 번져가는 것을 느끼며, 자신의 피가 살 위로 쏟아지는 장면을 그렸다. 날카로운 아픔이 허벅지를 관통하자, 익숙한 감각의 상실이 퍼지는 게 느껴졌다. 고통에 대한 신체의 방어 체계인 셈이었다.

따끔따끔한 열기가 몸 전체로 뻗어 나가고 있었다. 사일래스는 자기 삶의 마지막 모습이 이 살인자와 같을 수는 없으리라 믿고서 눈을 더욱 꼭 감았다. 대신 그는 젊은 시절의 아링가로사 주교의 모습을 떠올렸다. 스페인 작은 교회 앞에 서 있는 아링가로사…… 사일래스와 아링가로사가 직접 세운 교회.

'내 삶의 시작이었지.'

사일래스는 자기 몸이 불 위에 오른 듯한 느낌이었다.

프랑스 억양으로, 턱시도를 입은 남자가 속삭였다.

"마셔요. 혈액 순환에 도움이 될 겁니다."

사일래스는 놀라서 눈을 떴다. 자기에게 몸을 숙이고 있는 흐릿한 형체가 술이 담긴 잔을 내밀고 있었다. 바닥에는 핏방울이라곤 전혀 묻지도 않은 칼과 갈기갈기 찢어진 송수관 테이프들이 여기저기 쌓여 있었다.

"이걸 마셔요. 당신이 느끼는 고통은 피가 근육으로 순환하고 있기 때문입니다."

사일래스는 불같이 뜨거웠던 진동이 이제는 따끔따끔 쑤시는 통증으로 바뀌었다는 것을 깨달았다. 보드카의 맛은 형편없었지만, 사일래스는 감사히 여기면서 마셨다. 운명은 지난밤 사일래스를 거칠게 다루었지만, 신은 모든 것을 한 번의 기적으로 풀어 버렸다.

'신은 나를 저버리지 않았다.'

사일래스는 이 순간을 아링가로사 주교가 어떻게 부를 것인지 알고 있었다.

'신성한 개입.'

집사가 사과했다.

"당신을 좀더 일찍 풀어주고 싶었소만, 어쩔 수가 없었어요. 빌레트 성에서는 경찰이 들이닥쳤고, 그 뒤 비긴힐 비행장에서도 그랬습니다. 지금이 처음으로 온 기회입니다. 이해하겠지요, 사일래스?"

사일래스는 몸을 움츠리다가 화들짝 놀랐다.

"내 이름을 압니까?"

집사가 웃었다.

사일래스는 이제 일어나 앉아서 뻣뻣한 근육을 문질렀다. 사일래스의 감정은 혼란과 이해, 불신이 뒤섞인 급류타기였다.

"당신이…… 스승님입니까?"

사일래스의 전제에 웃음을 터뜨리며 레미는 고개를 저었다.

"내가 그런 힘을 가졌다면 좋겠습니다. 난 스승이 아니오. 당신처럼 그분을 위해 일하고 있습니다. 스승은 당신을 칭찬했소. 내 이름은 레미요."

사일래스는 놀랐다.

"이해할 수가 없습니다. 만일 당신이 스승님을 위해 일한다면, 왜 랭던이 당신 집에 쐐기돌을 가지고 갔습니까?"

"내 집이 아니오. 그 집은 세계에서 첫째가는 성배 역사가, 레이 티빙 경의 집이오."

"하지만 당신은 거기에 살고 있었습니다. 이상한 것은……"

랭던이 숨을 장소로 티빙의 집을 선택했다는 명백한 우연의 일치에 레미는 별 문제가 아니라는 듯 미소를 지었다.

"그것은 충분히 예측 가능한 일이었습니다. 로버트 랭던은 쐐기돌을 가졌고, 도움을 필요로 했지요. 레이 티빙의 집말고 갈 데가 또 어디 있었겠습니까? 스승이 내게 접근한 이유도 내가 우연히 거기에 살고 있었기 때문입니다. 스승이 성배에 대해서 그렇게 많이 알고 있는 것에 대해 어떻게 생각합니까?"

이제 모든 것이 명확했다. 사일래스는 기절할 것 같았다. 스승은 레이 티빙 경의 모든 연구에 접근할 수 있는 집사를 일꾼으로 뽑은 것이다. 현명한 판단이었다.

"당신에게 얘기해야 할 것이 많습니다. 하지만 먼저, 당신과 내가 해야 할 일이 있습니다."

헤클러 앤 코크 권총을 사일래스에게 다시 건네주며 레미는 말했다. 그 뒤 레미는 칸막이 너머로 손을 뻗어 장갑상자 안에서 손바닥만한 작은 권총을 꺼냈다.

파슈 반장은 비긴힐 비행장에서 노여움을 참으며 티빙의 격납고에서 벌어진 일에 대한 켄트 경찰 서장의 설명을 듣고 있었다.

서장은 주장했다.

"내가 직접 그 비행기를 수색했습니다. 하지만 안에는 아무도 없었어요."

이제 서장의 말투는 오만하게 변했다.

"그리고 이 말을 꼭 덧붙여야겠소. 만일 레이 티빙 경이 날 고소하면, 나는……"

"조종사는 심문했습니까?"

"물론 안 했소. 그는 프랑스인이고, 우리 사법권은……"

"날 비행기로 안내하시오."

파슈가 격납고에 도착해, 리무진이 주차되어 있던 도로에서 이상한 핏자국을 발견하기까지는 60초밖에 걸리지 않았다. 파슈는 비행기로 걸어가 선체를 힘껏 두들겼다.

"프랑스 사법경찰 반장이다. 문 열어라!"

겁에 질린 조종사가 비행기의 문을 열고 사다리를 내렸다.

파슈가 올라갔다. 3분이 지난 후 권총의 도움으로 파슈는 모든 자백을 받아냈다. 자백 중에는 포박당한 알비노에 대한 얘기도 들어 있었다. 게다가 파슈는 랭던과 소피가 나무상자 같은 것을 티빙의 금고에 넣는 것을 보았다고 했다. 상자 안에 무엇이 들었는지는 모르지만, 런던으로 오는 비행 도중 랭던의 관심은 온통 그 상자에 있었다고 조종사는 밝혔다.

"금고를 여시오."

파슈가 요구했다.

조종사는 겁에 질린 표정이었다.

"난 비밀번호를 모릅니다!"

"그거 안됐군. 조종사 자격증을 그대로 유지하라고 제안할 참이었는데 말이야."

조종사가 손을 움켜쥐었다.

"여기 보수 유지 부서에서 일하는 사람들을 알고 있습니다. 그 사람들이 금고를 뚫을 수 있지 않을까요?"

"삼십 분의 시간을 주겠소."

조종사는 무전기로 뛰어갔다.

파슈는 비행기 뒤로 걸어가서 술을 꺼내 마셨다. 오전에 술을 마시기란 파슈에게 드문 일이었다. 지금은 이른 아침인데다, 밤새도록 잠도 자지 못했는데 말이다. 눈을 감고 자리에 앉은 파슈는 일이 어떻게 되어 가는지 정리해 보았다.

'켄트 경찰의 터무니없는 실수 때문에 큰 대가를 치르게 생겼군.'

이제 모두가 검은색 재규어 리무진을 찾고 있었다.

휴대 전화기의 벨이 울렸다. 파슈는 잠시 동안의 휴식을 바라며 전화기를 들었다.

"여보세요?"

아링가로사 주교였다.

"런던으로 가고 있습니다. 한 시간쯤 후에는 도착할 겁니다."

파슈는 자리에서 일어났다.

"파리로 가고 계신 줄 알았는데요."

"난 심히 걱정됩니다. 계획을 바꿨지요."

"그러지 않으셔도 됩니다."

"사일래스를 데리고 있습니까?"

"아니오. 사일래스를 생포한 사람들이 제가 도착하기 전에 여기 지방경찰을 따돌리고 달아났습니다."

아링가로사의 분노가 날카롭게 울렸다.

"그 비행기를 잡을 수 있다고 내게 장담하지 않았습니까!"

파슈는 목소리를 낮추었다.

"주교님, 주교님의 상황을 고려한다면, 제 참을성을 시험하지 말라고 권해드리고 싶습니다. 가능한 한 빨리 사일래스와 나머지 인물들을 찾아낼 것입니다. 어디에 내리실 겁니까?"

"잠깐만 기다리시오."

아링가로사는 보류 버튼을 눌렀다가 잠시 후 다시 말을 이었다.

"조종사는 히스로 공항에 빈자리를 찾으려고 한답니다. 나는 이 비행기의 유일한 승객입니다. 하지만 우리가 방향을 튼 것은 예정에 없던 일이었습니다."

"조종사에게 켄트에 있는 비긴힐 사설 비행장으로 오라고 하십시오. 자리를 마련해 두겠습니다. 주교님이 내리실 때 제가 여기 없더라도, 주교님을 위한 차가 준비되어 있을 겁니다."

"고맙소."

"처음 얘기했을 때 제가 말했듯이, 주교님만 모든 것을 잃는 것이 아닙니다. 그 점을 잘 기억해 두시는 게 좋을 겁니다."

85

'그의 무덤 위에 있어야만 할 구를 찾아라.'

템플 교회 안에 있는 기사 조각상들은 사각형의 베개를 베고, 등을 바닥에 댄 채 누워 있었다. 소피는 냉기를 느꼈다. '구'를 언급하는 시 구절이 별장 지하실에 있던 할아버지와 그날 밤의 이미지를 떠오르게 했다.

'히에로스 가모스. 구슬들.'

소피는 성 의식이 바로 이 성역에서도 행해졌는지 궁금했다. 원형의 방은 그 같은 이교도 의식을 위해 지어진 것처럼 보였다. 중앙에 넓은 공간을 남겨두고, 돌로 만든 긴 의자가 공간을 빙 둘러싸고 있었다.

'원형 극장.'

로버트가 말한 대로였다. 한밤중에 횃불 가에서 찬송을 부르며 방 한가운데에서 '신성한 교접'을 목격하는 가면 속의 사람들. 소피는 비밀단체의 회원들로 가득 찬 방의 모습을 상상했다.

그 이미지를 억지로 마음에서 몰아내며, 소피는 왼쪽 그룹으로 향하고 있는 랭던과 티빙에게 서둘러 다가갔다. 자세하게 조사해야 한다는 티빙의 고집에도 불구하고, 소피는 그들을 앞질러 왼쪽에 있는 다섯 기사들 앞을 대충 지나갔다.

왼쪽 무덤들을 살피고 나서, 소피는 무덤들 사이의 유사점과 다른 점을 발견했다. 모두 등을 대고 누워 있지만, 셋은 다리를 곧게 폈고 둘은 다리를 엇갈리게 했다. 누운 석상들의 기이함은 사라진 구와는 아무런 관계도 없어 보였다. 옷을 조사하다가, 소피는 기사 둘은 갑옷 위에 튜닉을 입고 있는 반면, 다른 셋은 발목 길이의 외투를 걸치고 있다는 것을 알았다. 이것 또한 그다지 쓸모 있는 정보는 아니었다. 이제 그녀는 명백한 차이를 보이는 손 동작에 관심을 두었다. 기사 둘은 검을 꽉 쥐고 있었고, 다른 둘은 기도를 하고 있었다. 나머지 하나는 옆에 무기를 두었다. 오랫동안 기사의 손을 들여다보며 소피는 어깨를 으쓱했다. 구와 관련된 어떤 단서도 찾을 수 없었다.

스웨터 주머니에 들어 있는 크립텍스의 무게를 느끼며, 소피는 티빙과 랭던을 돌아보았다. 남자들은 천천히 움직이며 아직도 세 번째 기사 앞에 멈춰 서 있었다. 별다른 단서를 찾지 못한 것이 분명했다. 기다릴 기분이 들지 않아, 소피는 몸을 돌려 오른쪽 그룹의 기사들에게로 향했다. 방을 가로질러 가며, 소피는 이제 너무 많이 읽어서 외워 버린 시를 암송했다.

런던에 교황이 묻은 기사가 누워 있노라.
그의 노력의 결실이 성스러운 분노를 불러일으켰노라.
그의 무덤 위에 있어야만 할 구를 찾아라.
그것이 장밋빛 살과 씨를 품은 자궁에 대해서 말하리라.

오른쪽 그룹의 기사들에 도착했을 때, 소피는 이 기사들이 왼쪽 그룹과 비슷하다는 것을 발견했다. 갑옷과 검을 차고, 여러 자세로 누워 있었다.

마지막에 있는 열 번째 무덤을 제외하고는 모두 그랬다.

마지막 무덤으로 서둘러 다가간 소피는 너무나 놀랐다.

'베개도 없고, 갑옷도 없고, 튜닉도 없고, 검도 없다.'

소피의 목소리가 방에 메아리쳤다.

"로버트? 레이 경? 여기에 없어진 것이 있어요."

두 남자는 고개를 들고 즉시 방을 가로질러 그녀에게로 다가왔다.

"구? 구를 잃어버린 것인가?"

티빙이 흥분된 목소리로 불렀다. 서둘러 방을 가로지르는 티빙의 목발이 빠른 스타카토로 움직였다.

열 번째 무덤을 향해 얼굴을 찡그리며 소피가 말했다.

"정확히 그렇지는 않아요. 기사 전체를 잃어버린 것 같아요."

소피 옆에 도착한 두 남자는 혼란에 휩싸여 열 번째 무덤을 내려다보았다. 개방된 공간에 누워 있는 것은 기사라기보다는 봉인된 석관 같았다. 뾰족한 뚜껑이 달린 석관은 위로 갈수록 넓어지고, 아래로 갈수록 좁아지는 사다리꼴 모양이었다.

"왜 기사가 보이지 않습니까?"

랭던이 물었다.

턱을 두드리며 티빙이 말했다.

"매력적이야. 이 기괴한 것을 내가 잊고 있었구먼. 여기에 와본 지 수년이나 되었으니 말이야."

소피가 말했다.

"이 관은 다른 아홉 개의 무덤처럼 같은 조각가가 동시에 만든 것 같아요. 왜 열 번째 기사는 밖에 있지 않고 관 속에 들어 있을까요?"

티빙은 고개를 저었다.

"이 교회의 수수께끼 중 하나라오. 내가 아는 바로는 그 누구도 이에 대한 설명을 못 찾았어요."

불안한 표정을 지으며 복사가 다가왔다.

"저기요? 무례하다면 용서해 주세요. 여러분은 재를 뿌리길 원한다고 말했는데, 마치 구경하는 사람들 같아요."

티빙은 소년을 노려보고 랭던에게 돌아섰다.

"렌 씨, 분명히 당신 조상의 박애주의는 시간을 얻는 데는 소용이 없나 봅니다. 예전에는 이렇지 않았는데 말입니다. 아마 재를 꺼내서 일을 처리해야 할 것 같습니다."

티빙은 소피에게 돌아섰다.

"렌 여사?"

소피는 주머니에서 양피지로 말린 크립텍스를 꺼냈다.

티빙이 소년에게 냉큼 말했다.

"자, 그럼 우리에게 시간을 조금만 더 주겠느냐?"

소년은 움직이지 않았다. 소년은 랭던을 자세히 보고 있었다.

"아저씨는 낯이 익어요."

티빙이 기침을 했다.

"그거야 렌 씨가 매년 이곳에 오기 때문이지."

소피는 이제 두려움을 느꼈다.

'아니면, 지난해 바티칸에서 텔레비전에 나온 랭던을 보았기 때문이 겠지.'

"저는 렌 씨를 결코 만난 적이 없어요."

소년이 단정지었다.

"네가 실수한 거란다. 지난해 지나가다가 우린 서로 만난 적이 있는 걸로 난 알고 있다. 놀즈 신부님이 우리를 공식적으로 소개시켜 주지는 않았지만, 아까 우리가 들어올 때 난 네 얼굴을 알아보았단다. 이 일이 네게 방해가 된다는 걸 이제야 깨달았구나. 몇 분만 시간을 더 줄 수 있겠니? 이 무덤들에 재를 뿌리러 난 멀리서 왔거든."

랭던은 티빙과 비슷한 수준으로 공손하게 얘기했다.

소년의 표정은 더욱 의심으로 가득해졌다.

"이것들은 무덤이 아니에요."

"뭐라고?"

랭던이 말했다.

"이것들은 무덤이야. 무슨 얘길 하고 있는 게냐?"

티빙이 끼어들었다.

복사 일을 하고 있는 소년은 머리를 저었다.

"시체를 담고 있어야 무덤이지요. 이것들은 그냥 조각상일 뿐이에요. 진짜 사람들에게 바쳐진 돌로 만든 진상품이라고요. 이 조각상들 밑에는 시체가 한 구도 없어요."

티빙이 말했다.

"여긴 납골당이야!"

"오래된 역사책에서나 그렇죠. 이곳이 납골당으로 믿어지기도 했지만, 1950년 교회를 복구했을 때 그런 것은 발견되지 않았어요."

소년은 랭던을 향해 돌아섰다.

"그리고 렌 씨는 그 점을 이미 알고 있으리라 생각하는데요. 그 사실을 발견한 사람이 렌 씨의 일가라는 것을 고려해 보면요."

불편한 침묵이 흘렀다.

침묵은 별관에서 문을 쾅 닫는 소리에 깨졌다.

티빙이 말했다.

"놀즈 신부님이실 게다. 너는 어서 가봐야겠지?"

소년은 의심스러운 표정이었지만, 어두운 시선으로 서로 쳐다보는 랭던과 소피, 티빙을 남겨두고서 별관으로 터벅터벅 걸어갔다.

랭던이 속삭였다.

"레이 경, 시신이 없다고요? 저 소년이 무슨 얘길 하는 겁니까?"

티빙은 헤매는 표정이었다.

"나도 모르겠네. 나는 항상…… 분명히, 여기가 그곳이야. 자기가 무엇에 관해서 얘기한 건지 저녀석이 알고나 있는지 모르겠군. 그건 말도 안 돼!"

랭던이 말했다.

"시를 다시 볼 수 있겠소?"

소피는 주머니에서 크립텍스를 꺼내 조심스럽게 랭던에게 건넸다.

랭던은 양피지를 풀고, 크립텍스를 한 손에 든 채 시를 읽었다.

"그래요, 시는 분명히 무덤을 말하고 있습니다. 이런 조각상이 아닙니다."

티빙이 말했다.

"시가 틀릴 수도 있을까? 자크 소니에르 씨도 나와 똑같은 실수를 할 수도 있지 않겠는가?"

잠시 생각해 보더니, 랭던은 고개를 저었다.

"레이 경, 당신이 직접 말했어요. 이 교회는 시온 수도회의 군대인 성당 기사단이 지었다고요. 만일 여기에 기사들이 묻혀 있다면, 시온의 그랜드 마스터는 꽤 좋은 생각을 해냈을 거라는 생각이 듭니다."

티빙은 어리둥절했다. 티빙은 기사들을 빙 둘러보았다.

"하지만 이 장소는 완벽해. 우린 뭔가를 놓치고 있는 것이 분명해!"

별관으로 들어서면서, 소년은 아무도 없는 데에 놀랐다.

"놀즈 신부님?"

'문 소리를 분명히 들었는데.'

입구의 통로가 보일 때까지 소년은 앞으로 나아갔다.

문 근처에서 턱시도를 입은 마른 몸매의 남자가 머리를 긁적이며 길을 잃은 모습처럼 보였다. 소년은 화가 나서 기침을 했다. 안에 있는 저 세 사람을 들이면서, 문 잠그는 것을 잊어버렸다는 사실이 떠올랐기 때문이다. 행색으로 보아 결혼식장을 찾는 듯한 가련한 표정의 남자가 서성거리고 있었다. 커다란 기둥 옆을 지날 때, 소년이 소리쳤다.

"미안합니다. 교회는 아직 문을 열지 않았습니다."

그때 소년의 뒤에서 옷자락이 펄럭이는 소리가 났다. 소년이 돌아보기도 전에, 소년의 머리가 뒤로 홱 낚아채졌다. 비명이 새나가지 못하도록 뒤에서 나온 강한 손이 소년의 입을 틀어막았다. 소년의 입을 덮고 있는 손은 눈처럼 하얗고 술 냄새가 났다.

소년은 가랑이가 뜨거워지는 것을 느꼈다. 오줌을 지린 것이다.

턱시도를 입은 남자가 말했다.

"잘 들어라. 조용히 이 교회를 나가서 무조건 달려라. 멈춰선 안 된다. 알겠어?"

소년은 고개를 끄덕였다.

턱시도를 입은 남자가 총을 소년의 얼굴에 대고 협박했다.

"만일 경찰에 전화를 걸면…… 널 반드시 찾아낼 거야."

소년이 기억하는 다음 일은, 마당을 쏜살같이 가로질러 다리가 풀릴 때까지 멈추지 않고 뛰었다는 것뿐이다.

86

유령처럼 사일래스는 목표물 뒤로 조용히 다가갔다. 소피 느뵈가 사일래스를 알아차린 것은 너무 늦은 뒤였다. 소피가 돌아보기도 전에, 사일래스는 총대를 그녀의 등뼈에 누르고 힘센 팔로 소피의 가슴을 감쌌다. 그리고 건장한 체구로 소피를 끌어당겼다. 소피는 놀라서 비명을 질렀다. 티빙과 랭던이 동시에 돌아섰다. 그들도 두려운 표정이었다.

티빙은 목이 메어 말이 나오지 않았다.

"이게 도대체……? 레미에게 무슨 짓을 한 거냐!"

사일래스가 조용히 말했다.

"당신들이 유일하게 걱정해야 할 것은 내가 쐐기돌을 가지고 여기서 나갈 수 있게 하는 거요."

레미가 설명한 대로 이 회수 작전은 깨끗하고 간단해야 했다.

'교회로 들어가서 쐐기돌을 가지고 나오시오. 누구도 죽여서는 안 되고, 싸움이 있어서도 안 됩니다.'

소피를 꽉 껴안은 사일래스는 소피의 가슴에 두르고 있던 팔을 내려 그녀가 입고 있는 스웨터 주머니 속으로 손을 넣었다. 사일래스는 술

냄새가 밴 자신의 숨결에서 소피의 머리카락에서 풍기는 부드러운 향기를 느낄 수 있었다.

"어디에 있소?"

사일래스가 속삭였다.

'쐐기돌은 이 여자의 주머니에 있었는데. 그럼 지금은 어디에 있는 걸까?'

"여기요."

랭던의 깊은 목소리가 방 전체에 울려 퍼졌다.

사일래스는 검은색 크립텍스를 들고 있는 랭던에게로 몸을 틀었다. 미련한 동물을 유혹하는 투우사처럼 랭던은 크립텍스를 이리저리 흔들고 있었다.

사일래스가 명령했다.

"내려놓으시오."

"소피와 티빙은 교회를 나가게 해주시오. 당신과 내가 이 문제를 해결할 수 있을 겁니다."

사일래스는 소피를 밀어내고, 총을 랭던에게 겨누며 다가갔다.

"한 발짝도 가까이 오지 마시오. 저 두 사람이 이 건물을 떠나기 전까지는."

"당신은 요구할 처지가 아니오."

랭던은 크립텍스를 머리 위로 높이 쳐들었다.

"난 그렇게 생각지 않습니다. 다가오면 주저하지 않고 이것을 바닥에 내던져 안에 든 병을 깨뜨릴 것이오."

사일래스는 이 협박에 겉으로는 비웃었지만, 일말의 두려움을 느꼈다. 일이 이렇게 되리라고는 예상하지 못했다. 사일래스는 랭던의 머리에 총을 겨누며 확고한 목소리로 말했다.

"당신은 쐐기돌을 깨지 못할 것이오. 나만큼이나 당신도 성배를 찾고 싶어하니까."

"틀렸소, 당신이 더 원하지. 성배 때문에 당신은 사람을 죽이기까지 했으니까요."

12미터 정도 떨어진 별관 쪽에 있던 레미 르갈뤼데크는 일이 심상치 않게 돌아가고 있음을 느꼈다. 작전은 계획대로 진행되지 않았고, 자신이 있는 자리에서도 사일래스가 상황을 어떻게 다룰지 몰라 당황하는 모습을 볼 수 있었다. 스승의 요청에 따라, 레미는 사일래스가 총을 발사하는 것은 금지시켰다.

"저들을 나가게 하시오."

크립텍스를 높이 쳐들고, 사일래스의 총을 바라보며 랭던이 다시 요구했다.

수도승의 붉은 눈이 분노와 좌절로 가득 찼다. 랭던이 크립텍스를 들고 있는 동안, 사일래스가 정말로 랭던을 쏴버릴까 봐 레미는 온몸이 뻣뻣해졌다.

'크립텍스가 깨지면 안 돼!'

크립텍스는 레미에게 자유와 부를 약속한 티켓이었다. 1년 전 어느 날까지 레미는 빌레트 성에 살고 있는 쉰다섯 살의 집사일 뿐이었다. 절름발이 레이 티빙의 견디기 힘든 변덕을 감당해 내며 지내고 있었다. 그때 그 사람이 엄청난 제안을 하며 접근했다. 지상에서 가장 탁월한 성배 역사가인 레이 티빙 경과 레미의 관계는, 레미가 평생 꿈꾸어 왔던 모든 것을 갖게 할 수 있었다. 그후 레미가 빌레트 성에서 보낸 시간들은 바로 이 순간을 위한 것이었다.

'난 매우 가까이 왔어.'

템플 교회의 성역과 로버트 랭던의 손에 들린 쐐기돌을 바라보며 레미는 자신에게 말했다. 만일 랭던이 쐐기돌을 떨어뜨리기라도 한다면 모든 것이 날아가는 것이다.

'내 얼굴을 드러내 버릴까?'

이 일은 스승이 엄격히 금지한 일이었다. 레미는 스승의 정체를 알고 있는 유일한 사람이다.

"이 일을 사일래스에게 시키시려는 게 확실합니까? 제가 하는 것이 더 나을 텐데요."

30분 전쯤에 레미는 쐐기돌을 훔치라는 명령을 받으면서 스승에게 물었다.

스승은 완고했다.

"사일래스는 네 명의 시온 회원들을 잘 처리했어. 그녀석은 쐐기돌을 가져올 수 있을 거야. 자넨 익명의 상태로 남아 있어야만 해. 만일 다른 사람이 자네를 보게 되면, 그 사람들까지 제거해야 되니까. 이미 사람들은 충분히 죽었어. 자네는 얼굴을 드러내지 말게."

'내 얼굴은 변할 것이다. 당신이 내게 약속한 돈으로 나는 전혀 다른 사람이 될 것이다.'

레미는 생각했다. 수술로 지문조차 바꿀 수 있다고 스승은 그에게 말했었다. 자신은 곧 자유로워질 것이다. 누구도 알아보지 못하는 멋진 얼굴로 해변에서 햇볕에 얼굴을 태우고 있을 것이다.

레미가 말했다.

"알겠습니다. 저는 그늘에서 사일래스를 돕겠습니다."

"레미, 자네가 좀 알고 있으니 하는 말인데, 문제의 무덤은 템플 교회에 있지 않아. 그러니 두려움을 가질 필요는 없다. 그들은 잘못된 장소를 뒤지고 있으니까."

레미는 기절할 듯이 놀랐다.

"그럼 무덤이 어디에 있는지 알고 계십니까?"

"물론. 나중에 자네한테 얘기할 거야. 잠깐이긴 하지만, 자네들은 재빨리 행동해야 하네. 자네들이 크립텍스를 되찾기 전에 그자들이 무덤의 진짜 위치를 파악하고 교회를 떠난다면, 우린 영원히 성배를 잃을 수도 있어."

성배를 찾을 때까지는 돈을 지불하지 않겠다는 스승의 말을 제외하면, 레미는 성배에 관해 아는 것이 별로 없었다. 곧 수중에 들어올 돈을 생각할 때마다 레미는 조바심을 느꼈다.

'2천만 유로의 3분의 1이다. 영원히 사라지기에는 충분한 돈이지.'

레미는 코트다쥐르에 있는 해변 마을을 마음에 그렸다. 그곳에서 햇빛에 몸을 태우고, 다른 사람들의 시중을 받으며 여생을 보낼 계획이었다.

하지만 여기 템플 교회 안에서, 쐐기돌을 깨버리겠다는 랭던의 위협으로 그의 미래가 위험해졌다. 여기까지 와서 모든 것을 잃을 수는 없다는 생각에, 레미는 대담한 행동을 취하기로 결심했다. 레미의 손에 들린 소형 권총은 J자 모양의 메두사 리볼버였다. 가까운 거리에서는 충분히 치명적인 무기가 될 수 있었다.

그늘에서 걸어 나오며 레미는 총을 곧장 티빙의 머리에 겨누고, 원형의 방으로 당당하게 들어갔다.

레미가 자기에게 총을 겨누자 레이 티빙 경의 심장은 말 그대로 멈추는 듯했다.

'이놈이 지금 뭘 하는 거야!'

티빙은 자신의 권총인 작은 메두사 리볼버를 알아보았다. 안전을 위해 리무진의 장갑상자 안에 넣어둔 것이었다.

티빙은 충격으로 침을 튀기며 말했다.

"레미? 무슨 일인가?"

랭던과 소피도 바보 같은 표정을 짓고 있었다.

레미는 티빙의 뒤로 돌아가, 티빙의 심장이 있는 등 왼쪽 윗부분에 권총을 들이댔다.

티빙은 자기 근육이 공포로 굳어지는 것을 느꼈다.

"레미, 난······"

티빙의 어깨 너머로 랭던을 바라보며 레미가 말했다.

"간단히 말하겠소. 쐐기돌을 내려놓으시오. 그렇지 않으면 방아쇠를 당기겠소."

랭던은 순간 온몸이 마비된 듯했다. 랭던은 말을 더듬었다.

"이 쐐기돌은 당신들에게는 아무 쓸모가 없습니다. 당신들은 열지도 못할 거요."

레미가 비꼬았다.

"오만한 자들이군. 당신들이 시를 논의할 때 내가 귀기울이고 있었다는 것을 눈치 못 챘나 보지? 내가 들은 모든 것을 다른 사람들과 나누어 가졌지. 당신보다 더 많이 알고 있는 사람들이야. 당신은 심지어 장소를 제대로 찾아내지도 못했어. 당신이 찾고 있는 무덤은 전혀 다른 장소에 있단 말이야!"

티빙은 겁에 질렸다.

'이놈이 무슨 말을 하는 거냐!'

"왜 성배를 원합니까? 파괴하기 위해서? 말일이 오기 전에?"

랭던이 물었다.

레미는 사일래스를 불렀다.

"사일래스, 랭던 씨에게서 쐐기돌을 가져오시오."

수도승이 다가오자, 랭던은 결심을 끝낸 얼굴로 쐐기돌을 높이 쳐들고 뒤로 물러났다.

"이것이 나쁜 자의 손에 들어가는 것을 보느니 차라리 깨버리겠소."

티빙은 공포의 물결을 느꼈다. 티빙은 자기 눈 앞에서 일생의 업적이 물거품이 되어 버리는 장면을 보게 될 참이었다. 자기의 모든 꿈이 산산조각 날 상황이었다.

티빙이 소리쳤다.

"로버트, 안 돼! 그러지 말게! 자네가 들고 있는 것은 성배야! 레미는 결코 나를 쏘지 못할 걸세. 우리는 서로 십 년을……"

레미가 천장에 대고 메두사를 발사했다. 그렇게 작은 무기에서 나온 폭발치고는 대단했다. 석실 안이 천둥처럼 메아리쳤다.

모두가 얼어붙었다.

레미가 말했다.

"난 장난질을 하고 있는 것이 아니오. 다음은 이 사람 등이오. 쐐기돌을 사일래스에게 건네시오."

랭던은 마지못해 크립텍스를 내밀었다. 사일래스는 한 걸음 다가가서 크립텍스를 받았다. 사일래스의 붉은 눈이 복수에 대한 자기 만족으로 번들거리고 있었다. 쐐기돌을 외투 주머니에 넣고, 사일래스는 랭던과 소피에게 총을 겨눈 채 뒤로 물러났다.

티빙은 레미의 팔이 자기 목을 강하게 죄는 것을 느꼈다. 건물을 나가면서 레미는 티빙을 끌고 가려 했다. 총은 여전히 티빙의 등 뒤에 있었다.

"레이 경을 놔주시오."

랭던이 요구했다.

계속 뒷걸음질치며 레미가 말했다.

"길 안내를 위해 티빙 씨를 데려가겠다. 만일 경찰을 부르면, 이 늙은이는 죽는다. 방해되는 일을 하면 이 사람은 죽을 것이야. 알겠나?"

랭던은 감정이 북받쳐 목소리가 심하게 갈라졌다.

"날 데려가시오. 레이 경은 보내줘요."

레미는 소리내어 웃었다.

"난 그렇게 생각지 않아. 이 늙은이와 나는 좋은 과거를 가지고 있거든. 게다가 아직 이 늙은이는 쓸모가 있을지도 모르니까."

레미가 목발을 질질 끄는 티빙을 데리고 출입구로 향하자, 사일래스도 랭던과 소피에게 총을 겨눈 채 물러서기 시작했다.

소피의 목소리는 단호했다.

"누굴 위해 일하는 거죠?"

그 질문을 듣고 레미의 얼굴에 야비한 미소가 떠올랐다.

"느뵈 양, 내가 입을 열면, 아마 너무 놀라 뒤로 나자빠질 거요."

87

빌레트 성 화실의 난로는 차가웠다. 하지만 인터폴이 보내온 팩스를 읽으며 콜레는 아무렇지도 않게 지나갔다.

그가 기대한 것은 아무것도 없었다.

공식적인 기록에 따르면, 앙드레 베르네는 모범 시민이었다. 경찰 기록도 없고, 심지어 주차 위반 딱지 한 번 떼인 적이 없었다. 사립고 등학교와 소르본에서 교육을 받은 베르네는 국제재무학 분야에서 우 등으로 졸업했다. 인터폴은 베르네의 이름이 신문에도 때때로 나왔다 고 말했다. 하지만 항상 긍정적인 내용의 기사들이었다. 확실히 이 인 간은 취리히 안전금고 은행을 초현대적인 전자 보안장치의 리더로 만 드는 데 일조하고 있었다. 베르네의 신용카드 기록은 이 남자가 예술 서적, 고급 포도주, 클래식 CD, 그것도 주로 브람스 애호가임을 보여 주었다. 사실 베르네는 수년 전에 구입한 고가의 스테레오 시스템으 로 자기 취미를 마음껏 즐기고 있었다.

'빵점이로군.'

콜레는 한숨을 내쉬었다.

오늘 밤 인터폴이 보내온 유일한 위험 신호는 티빙의 집사 것으로 보이는 남자의 지문이었다. PTS 조사 팀의 팀장은 방 건너편에서 편안한 의자에 앉아 인터폴의 보고서를 읽고 있었다.

콜레가 그들을 쳐다보며 물었다.

"뭐라도 있습니까?"

팀장은 어깨를 으쓱했다.

"레미 르갈뤼데크에 관한 겁니다. 사소한 범죄들의 지명 수배자로군요. 심각한 것은 없습니다. 서비스를 공짜로 받으려고 전화선 배선을 다시 깔다가 들통이 나서 대학에서 쫓겨난 것처럼 보입니다……그후 사소한 도둑질을 좀 했고요. 감옥에 몇 번 들어갔다 나왔습니다. 응급 기관절개 수술을 받고 병원 수술비를 떼먹은 전력도 있네요."

팀장은 웃으며 콜레를 올려다보았다.

"땅콩 알레르기랍니다."

콜레는 고개를 끄덕였다. 칠리요리에 들어간 오일이 땅콩오일이라고 메뉴에 써놓지 않은 레스토랑을 대상으로 경찰 조사를 벌였던 기억이 떠올랐다. 식당 손님이 테이블에서 음식을 한 입 먹고, 단백질 과민반응으로 그 자리에서 죽은 사건이었다.

팀장은 재미있다는 표정이었다.

"르갈뤼데크는 아마도 수배를 피해 여기에 숨어 살았던 모양입니다. 그에게는 운 좋은 날이었네요."

콜레는 한숨을 쉬었다.

"좋아요. 파슈 반장에게 이 정보를 전하는 것이 좋겠습니다."

팀장이 고개를 움직이려는 순간 다른 PTS 요원이 거실로 들이닥쳤다.

"부관님! 헛간에서 뭔가를 찾아냈습니다."

요원의 근심 어린 표정을 보며 콜레는 한 가지 추측밖에 할 수 없었다.

"시체라도 나왔나?"

요원은 망설였다.

"아닙니다. 그보다 더한…… 예상 밖의 것입니다."

눈을 비비며 콜레는 요원을 따라 헛간으로 향했다. 곰팡내 나는 동굴 같은 공간으로 들어섰을 때, 요원이 헛간 한가운데를 가리켰다. 나무 사다리가 건초 다락의 돌출부에 걸쳐져 있었다.

"아까는 사다리가 없었는데."

콜레가 말했다.

"그렇습니다. 제가 걸쳐 놓았습니다. 롤스로이스 자동차 근처에서 지문을 조사하다가, 바닥에 있는 사다리를 찾아냈습니다. 사다리의 난간들이 낡고 진흙이 묻어 있지 않았다면 눈여겨 보지 않았을 겁니다. 이 사다리는 자주 사용되었던 것이 분명했으니까요. 건초다락의 높이와 사다리의 길이도 맞습니다. 그래서 사다리를 타고 올라가 봤습니다."

콜레의 눈이 건초다락으로 이르는 사다리의 가파른 경사를 타고 올라갔다.

'누군가가 저 위를 정기적으로 올라갔다는 얘긴가?'

여기 아래에서 볼 때, 다락은 버려진 장소 같았다. 하지만 다락 위는 잘 보이지 않는다는 것을 인정해야 했다.

고참 PTS 요원이 사다리 위에서 모습을 드러냈다.

"부관님, 이것을 반드시 보셔야 할 것 같습니다."

고참 요원은 라텍스 고무장갑을 낀 손으로 콜레에게 올라오라는 손짓을 했다.

피곤하게 고개를 끄덕인 콜레는 낡은 사다리 위로 올라가기 시작했다. 사다리는 구식 사다리꼴 디자인으로 위로 올라갈수록 폭이 좁아졌다. 거의 끝까지 올라갔을 때, 콜레는 얇은 단에 발을 헛디뎌 떨어질 뻔했다. 아래로 헛간 바닥이 빙그르르 돌았다. 정신을 차리고 콜레는 마침내 끝에 도착했다. 위에 있던 요원이 손을 내밀었다. 콜레는 그 손을 잡고 다락으로 서툴게 올라섰다.

PTS 요원이 티 하나 없이 깨끗한 다락의 깊숙한 안쪽을 가리켰다.

"저기 있습니다. 여기에서는 오직 한 사람의 지문만 발견되었습니다. 누구의 것인지 곧 알아낼 수 있을 겁니다."

콜레는 흐릿한 불빛 속에서 눈을 가늘게 뜨고 다락 끝에 있는 벽을 살펴보았다.

'대체 저게 뭐야?'

벽 끝에는 공들인 컴퓨터 워크스테이션이 설치되어 있었다. 두 개의 CPU, 스피커가 달린 평면 모니터, 줄지어 늘어선 하드 드라이브들, 자가발전 공급 시스템을 가진 것으로 보이는 멀티채널 오디오 콘솔도 있었다.

'세상에, 누가 여기까지 올라와서 일한단 말인가?'

콜레는 컴퓨터 장치들로 다가갔다.

"시스템을 조사해 봤나?"

"이건 청취 기지국입니다."

콜레가 빙그르르 돌아섰다.

"도청?"

요원은 고개를 끄덕였다.

"최신 감시 장치입니다."

요원은 전자 부품과 안내서, 연장, 철사, 땜질 인두와 다른 전자 부속품들이 어지럽게 널린 긴 탁자를 가리켰다.

"자기가 무슨 일을 하는지 정확히 알고 있는 사람 같습니다. 여기 있는 많은 장치들은 우리 장비처럼 정교합니다. 소형 마이크, 광전자 충전 전지, 대용량의 RAM 칩들. 이 작자는 새로운 나노 드라이브도 몇 개 가지고 있었습니다. 여기 완성된 시스템이 있습니다."

요원은 콜레에게 주머니에 넣고 다니는 계산기보다 크지 않은 조립품을 건넸다. 이 이상한 장치에는 30센티미터 정도 길이의 전선이 늘어뜨려져 있었는데, 전선 끝에는 우표 크기만한 얇은 호일이 달려 있었다.

"재충전 배터리를 가진 대용량의 하드 디스크 오디오 녹음 시스템입니다. 전선 끝의 호일에 나 있는 줄들은 마이크와 광전자 재충전 전지의 배합입니다."

콜레는 이것들을 잘 알고 있었다. 호일처럼 생긴 광전지 마이크는 몇 년 전 경찰 당국에 엄청난 돌파구가 되어 준 장치였다. 예를 들어, 설치할 장소의 바닥 굴곡에 맞추어 모양을 만들고 주변의 색깔과 맞추어 염색한 호일 마이크를 하드 디스크 녹음기와 함께 조명등 아래에 붙여두는 것이었다. 하루에 몇 시간씩 일광을 받을 수 있게 마이크를 설치하는 한, 광전지는 계속 시스템을 충전시켰다. 이 장치로는 모든 도청이 가능했다.

"수신 방법은?"

콜레가 물었다.

요원은 컴퓨터 뒤로 뻗은 절연된 전선을 가리켰다. 전선은 벽을 타고 올라가 헛간 지붕에 난 작은 구멍으로 사라졌다.

"단순한 라디오 파장입니다. 지붕에 작은 안테나가 있습니다."

콜레는 이 같은 수신 장치들이 하드 디스크 공간을 아끼기 위해 음성이 있을 때만 작동되며, 하루에 일어나는 전체 대화 중 토막토막을 기록하고, 추적을 피하기 위해 밤 시간에 압축된 오디오 파일을 기지국으로 전송한다는 것을 알고 있었다. 전송이 끝나면 하드 드라이브는 자체적으로 모든 것을 지우고, 다음날을 위해 모든 것을 다시 준비하는 것이다.

콜레의 시선이 수백 개의 오디오 카세트가 꽂힌 선반으로 향했다. 모든 카세트에는 날짜와 숫자가 적힌 라벨이 붙어 있었다.

'누군가 몹시 바빴던 모양이군.'

콜레는 요원에게 돌아섰다.

"누가 도청 대상인지 알아냈나?"

요원이 컴퓨터로 걸어가서 프로그램 하나를 작동시키며 말했다.

"글쎄, 그게, 가장 이상한 일입니다……"

88

템플 지하철 역의 회전식 문을 넘어 미로 같은 지하철 터널과 플랫폼 속으로 들어선 랭던은 완전히 녹초가 된 기분이었다. 죄책감이 그의 마음을 찢어 놓고 있었다.

'내가 레이를 끌어들였다. 그리고 이제 그는 엄청난 위험에 처해 있다.'

레미가 사건에 연루되어 있다는 것은 충격이었다. 하지만 이해가 됐다. 성배를 찾는 사람은 누구나 내부에서 사람을 뽑는다.

'나와 같은 이유로 그들도 티빙에게 접근한 것이다.'

역사를 통해 보면, 성배에 대해 알고 있는 사람은 도둑이나 학자를 끌어당기는 자석이나 다름없었다. 누구에게나 티빙이 항상 목표물이었다는 사실은, 그를 이 사건에 끌어들였다는 랭던의 죄책감을 줄여주어야 마땅했다. 하지만 그렇지가 못했다.

'레이를 도와야 한다, 즉시.'

랭던은 서부 순환선 플랫폼으로 가는 소피를 따라갔다. 레미의 경고에도 불구하고, 소피는 플랫폼에 있는 공중전화기에서 경찰에 전화를 걸었다. 랭던은 후회하면서 근처에 있는 더러운 벤치에 앉았다.

소피는 전화를 걸며 되풀이해서 말했다.

"레이를 도울 수 있는 최선의 길은 영국 경찰에 한시라도 빨리 알리는 거예요. 날 믿어요."

랭던은 처음에는 이 생각에 동의하지 않았지만 계획을 짜면서 소피의 논리가 이해되었다. 티빙은 당분간은 안전할 것이다. 설사 레미와 다른 자들이 기사의 무덤이 있는 장소를 안다 하더라도, 구에 관한 언급을 해독하려면 티빙의 도움이 필요할 것이다. 랭던이 걱정하는 것은 성배 지도가 발견된 후에 일어날 일이었다.

'레이는 막대한 부담을 안게 될 텐데.'

랭던이 티빙을 돕거나 쐐기돌을 다시 볼 기회를 가지려면, 무덤을 먼저 찾아내는 일이 필수적이었다.

'불행히도 레미가 저만치 앞서 먼저 출발한 셈이다.'

레미의 행보를 늦추는 일은 소피의 임무였다.

무덤을 찾아내는 일은 자신의 임무였다.

소피는 레미와 사일래스를 영국 경찰의 용의자로 만들 것이다. 그래서 놈들이 몸을 사리게 하거나, 일이 잘 풀리면 체포할 수도 있을 것이다. 랭던의 계획은 불분명했다. 근처에 있는 킹 대학으로 가는 지하철을 타는 것. 킹 대학은 신학 이론 데이터베이스로 유명했다.

'궁극적인 연구 도구. 어떤 종교역사적인 질문에도 답이 즉각 나온다.'

랭던은 이렇게 들었다. 랭던은 '교황이 묻은 기사'라는 말에 대해 데이터베이스가 무슨 말을 할지 궁금했다.

열차가 빨리 들어오기를 바라며 랭던은 일어섰다.

공중전화기를 통해 소피는 마침내 런던 경찰과 연결되었다.

안내원이 말했다.

"스노힐 구역입니다. 어디로 연결해 드릴까요?"

"유괴 사건을 신고하려고 해요."

소피는 간결하게 말했다.

"이름은?"

소피는 잠시 망설였다.

"프랑스 사법경찰인 소피 느뵈입니다."

그 직함은 원하던 효과를 주었다.

"알겠습니다. 수사관을 대드리지요."

기다리는 동안 경찰이 티빙을 끌고 간 자들에 대한 자기의 진술을 믿어줄까 걱정되기 시작했다.

'턱시도를 입은 남자.'

용의자를 알아내는 데 이보다 쉬운 표현이 또 있을까? 설사 레미가 옷을 갈아입는다 해도 알비노 수도승이 그와 함께 있었다.

'이 커플을 놓친다는 것은 불가능해.'

게다가 그들은 몸이 불편한 인질을 데리고 있어서, 대중 교통수단을 이용할 수도 없다. 소피는 런던에 얼마나 많은 재규어 리무진이 있는지 궁금했다.

수사관을 연결해 준다는 전화 대기는 영원히 계속될 것처럼 보였다.

'제발 빨리 받아요!'

소피는 다른 곳으로 이동하는 것처럼 전화음이 딸각거리고 붕 하는 소리를 들었다.

50초 정도 지났을 때 드디어 남자 목소리가 들려왔다.

"느뵈 요원?"

깜짝 놀라며, 소피는 즉시 쉰 목소리의 주인을 알아보았다.

"느뵈 요원, 대체 어디에 있는 거야?"

소피는 할 말을 잃었다. 파슈 반장은 영국 경찰에게 소피가 전화를 걸면 즉시 연락해 달라는 부탁을 해놓았음이 분명했다.

간결한 프랑스어로 파슈가 말했다.

"잘 들으라고. 난 간밤에 끔찍한 실수를 저질렀어. 로버트 랭던은 무죄야. 그의 모든 혐의는 없어졌어. 그렇다 해도 두 사람은 지금 위험한 상황이야. 자네는 이리 오게."

소피의 턱이 벌어졌다. 어떻게 반응해야 좋을지 알 수가 없었다. 파슈는 어느 경우에도 사과하는 인물이 아니었기 때문이다.

파슈가 계속해서 말했다.

"요원은 자크 소니에르 씨가 할아버지라는 것을 말하지 않았어. 하지만 요원이 받았을 정신적인 충격을 감안해서, 간밤에 자네가 행한 명령 불복종은 그냥 넘어갈 참이야. 그러니 지금 이 순간, 당장 랭던 씨와 함께 가까운 영국 경찰서를 찾아가서 보호를 요청하라고."

'내가 런던에 있다는 것을 파슈가 알고 있어? 그 외에 무엇을 더 알고 있을까?'

소피는 뒤에서 드릴을 가는 듯한 기계음이 나는 것을 들었다. 또한 전화선에서 이상하게 딸각거리는 소음이 울리는 것도 들었다.

"이 전화를 추적하고 있나요, 반장님?"

파슈의 목소리는 단호했다.

"요원과 나는 협력해야 해. 우리 두 사람은 여기에서 잃을 것이 많아. 그러니 서로의 손실을 통제해 보자는 거야. 난 지난밤에 판단 실수를 했어. 만일 이 실수가 미국인 교수와 DCPJ 암호 해독가의 죽음으로 끝난다면, 내 경력은 그것으로 끝장날 거야. 난 지난 몇 시간 동안 당신들을 안전한 곳으로 이끌기 위해 온갖 노력을 해왔다고."

덜컹거리는 소리와 함께 기차가 플랫폼으로 들어설 때, 따뜻한 바람이 지하철 안으로 밀려왔다. 소피는 기차를 놓치고 싶지 않았다. 랭던도 분명히 같은 생각이었다. 랭던이 몸을 추스르고 그녀에게로 다가왔다.

"반장님이 찾을 사람은 레미 르갈뤼데크예요. 그는 티빙의 집사예요. 그가 템플 교회 안에서 티빙을 납치했어요. 그리고……"

"느뵈 요원!"

열차가 역으로 천둥 소리를 내며 들어오자 파슈가 고함을 질렀다.

"이 일은 공개된 전화선으로 얘기할 사항이 아니야. 요원과 랭던은 즉시 안으로 들어와야 해. 바로 당신들의 안전을 위해서! 이건 명령이야!"

소피는 전화를 끊고, 랭던과 함께 지하철로 뛰어들었다.

89

티 하나 없이 깨끗했던 티빙의 제트기 객실 안은 강철 톱밥과 압축 공기, 프로판 가스 냄새로 가득했다. 브쥐 파슈는 사람들을 모두 내보내고 술과 함께 홀로 앉아 있었다. 티빙의 금고에서 발견한 무거운 나무상자가 그의 옆에 있었다.

상감된 장미 문양을 손가락으로 문지르다가, 파슈는 뚜껑을 들어올렸다. 상자에는 여러 개의 다이얼로 이루어진 하얀 대리석 원통이 들어 있었다. 다섯 개의 다이얼에는 소피아(SOFIA)라는 철자가 배열되어 있었다. 파슈는 오랫동안 단어를 응시했다. 그리고 안감이 대진 상자 안에서 원통을 들어올려 구석구석을 조사했다. 그런 뒤 양쪽 끝을 아주 천천히 잡아당겼다. 한쪽 끝이 돌아가며 벗겨졌다. 원통 안은 비어 있었다.

파슈는 원통을 다시 상자에 넣고 나서, 제트기의 창문으로 격납고를 멍하니 바라보았다. 빌레트 성의 PTS 팀으로부터 받은 정보와 함께 소피와의 짧은 대화를 생각하는 중이었다. 그때 전화벨 소리가 낮꿈을 꾸고 있는 듯한 파슈를 깨웠다.

DCPJ의 전화 교환대였다. 교환원은 사과의 말부터 했다. 반장이 용무로 런던에 있다고 여러 차례 말했으나, 취리히 안전금고 은행의 은행장이 끊임없이 전화를 걸었다는 얘기였다. 지금도 막 은행장의 전화를 받았다고 했다. 파슈는 마지못해 전화를 연결시키라고 교환원에게 말했다.

전화상의 남자가 입을 열기 전에 파슈가 먼저 말을 꺼냈다.

"베르네 씨, 제가 먼저 전화를 걸지 못해서 미안합니다. 좀 바빴습니다. 약속한 대로 당신네 은행 이름은 언론에 나오지 않았습니다. 당신의 걱정이 도대체 무엇입니까?"

랭던과 소피가 어떻게 작은 나무상자를 은행에서 빼내 갔는지, 또 어떻게 그들의 탈출을 돕게 됐는지 파슈에게 설명하는 베르네의 목소리는 열정적이었다.

"그런 뒤에 저는 라디오에서 그들이 범죄자라는 것을 알았습니다. 차를 세우고 상자를 돌려달라고 요구했지만, 그들은 오히려 저를 공격하고 트럭을 훔쳐 달아난 것입니다."

파슈는 뚜껑에 새겨진 장미를 내려다보다가 다시 뚜껑을 열었다.

"당신은 지금 나무상자를 걱정하고 있군요. 상자 안에 무엇이 들었는지 얘기해 줄 수 있습니까?"

"내용물은 중요하지 않습니다. 저는 우리 은행의 명성을 걱정하는 겁니다. 우리는 결코 약탈물을 보관하지 않습니다. 앞으로도 그럴 겁니다. 제 고객을 대신해서 그 물건을 회수하지 못하면 이 일은 우리 은행의 명성을 떨어뜨릴 겁니다."

"느뵈 요원과 로버트 랭던 씨가 계좌번호와 열쇠를 가졌다고 말하지 않았습니까? 어떤 점 때문에 그들이 상자를 훔쳤다고 말하는 겁니까?"

"그들은 지난밤 사람을 살해했습니다. 소피 느뵈 양의 할아버지를 포함해서요. 열쇠와 계좌번호는 분명히 불법으로 얻은 것입니다."

"베르네 씨, 제 부하들이 당신 배경과 취미에 대해서 조사를 좀 했더군요. 분명 당신은 고상한 취미와 감각을 가진 사람입니다. 또한 명예를 존중하는 사람으로 생각됩니다. 나도 그렇습니다. 사법경찰의 반장으로서 당신 은행의 명성과 그 상자는 가장 안전한 손 안에 있다고 약속드립니다."

90

빌레트 성의 건초 다락방에 올라간 콜레 부관은 경악을 금치 못하며 컴퓨터 모니터를 들여다보고 있었다.

"시스템이 이 모든 장소를 도청하고 있었단 말인가?"

요원이 말했다.

"그렇습니다. 지금까지 일 년 넘게 데이터를 수집한 것 같습니다."

콜레는 말없이 다시 목록을 읽었다.

콜베르 소스타크—국회 의장
장 샤페—죄 드 폼 박물관 관장
에두아르 데스로셰르—미테랑 도서관 선임 기록 보관자
자크 소니에르—루브르 박물관 관장
미셸 브르통—DAS(프랑스 정보부) 대표

요원이 스크린을 가리켰다.

"네 번째가 제일 걱정스럽습니다."

콜레는 멍하니 고개를 끄덕였다. 요원의 지적을 즉시 알아차렸다.

'자크 소니에르는 도청당하고 있었다.'

콜레는 목록의 나머지를 다시 들여다보았다.

'누가 어떤 방법으로 이렇게 인사들을 도청했을까?'

"오디오 파일을 들어 보았나?"

"약간요. 여기 가장 최근 것이 있습니다."

요원은 컴퓨터 자판을 몇 개 두드렸다. 스피커에서 소리가 흘러나오기 시작했다.

"*반장님, 암호 해독부서에서 나온 요원이 막 도착했습니다.*"

콜레는 자기 귀를 믿을 수가 없었다.

"저건 나야! 내 목소리잖아!"

콜레는 소니에르의 책상에 앉아서 대화랑에 있던 파슈에게 소피 느뵈의 도착을 알리는 무전을 쳤던 일이 기억났다.

요원이 고개를 끄덕였다.

"오늘 밤 우리의 루브르 박물관 조사에 관심이 있던 사람이라면 많은 것을 들었을 겁니다."

"도청장치를 제거하기 위해 사람을 보냈나?"

"그럴 필요도 없습니다. 장치가 어디에 있는지 정확히 알고 있으니까요."

요원은 낡은 노트와 청사진들이 쌓인 책상으로 걸어갔다. 거기서 종이 한 장을 골라 콜레에게 건넸다.

"눈에 익지 않습니까?"

콜레는 놀랐다. 원시적인 기계를 묘사한 고대의 모형도를 복사한 것이었다. 필기체로 적힌 이탈리아어 제목을 읽을 수는 없었지만, 자기가 무엇을 보고 있는지는 금방 알아차렸다.

'소니에르의 책상에 놓여 있던 기사다!'

콜레의 눈이 사진의 가장자리로 옮겨 갔다. 누군가 빨간 펜으로 사진에 메모를 휘갈겨 놓았다. 메모는 프랑스어로 적혀 있었고, 어떻게

하면 도청장치를 기사의 몸에 가장 잘 집어넣을 수 있는지를 설명한
것처럼 보였다.

91

사일래스는 템플 교회 근처에 주차된 재규어 리무진의 보조석에 앉아 있었다. 레미는 차 트렁크에서 찾아낸 밧줄로 티빙을 묶어 리무진 뒷좌석에 구겨넣었다. 레미를 기다리며, 사일래스는 쐐기돌에 얹은 자신의 손이 축축해지는 것을 느꼈다.

드디어 레미가 운전석으로 미끄러져 들어왔다.

"안전합니까?"

사일래스가 물었다.

빗물을 털어내며 레미가 킬킬 웃었다. 그리고 열린 칸막이를 통해 구겨진 레이 티빙의 모습을 어깨 너머로 응시했다. 그러나 뒷좌석은 어두워서 티빙의 모습이 보이지 않았다.

"저 인간은 어디에도 가지 못해요."

사일래스는 억눌린 듯한 티빙의 외침을 들으며 레미가 자신에게 사용했던 송수관 테이프로 티빙의 입을 틀어막았다는 것을 깨달았다.

"입 닥쳐!"

레미는 어깨 너머로 티빙에게 소리쳤다. 그리고 자동차 계기판에 있는 어떤 버튼을 눌렀다. 그들 뒤로 불투명한 칸막이가 올라와서 뒤를 차단했다. 티빙은 사라지고, 그의 목소리도 들리지 않았다. 레미가 사일래스를 슬쩍 보며 말했다.

"난 저 인간의 끔찍한 변덕을 지겨울 만큼 들었답니다."

재규어 리무진이 거리들을 지나며 속력을 낼 때 사일래스의 휴대 전화기가 울렸다.

'스승님이다.'

사일래스는 흥분된 마음으로 전화를 받았다.

"여보세요?"

이제는 익숙한 스승의 프랑스 억양이었다.

"사일래스, 자네 목소리를 듣게 되어 안심이네. 자네가 안전하다는 것을 의미하니까."

사일래스도 스승의 목소리를 듣게 되어 안심이 됐다. 지난 몇 시간 동안은 작전이 궤도를 이탈해 이상하게 흘러갔었다. 이제야 모든 것이 마침내 제자리로 돌아왔다.

"쐐기돌을 가지고 있습니다."

"최상의 소식이로군. 레미도 자네와 함께 있는가?"

스승이 레미의 이름을 말하는 것을 듣고 사일래스는 깜짝 놀랐다.

"그렇습니다. 레미가 저를 풀어주었습니다."

"내가 그에게 그렇게 하라고 지시했지. 그렇게 오랫동안 포로로 잡혀 있게 해서 미안하네."

"육체적인 불편은 아무것도 아닙니다. 중요한 것은 쐐기돌이 우리 것이라는 겁니다."

"그래. 즉시 내게 그것을 보내주게나. 시간이 중요한 요소거든."

사일래스는 마침내 스승을 직접 대면한다는 사실이 기뻤다.

"알겠습니다. 영광입니다."

"사일래스, 쐐기돌을 레미한테서 받았으면 싶네."

'레미? 스승님은 레미를 신뢰하는가?'

사일래스는 풀이 죽었다. 스승을 위해 모든 것을 처리한 후, 자기가 직접 이 쐐기돌을 전달할 것으로 믿고 있었다.

스승은 목소리를 낮추어 속삭였다.

"자네가 실망한 이유를 알겠네. 내 뜻을 자네가 완전히 이해하지 못한 모양이군. 사일래스, 나 역시 자네에게서 쐐기돌을 받고 싶다네. 범죄자가 아니라 신의 사람인 자네에게서 말이야. 하지만 레미가 이 일을 처리해야만 해. 그는 내 지시를 어겼을 뿐만 아니라, 우리의 사명을 위험에 빠뜨릴 뻔한 큰 실수를 저질렀어."

사일래스는 냉기를 느끼며 레미를 흘끗 쳐다보았다. 티빙을 납치하는 것은 계획의 일부가 아니었다. 티빙을 어떻게 할 것인가를 결정하는 것은 새로운 문제를 낳았다.

"자네와 나는 신의 사람이야. 우리 목표는 어떤 이유로든 멈출 수 없어."

스승은 잠시 말을 멈췄다. 사일래스는 그 시간이 불길하게 느껴졌다.

"단지 그 이유로 레미에게 쐐기돌을 가져오라고 하는 것이네. 이해하겠나?"

사일래스는 스승의 목소리에서 분노를 느꼈다. 그리고 스승이 레미를 이해하려 들지 않는 데 놀랐다.

'레미가 얼굴을 보인 것은 어쩔 수 없는 일이었어. 레미는 자기가 해야 할 일을 했다. 그가 쐐기돌을 구해 냈는데.'

사일래스는 가까스로 말했다.

"알겠습니다."

"좋아, 안전을 위해 자네는 즉시 길에서 벗어날 필요가 있어. 경찰이 리무진을 곧 찾아낼 거야. 난 자네가 잡히는 것을 원치 않네. 오푸스 데이는 런던에도 거주지를 가지고 있지, 안 그런가?"

"물론입니다."

"자네는 거기에서 환영을 받겠지?"

"형제로서요."

"그럼 거기에 가서 숨어 있게나. 내 손에 쐐기돌이 들어오는 순간 자네에게 전화하겠네. 지금은 코앞에 닥친 문제를 처리해야겠어."

"런던에 계십니까?"

"내가 말한 대로 하도록 해. 모든 일이 잘될 거야."

"예, 스승님."

스승은 한숨을 내쉬었다. 마치 이제부터 하려는 일이 몹시 후회스럽다는 듯 말이다.

"레미와 얘기할 시간이네."

사일래스는 레미에게 전화기를 건네며, 이 전화가 레미 르갈뤼데크가 받는 마지막 전화일지도 모른다는 생각을 했다.

전화기를 건네받으며 레미는, 이 가련한 수도승은 어떤 운명이 자기를 기다리는지 아무것도 모른다는 것을 알았다. 사일래스는 자기의 쓰임을 다 한 것이다.

'스승은 널 이용한 거야, 사일래스.'

'그리고 너의 주교는 장기의 졸이었지.'

레미는 아직도 스승의 놀라운 설득력에 감탄하고 있었다. 아링가로사 주교는 모든 것을 믿었다. 자신이 처한 절박함 때문에 주교는 맹목적이었다.

'아링가로사는 너무 지나치게 믿었지.'

레미는 스승을 특별히 좋아하지는 않았지만, 그 인간의 신뢰를 얻고, 실질적으로 그를 돕게 되어 자부심을 느꼈다.

'돈 받을 날을 결정해야겠군.'

"잘 들어라. 사일래스를 오푸스 데이 거주지역으로 데려가되, 몇 블록 떨어진 곳에다 내려줘라. 그 뒤 세인트제임스 공원으로 차를 몰아. 국회의사당과 빅벤 옆에 있는 곳이다. 기마병 퍼레이드 광장에 리무진을 세울 수 있을 거야. 거기에서 얘기하자."

그것으로 전화는 끊겼다.

92

왕실이 하사한 부지에 세워진 국회의사당 옆에 자리잡은 킹 대학은 1829년 조지 4세가 설립하였다. 킹 대학의 종교학 분야는 150년의 연구와 강의를 자랑할 뿐만 아니라, 1982년에 설립된 체계적인 신학 연구기관으로 유명했다. 이 기관에는 종교연구에 관한 한 세계에서 가장 완벽하고 진보적인 전자도서관이 있었다.

비를 맞으며 소피와 함께 도서관 안으로 걸어 들어가던 랭던은 여전히 몸이 떨리는 것을 느꼈다. 기본적인 조사실은 티빙이 말한 그대로였다. 열두 개의 평면 스크린 컴퓨터 워크스테이션이 없었다면, 아서 왕과 그의 기사들이 편안해했을 거대한 원탁이 팔각형 모양의 방을 지배하고 있었다. 안쪽 끝에서 도서관 직원이 차를 따르며, 하루 업무의 시작을 준비하는 모습이 보였다.

차를 놔두고 다가오며, 직원이 명랑한 영국식 억양으로 말했다.

"좋은 아침입니다. 도와드릴까요?"

랭던이 대답했다.

"예, 고맙습니다. 제 이름은……"

"로버트 랭던, 댁이 누군지 알고 있어요."

도서관 직원이 유쾌한 미소를 지었다.

순간 랭던은 파슈가 자기 얼굴을 영국 텔레비전에도 내보낸 것이 아닐까 하는 두려움에 휩싸였다. 하지만 직원의 미소는 그런 의미가 아니었다. 랭던은 기대치 않은 순간에 유명인사가 되는 것에 여전히 익숙하지 않았다. 잠시 후, 만일 세상 누군가가 자기 얼굴을 알아본다면, 바로 종교학 연구시설의 도서관 사서일 것이라는 생각이 들었다.

"파멜라 게텀이에요."

손을 내밀며 사서가 말했다. 상쾌한 목소리에 따뜻하고 박식한 얼굴의 여자였다. 두꺼운 뿔테 안경이 여자의 목에 매달려 있었다.

"만나서 반갑습니다. 이쪽은 친구인 소피 느뵈입니다."

두 여자는 서로 인사를 나누었다. 게텀은 즉시 랭던에게로 돌아섰다.

"랭던 씨가 오실 줄은 몰랐는데요."

"우리도 그렇습니다. 만일 큰 폐가 아니라면, 우리가 어떤 정보를 찾는 일을 도와주셨으면 좋겠습니다."

게텀은 난처한 표정을 지어 보였다.

"통상적으로 청탁과 예약을 해야만 서비스를 받으실 수 있어요. 만일 랭던 씨가 대학 누군가의 손님이 아니라면 말이죠."

랭던은 고개를 저었다.

"예고도 없이 찾아와서 정말 미안합니다. 제 친구가 당신에 대해 무척 좋게 말하더군요. 레이 티빙 경이라고? 영국 왕립 사학자입니다."

그 이름을 말할 때, 랭던은 우울한 아픔을 느꼈다.

게텀의 얼굴이 밝아지며 웃음을 지었다.

"맙소사! 그분은 괴짜인 데다 광신도예요. 여기 올 때마다 항상 똑같은 것만 찾지요. 성배, 성배, 성배! 성배에 대한 열정을 포기하기 전에 돌아가시고 말 거라고 난 맹세해요. 시간과 돈이 그런 호사스러운 취미를 제공해 주는 거겠죠, 그렇게 생각지 않으세요? 딱 돈키호테 같은 분이세요."

"우리를 도와주실 수 있겠어요? 매우 중요한 일이랍니다."

소피가 물었다.

게텀은 아무도 없는 도서관을 둘러보고 나서 두 사람에게 윙크했다.

"글쎄, 제가 바쁘다고 말하기는 어렵겠네요, 그렇죠? 두 분이 서명하고 들어온 이상, 누가 뭐라고 하지는 않겠지요. 무엇이 궁금한 거죠?"

"우린 런던에 있는 무덤을 찾으려고 해요."

게텀은 의아한 표정을 지었다.

"런던에는 대략 이만 개의 무덤이 있어요. 좀더 구체적으로 말해 줄 수 있어요?"

"기사의 무덤이에요. 하지만 이름은 몰라요."

"기사라, 그건 그물을 확실히 좁혀 주겠네요. 그렇게 일반적인 것은 아니지만."

"우리가 찾는 기사에 대해서 아는 것이 별로 없어요. 하지만 우리가 알고 있는 것은 이것뿐이에요."

소피는 시의 첫 두 줄만을 쓴 종이를 꺼냈다.

외부인에게 시 전체를 보여주는 것이 망설여져 소피는 기사라는 말이 나오는 처음 두 줄만 보여주기로 결정했다.

'칸막이 해독.'

소피는 이렇게 불렀다. 정보부에서 매우 민감한 자료가 담긴 암호를 가로챘을 때, 그것의 일부분만을 암호 해독가들에게 할당해서 풀게 한다. 이런 식으로 작업하면, 일개 요원들은 전체 메시지를 알 수 없게 된다.

지금 그들은 너무 지나치게 주의를 하고 있는 것인지도 몰랐다. 설사 도서관 사서가 시 전체를 보고 기사의 무덤과 어떤 구를 잃어버렸는지 알아낸다 하더라도, 크립텍스가 없으면 아무 소용이 없기 때문이다.

게텀은 이 유명한 미국인 학자의 눈에서 다급함을 읽었다. 무덤을 찾아내는 것이 아주 중요하고 긴급한 문제인 것 같았다. 랭던이 동반한 녹색 눈의 여자도 걱정스러운 얼굴이었다.

게텀은 의아해하며, 안경을 쓰고 두 사람이 방금 건네준 종이를 조사했다.

런던에 교황이 묻은 기사가 누워 있노라.
그의 노력의 결실이 성스러운 분노를 불러일으켰노라.

게텀은 손님들을 바라보았다.

"이게 뭐죠? 하버드식 주위 모으기 게임인가요?"

랭던은 억지로 웃음소리를 지어냈다.

"예, 그런 겁니다."

게텀은 망설였다. 전체 이야기 같지가 않았다. 그럼에도 불구하고 게텀은 주의 깊게 시 구절을 숙고했다.

"이 운을 보면, 어떤 기사가 신을 불쾌하게 만든 일을 저질렀군요. 하지만 교황은 런던에 기사를 묻어줄 정도로 친절했다."

랭던은 고개를 끄덕였다.

"뭔가 생각나는 것이 있습니까?"

게텀은 어떤 워크스테이션 앞으로 걸어갔다.

"쉽지는 않을 거예요. 하지만 데이터베이스에서 무엇을 끌어올릴 수 있을지 한번 봅시다."

지난 20년 동안, 킹 대학의 연구기관은 엄청난 양의 문서들을 디지털화하고 그 목록을 만드는 데, 언어번역기와 조화를 이루는 광학 문자인식 소프트웨어를 사용해 왔다. 종교학에 관한 백과사전, 종교적인 일대기, 여러 언어로 씌어진 신성한 경전, 역사서, 바티칸의 편지, 성직자의 일기, 인간의 정신적인 측면과 관련된 모든 것들이 이 연구기관의 데이터베이스에 들어 있었다. 이 방대한 양의 문서가 종이로

되어 있지 않고, 비트와 바이트의 형태로 이루어져 있기 때문에 거의 무한정으로 자료에 접근할 수 있었다.

워크스테이션 앞에 앉아서, 게텀은 종이를 눈으로 읽으며 말했다.

"우선, 여기 나온 말을 그대로 시험해 보고, 어떤 일이 벌어지는지 보도록 하죠."

"고맙습니다."

게텀이 몇 단어를 입력했다.

런던, 기사, 포프(Pope)

탐색 버튼을 누르자, 게텀은 아래층에서 초당 500MB 속도로 자료를 검색하는 육중한 메인 컴퓨터가 작동하고 있음을 느낄 수 있었다.

"난 시스템에게 이 단어들이 모두 들어간 문서는 어느 것이나 보여 달라고 요구한 거예요. 우리가 필요로 하는 것보다 더 많은 자료가 나오겠지만, 어쨌든 좋은 출발이라고 생각해요."

화면에서는 벌써 첫번째 자료가 보이기 시작했다.

교황 그리기. 조슈아 레이놀즈 경의 초상화 수집품들. 런던 대학 출판사.

게텀은 고개를 저었다.

"분명 당신들이 찾고 있는 것은 아니네요."

게텀은 다음에 나온 자료를 보았다.

알렉산더 포프*의 런던 저서들. G. 윌슨 나이트 지음.(포프 : Pope 는 교황을 나타내는 말이기도 하지만, 여기서는 사람의 성으로 쓰였다.)

게텀은 다시 고개를 저었다.

시스템이 빠르게 돌아가자, 자료들이 화면에 더 빨리 나타났다. 열두 개의 자료가 떴는데, 대부분은 18세기 영국 작가였던 알렉산더 포프의 반종교적이고 조롱하는 듯한 서사시가 대상이었다. 포프의 작품들은 영국과 기사들을 풍부하게 다루고 있었다.

게텀은 스크린 밑의 숫자창을 재빨리 확인했다. 숫자창은 컴퓨터 스크린에 아직 뜨지 않은 정보의 양을 알려주었다. 처음 검색은 너무 많은 검색 단어를 불러모은 것 같았다.

전체 자료 중 해당 검색어의 수: 2,692

검색을 멈추고 게텀이 말했다.

"검색어를 좀더 다듬어야겠네요. 무덤에 관해 가지고 있는 정보가 이게 다예요? 다른 것은 더 없어요?"

불안한 표정으로 랭던은 소피를 보았다.

'이건 청소부 따위가 사냥한 것이 아니야.'

게텀은 직감적으로 알 수 있었다. 게텀은 지난해, 로마에서 일어난 로버트 랭던의 일을 주워들은 바가 있었다. 이 미국인은 지상에서 가장 출입이 까다롭다는 도서관에 들어갔다. 바로 바티칸의 비밀문서 보관소였다. 게텀은 그 안에서 랭던이 어떤 종류의 비밀을 보았는지 궁금했다. 그리고 수수께끼의 런던 무덤을 찾아 헤매는 절박한 이 일이, 바티칸에서 랭던이 얻은 정보와 관련이 있는 건지도 몰랐다. 게텀은 기사를 찾으러 영국에 오는 사람들의 가장 보편적인 이유를 잘 알고 있었다.

'성배.'

게텀은 웃으며 안경을 고쳐 썼다. 그리고 팔짱을 꼈다.

"당신은 레이 티빙 경의 친구지요. 그리고 지금 영국에 있고 기사를 찾고 있어요. 성배를 찾아 당신이 여기 왔다는 생각이 드네요."

랭던과 소피는 놀라움에 찬 시선을 교환했다.

게텀이 웃었다.

"여러분, 이 도서관은 성배를 찾는 사람들의 베이스 캠프 같은 곳이에요. 레이 티빙 경도 그런 사람들 중 하나죠. 장미, 마리아 막달레나, 상그리엘, 메로빙거, 시온 수도회, 기타 등등, 기타 등등. 이런 단어들을 찾을 때마다 일 실링씩 받았으면 난 부자가 되었을 거예요. 모두들 음모를 좋아하죠."

게텀은 안경을 벗고 두 사람을 응시했다.

"정보가 더 필요하단 뜻이에요."

방문객의 침묵에서, 게텀은 빠른 결과를 얻고자 하는 이들의 열망이 신중을 기하는 욕구를 눌렀다는 것을 직감했다.

소피 느뵈가 불쑥 말했다.

"여기, 이게 우리가 아는 모든 거예요."

랭던에게 펜을 빌려, 소피는 종이 위에 두 줄의 글을 더 썼다. 그리고 다시 게텀에게 종이를 건넸다.

그의 무덤 위에 있어야만 할 구를 찾아라.

그것이 장밋빛 살과 씨를 품은 자궁에 대해서 말하리라.

게텀은 속으로 웃었다.

'정말로 성배에 관한 거였군.'

종이에서 시선을 떼며 게텀이 말했다.

"도와드리지요. 이 시가 어디에서 나온 것인지 물어봐도 될까요? 그리고 왜 당신들이 구를 찾는지도요?"

우호적인 미소와 함께 랭던이 답했다.

"괜찮습니다만, 아주 긴 얘기입니다. 그리고 우린 시간이 별로 없어서요."

"'우리 일에 신경 쓰지 마라'의 공손한 표현법으로 들리는군요."

"파멜라, 우리는 당신에게 영원히 큰 빚을 지게 될 겁니다. 만일 이 기사가 누구이고, 어디 묻혀 있는지 알아내 준다면요."

게텀은 낱말을 다시 입력했다.

"좋아요, 계속 해보죠. 만일 이것이 성배와 관련된 주제라면, 성배와 주요 검색어들이 겹치는 문서들을 찾아야 할 거예요. 검색 범위를 정해 줘서 쓸데없는 것까지 딸려 나오지 못하게 하는 거죠. 성배와 관련된 주요 단어들과 지금 입력한 단어들이 서로 가까이 있는 문서들로만 검색을 제한하는 거예요."

찾기 : 기사, 런던, 교황, 무덤
100 단어 범위에서 : 성배, 장미, 상그리엘, 잔

"이렇게 하면 얼마나 걸릴까요?"

소피가 물었다.

"다중 교차검색 방면으로는 이삼백 테라바이트?"

검색 키를 누르는 게텀의 눈동자가 반짝거렸다.

"고작 십오 분 정도예요."

랭던과 소피는 아무 말도 하지 않았다. 하지만 게텀은 이 짧은 시간이 그들에게는 영원처럼 느껴진다는 것을 눈치 챘다.

일어나서 미리 만들어 둔 찻주전자로 걸어가며 게텀이 물었다.

"차 드실래요? 티빙 경은 항상 차 마시는 것을 좋아했지요."

93

　런던의 오푸스 데이는 켄싱턴 가든의 북쪽 산책길을 굽어보는 오르메 코트 5번가에 세워진 수수한 벽돌 건물이다. 사일래스는 여기에 와본 적이 없었다. 하지만 건물로 걸어가면서, 사일래스는 안식과 피난처를 찾았다는 안도감이 솟아올랐다. 비가 내리는데도 불구하고, 레미는 큰길에서 떨어진 곳에 리무진을 세웠다. 그러나 사일래스는 개의치 않았다. 비는 씻기 위해 내리는 것이다.

　레미의 제안대로, 사일래스는 총을 꺼내 하수구 구멍에 버렸다. 총을 치워 버려서 사일래스는 기뻤다. 몸이 가벼워졌다. 오랫동안 묶여 있었기 때문인지 사일래스는 여전히 다리가 아팠다. 하지만 이보다 더 큰 고통도 참아냈었다. 사일래스는 레미가 리무진 뒤에 묶어둔 티빙이 걱정됐다. 그 영국인은 지금쯤 분명히 고통을 느끼고 있을 것이다.

　"저 사람을 어떻게 할 작정입니까?"

　운전해 오는 동안 사일래스가 물어보았다.

　레미는 어깨를 으쓱했다.

　"그건 스승이 결정할 문제요."

　레미의 목소리에는 뭔가 야릇한 결정적인 어조가 묻어 있었다.

오푸스 데이 건물에 다가갈수록 빗줄기는 더욱 심해졌다. 외투가 흠뻑 젖어 전날에 입었던 상처를 쑤셔댔다. 사일래스는 지난 24시간 동안 저지른 죄를 뒤로하고 영혼을 정화할 준비가 되어 있었다. 일은 다 끝났다.

자그마한 마당을 지나 현관으로 향하면서, 사일래스는 문이 잠겨 있지 않은 것을 보고도 놀라지 않았다. 문을 열고 장식이라곤 없는 수수한 홀로 들어갔다. 카펫을 밟고 들어설 때, 낮은 음의 전자벨이 2층에서 울렸다. 거주자들이 하루의 대부분을 방에서 기도로 보내는 이런 장소에서 음을 죽인 벨소리는 당연한 것이었다. 사일래스는 위에서 마룻바닥이 삐걱거리는 소리를 들었다.

망토를 뒤집어쓴 남자가 계단을 내려왔다.

"도와드릴까요?"

사일래스의 희한한 외모가 눈에 들어오지 않는다는 듯 남자는 친절하게 말했다.

"고맙습니다. 제 이름은 사일래스입니다. 오푸스 데이 신도입니다."

"미국인입니까?"

사일래스는 고개를 끄덕였다.

"며칠만 쉬어 가도 되겠습니까?"

"물어볼 필요도 없습니다. 삼층에 빈방이 두 개 있습니다. 차와 빵을 갖다 드릴까요?"

"고맙습니다."

사일래스는 배가 고팠다.

사일래스는 계단을 올라가 창문이 있는 소박한 방으로 들어갔다. 젖은 외투를 벗고 무릎을 꿇은 채 속옷 차림으로 기도했다. 자신을 맞이해 주던 남자가 올라와서, 방문 앞에 쟁반을 내려놓는 소리가 들렸다. 사일래스는 기도를 끝내고, 음식을 먹고, 잠을 자기 위해 드러누웠다.

아래에서 전화벨이 울렸다. 사일래스를 맞았던 남자가 전화를 받았다.

전화를 건 사람이 말했다.

"여긴 런던 경찰국입니다. 알비노 수도승을 추적하고 있습니다. 그 사람이 거기 있다는 제보를 받았는데, 본 적이 있습니까?"

남자는 놀랐다.

"그렇습니다, 여기 있습니다. 뭐가 잘못됐습니까?"

"그가 지금도 거기 있습니까?"

"예, 위에서 기도를 드리고 있습니다. 무슨 일입니까?"

"그를 가만히 내버려 두십시오. 누구에게도 아무 말 하지 마십시오. 지금 당장 경찰들을 거기로 보낼 겁니다."

94

   세인트제임스 공원은 런던 한가운데에 있는 녹색의 바다다. 웨스트민스터와 버킹엄, 세인트제임스 궁전과 경계를 이루는 시민 공원이다. 한때 헨리 8세가 사냥을 위해 공원을 막고 사슴들로 채워 놓은 적이 있었지만, 이제 세인트제임스 공원은 시민들에게 개방되어 있었다. 햇살이 내리쬐는 일요일 오후에 런던 시민들은 버드나무 밑으로 소풍을 나와, 연못에 사는 펠리컨들에게 먹이를 주곤 했다. 이 펠리컨들의 조상은 러시아 대사가 찰스 2세에게 보낸 선물이었다.

   스승은 오늘 펠리컨은 한 마리도 보지 못했다. 대신 악천후가 바다에서 갈매기를 몰고 왔다. 잔디밭은 갈매기로 뒤덮여 있었다. 하얀 몸통의 수백 마리 갈매기들은 축축한 바람을 참고 견디며 모두 한 방향을 보고 있었다. 아침 안개에도 불구하고, 공원에서는 국회의사당과 빅벤의 멋진 광경을 볼 수 있었다. 오리가 있는 연못과 구슬피 우는 버드나무의 섬세한 그림자를 지나 비탈진 잔디를 응시하던 스승은 기사의 무덤이 있는 건물의 중추를 볼 수 있었다. 레미에게 이곳으로 오라고 한 진짜 이유가 거기 있었다.

   스승이 주차된 리무진의 보조석으로 다가가자, 레미가 몸을 기울여

문을 열었다. 스승은 밖에 잠시 서서, 들고 있던 코냑 병을 입으로 가져갔다. 입을 문지른 뒤, 스승은 레미 옆으로 미끄러져 들어가 차 문을 닫았다.

레미는 트로피처럼 쐐기돌을 들어올렸다.

"하마터면 잃을 뻔했습니다."

"자네가 잘해 주었어."

"우리가 잘한 거지요."

스승의 열성적인 손에 쐐기돌을 얹으며 레미가 대꾸했다.

스승은 미소를 지으며 오랫동안 쐐기돌을 찬탄했다.

"그리고 총은 없애 버렸는가?"

"원래 있었던 장갑상자 안에 다시 넣었습니다."

스승은 코냑을 한 모금 더 마시고 병을 레미에게 건넸다.

"훌륭해. 우리의 성공을 위해 건배하자고. 거의 끝에 다다랐어."

레미는 감사히 병을 받았다. 코냑에선 짠맛이 났다. 하지만 레미는 신경 쓰지 않았다. 그와 스승은 이제 진정한 파트너가 된 것이다. 레미는 인생에서 지금보다 높은 위치로 올라서게 되었다고 느꼈다.

'다시는 하인이 되지 않을 것이다.'

아래에 있는 오리 연못 제방을 내려다보자 빌레트 성이 저 멀리 있는 것만 같았다.

한 모금을 더 마시자, 레미는 코냑이 몸의 피를 따뜻하게 데우는 느낌이 들었다. 하지만 레미의 목에 걸린 따뜻함은 곧 불편한 열기로 바뀌었다. 목에 매고 있던 나비 넥타이를 풀며, 레미는 불쾌한 모래알을 씹는 기분이 들었다. 레미는 병을 스승에게 돌려주며 말했다.

"충분히 마신 것 같습니다."

가까스로 말할 수 있었다.

병을 받아 든 스승이 말했다.

"레미, 자네도 알겠지만, 자네는 내 얼굴을 아는 유일한 사람일세. 난 자네에게 엄청난 신뢰를 품고 있네."

"예."

타이를 조금 더 풀어헤치며 레미는 몸에서 피어오르는 열기를 느꼈다.

"그리고 당신의 정체는 나와 함께 무덤까지 가는 거죠."

스승은 오랫동안 침묵을 지켰다.

"자네를 믿네."

병과 쐐기돌을 주머니에 넣으면서, 스승은 장갑상자에 손을 뻗어 소형 메두사 리볼버를 꺼냈다. 순간 레미는 공포가 치미는 것을 느꼈다. 하지만 스승은 권총을 자기 바지주머니에 넣을 뿐이었다.

'뭘 하려는 거지?'

레미는 갑자기 몸에서 땀이 솟는 것 같았다.

"자네에게 자유를 약속했다는 것을 내 알지. 하지만 자네의 상황을 고려해 보면, 이게 내가 할 수 있는 최선일세."

스승의 목소리는 후회하는 것처럼 들렸다.

지진이라도 난 것처럼 레미의 목이 부풀어올랐다. 레미는 목을 움켜쥐고 줄어든 호흡관에서 게워낸 구토물을 맛보며 운전대로 몸을 숙였다. 입이 틀어막힌 듯한 비명을 내질렀지만, 차 밖에서 들을 수 있을 정도는 아니었다. 코냑에서 맛본 짠맛이 뭔지 이제야 깨달았다.

'난 살해당하고 있다!'

믿을 수 없다는 심정으로 레미는 자기 옆에 고요히 앉아 있는 스승을 돌아보았다. 스승은 차창 밖을 똑바로 내다보고 있었다. 레미는 시야가 흐려지고, 숨을 쉬기가 힘겨워졌다.

'나는 이 작자를 위해 모든 것을 했다! 그런 내게 이럴 수가!'

어쨌든 결국에는 자기를 죽일 작정이었던 것인지, 아니면 템플 교회에서의 행동이 신뢰를 잃게 한 것인지 레미는 결코 알지 못할 것이다. 이제 공포와 분노가 그의 몸을 관통하고 있었다. 레미는 스승에게 자신의 몸을 던지려 했다. 하지만 뻣뻣해진 몸은 움직이지 않았다.

'난 모든 것을 걸고 당신을 믿었어!'

레미는 꼭 쥔 주먹을 들어올려 자동차의 경적을 울리려고 했다. 하지만 그의 몸은 옆으로 미끄러져 바닥으로 굴러 떨어지고 말았다. 몸을 움켜쥔 레미는 옆구리를 바닥에 댄 채 스승 옆에 쓰러졌다. 비는 더욱 거세게 내리고 있었다. 레미는 더 이상 앞이 보이지 않았다. 하지만 산소가 부족한 자신의 뇌가 마지막으로 명료한 사고의 조각들에 매달리는 것을 느낄 수 있었다. 서서히 정신을 잃으면서, 레미 르갈뤼데크는 부드러운 리비에라의 파도 소리를 들은 것만 같았다.

리무진에서 내린 스승은 주위에 사람이 아무도 없자 안도감을 느꼈다.

'선택의 여지가 없었어.'

방금 저지른 일에 대해 후회를 느끼지 않는 것에 스스로도 놀라고 있었다.

'레미는 스스로 자기 명을 재촉한 거야.'

모든 일이 끝나면, 레미를 제거할 필요성이 있지 않을까 생각하고 있었다. 하지만 템플 교회에서 뻔뻔스럽게 모습을 드러냄으로써 레미는 그 필요성을 극적으로 가속화시킨 것이다. 예기치 않게 빌레트 성을 방문한 로버트 랭던은 스승에게 뜻밖의 횡재인 동시에 복잡한 딜레마였다. 랭던은 작전의 중심부로 직접 쐐기돌을 가져왔는데, 그 사건은 즐거운 놀라움이었다. 하지만 랭던은 경찰을 꼬리에 달고 왔다. 레미의 지문은 도청작업을 했던 헛간 기지뿐만 아니라 빌레트 성 도처에 널려 있었다. 스승은 레미의 활동과 자신이 연관되지 않도록 거듭 조심했다. 레미가 입을 열지 않는 이상 그 누구도 스승을 연결시키지는 못할 것이다. 그리고 이제 더 이상 그런 염려는 하지 않아도 되었다.

리무진의 뒷문으로 걸어가며 스승은 생각했다.

'느슨한 끝을 하나 매듭지었을 뿐이야. 경찰은 무슨 일이 일어났는지 알아내지 못할 것이다…… 그리고 경찰에게 말해 줄 증인도 없다.'

아무도 주위에 없다는 것을 재차 확인한 스승은 널찍한 리무진의 뒷좌석으로 들어갔다.

몇 분 후에, 스승은 세인트제임스 공원을 가로질러 가고 있었다.

'오직 두 사람만이 남았다. 랭던과 느뵈.'

이들은 더 복잡했다. 하지만 해치울 수 있을 것이다. 지금 그에게는 쐐기돌이 있으니까.

공원을 가로지르며, 스승은 승리에 찬 눈빛으로 목적지를 바라보았다.

'런던에 교황이 묻은 기사가 누워 있노라.'

그 시를 듣자마자, 스승은 답을 눈치 챘다. 다른 사람들은 깨닫지 못했다 해도 그에겐 그리 놀라운 일이 아니었다.

'난 불공정한 이익을 취한 셈이지.'

지금부터 몇 달 전 소니에르의 대화를 엿들으면서, 스승은 그랜드 마스터인 소니에르가 우연히 이 유명한 기사를 언급하는 것을 들었던 것이다. 소니에르는 이 기사에게 다 빈치에 대해 품고 있는 애정과 맞먹을 정도의 존경심을 표현했었다. 일단 그것을 아는 사람에게 기사에 대해 언급한 시 구절은 단순명료했다. 소니에르의 재치에 대한 명성을 생각한다면 말이다. 하지만 이 무덤이 마지막 패스워드를 어떻게 드러낼지는 아직도 수수께끼였다.

'그의 무덤 위에 있어야만 할 구를 찾아라.'

스승은 이 유명한 무덤의 사진을 희미하게 기억해 냈다. 거기엔 특별히 눈길을 끄는 부분이 있었다.

'거대한 구.'

무덤 위에 있는 거대한 구는 무덤만큼이나 컸다. 구의 존재는 스승에게 희망적이기도 했지만 골칫거리이기도 했다. 거대한 구가 어떤 신호처럼 느껴지기도 했지만, 시에 따르면 수수께끼에서 빠진 부분은 무덤 위에 있어야만 할 구이지…… 이미 거기에 있는 구를 말하는 것이 아니었다. 답을 찾기 위해 스승은 무덤을 자세히 조사할 작정이었다.

빗줄기는 점점 거세졌다. 스승은 습기가 차지 않도록 크립텍스를 오른쪽 주머니에 아주 깊숙이 밀어넣었다. 왼쪽 주머니에는 보이지 않게 메두사 리볼버를 넣어 두었다. 몇 분 후에 스승은 9백 년의 역사를 지닌, 런던에서 가장 웅장한 건물의 조용한 성소로 발을 들여놓고 있었다.

스승이 빗줄기에서 벗어나는 순간, 아링가로사 주교는 빗속으로 발을 내딛고 있었다. 비긴힐 사설 비행장에 도착한 아링가로사는 축축한 빗물을 피해 사제복을 들어올린 채 답답한 비행기에서 모습을 드러냈다. 주교는 파슈 반장이 마중 나와 있기를 바랐다. 하지만 젊은 영국 경찰관이 반장 대신 우산을 들고 다가왔다.

"아링가로사 주교님? 파슈 반장님은 볼일이 있어 가셨습니다. 반장님이 주교님을 돌봐 드리라고 제게 부탁했습니다. 주교님을 스코틀랜드 야드로 모셔가라고 하던데요. 반장님은 그곳이 가장 안전할 거라고 말했습니다."

'가장 안전해?'

아링가로사는 손에 꼭 쥐고 있는 바티칸의 채권이 담긴 무거운 가방을 내려다보았다. 주교는 가방에 대해서 잊고 있었다.

"알겠소. 고맙습니다."

사일래스가 어디에 있는지 궁금해하며 아링가로사는 경찰 차에 올라탔다. 잠시 후, 경찰의 스캐너가 지직거리며 주교에게 답을 주었다.

'오르메 코트 오 번가.'

아링가로사는 즉시 그 주소를 인식했다.

'런던의 오푸스 데이 센터.'

아링가로사는 운전사에게 몸을 돌렸다.

"날 그리로 데려다 주시오."

95

검색이 시작된 이래 랭던의 눈은 컴퓨터 스크린을 떠나지 않았다. 5분 동안 겨우 두 개를 찾았다. 하지만 두 개 모두 상관없는 것이었다. 랭던은 걱정되기 시작했다.

파멜라 게텀은 옆에 붙어 있는 방에서 뜨거운 차를 준비하고 있었다. 랭던과 소피는 눈치 없게 게텀이 만든 차 외에 따로 뽑아 놓은 커피가 있는지 물었다. 옆방에서 나는 전자레인지의 삐삐거리는 소리를 듣고, 랭던은 자신들의 요청이 인스턴트 네스카페로 보상받을 것 같다는 느낌이 들었다.

마침내 컴퓨터가 행복하게 결과물을 쏟아내기 시작했다.

게텀이 옆방에서 소리쳤다.

"다른 결과물이 또 나온 것 같은데요. 제목이 뭐예요?"

랭던은 스크린을 쳐다보았다.

중세 문학에서의 성배 우화 : 거웨인 경과 녹색 기사단에 대한 보고서

"녹색 기사단에 대한 우화."

랭던이 게텀을 향해 소리쳤다.

"좋지 않네요. 런던에 묻힌 신화상의 녹색 거인들은 별로 많지 않은데."

랭던과 소피는 스크린 앞에 끈기 있게 앉아 의심스러운 검색 결과물 두 개를 기다렸다. 컴퓨터가 다시 보여줄 검색된 자료들은 기대치 않은 것이었다.

리하르트 바그너의 오페라들

"바그너의 오페라들?"

소피가 물었다.

인스턴트 커피 봉지를 들고서 게텀이 문가에서 내다보았다.

"그것은 이상한 연관이네요. 바그너가 기사였나요?"

랭던은 갑작스러운 흥분을 느끼며 말했다.

"아닙니다. 하지만 바그너는 잘 알려진 프리메이슨이었죠."

모차르트, 베토벤, 셰익스피어, 거슈인, 후디니, 디즈니 등과 함께 바그너는 실제로 프리메이슨이었다. 성당 기사단, 시온 수도회, 그리고 성배와 프리메이슨 사이의 유대에 관해 쓴 책들도 있었다.

"이 검색 결과를 더 자세히 보고 싶습니다. 어떻게 하면 전체 문서를 볼 수 있습니까?"

"전체 문서를 보고 싶지는 않을 거예요. 하이퍼텍스트로 된 제목을 클릭하세요. 컴퓨터가 문맥 안에 있는 개별 프렐로그와 복합 포스트로그를 따라서 당신의 검색어를 보여줄 거예요."

랭던은 게텀이 무슨 말을 하는지 알 수 없었지만, 어쨌든 제목을 클릭했다.

스크린에 새로운 창이 튀어나왔다.

…… 파르시팔이라는 이름을 가진 신화상의 **기사** ……

…… 은유적인 **성배** 원정은 논쟁이……

…… 1855년에 **런던** 필하모닉은……

레베카 **포프**의 오페라 작품집《여신들의……

…… 독일, 바이로스에 있는 바그너의 **무덤**은……

"잘못된 포프입니다."

실망스러운 어조로 랭던이 말했다. 그렇다 해도 랭던은 시스템의 쉬운 사용법에 감탄했다. 문맥에 나와 있는 키워드만으로도 마리아 막달레나와 예수 그리스도의 혈통에 헌정한 바그너의 오페라 〈파르시팔〉을 떠올릴 수가 있었다. 이 오페라는 진실을 찾아 원정을 떠나는 젊은 기사에 관한 이야기였다.

게텀이 다독거렸다.

"인내심을 가져요. 이것은 숫자 게임이에요. 기계가 제 할 일을 다 하도록 내버려 두자고요."

그리고 몇 분 간, 컴퓨터는 서너 개의 성배 관련 문건들을 제시했다. 거기에는 프랑스의 유명한 음유시인들에 관한 문서가 포함되어 있었다. 음유시인(minstrel)과 목사(minister)가 어원학적인 뿌리를 공유하고 있는 것은 우연의 일치가 아니었다. 음유시인은 '마리아 막달레나 교회'의 여행하는 '목사'이자 시종이었던 것이다. 이들은 음악을 이용해 보통 사람들에게 신성한 여성의 이야기를 퍼뜨렸다. 오늘날까지도 음유시인들은 자신을 영원히 바치기로 맹세한 신비하고 아름다운 여인의 미덕을 찬송하는 노래를 부른다.

랭던은 하이퍼텍스트를 열심히 살펴봤지만, 그다지 신통한 것은 찾아내지 못했다.

컴퓨터는 다시 작업을 계속했다.

기사, 본당, 교황, 별 : 타로 카드를 통해 본 성배의 역사

랭던이 소피에게 말했다.

"별로 놀랄 일도 아니오. 우리의 검색어들 일부는 타로 카드들의 일부와 이름이 같으니까."

랭던은 마우스에 손을 뻗어 하이퍼링크를 클릭했다.

"당신이 할아버지와 타로 카드 놀이를 할 때, 할아버지가 말한 적이 있는지 모르겠소. 소피, 타로 카드 게임은 잃어버린 신부(新婦)와 사악한 교회에 굴복한 그녀의 이야기를 설명하는 플래시카드 같은 교리 문답집이오."

소피는 회의적인 표정을 지으며 랭던을 쳐다보았다.

"무슨 말인지 모르겠어요."

"그게 바로 핵심이오. 은유적인 게임을 통해 가르치면서, 성배의 추종자들은 교회의 감시의 눈길로부터 자기들의 메시지를 위장할 수 있었으니까."

랭던은 현대적인 카드 놀이를 즐기는 많은 사람들이 카드의 네 패, 스페이드, 하트, 클로버, 다이아몬드가 성배와 관련된 상징이라는 것을 얼마나 알고 있는지 가끔은 궁금했다. 그 상징들은 검, 컵, 홀, 별로 된 타로 카드의 네 패에서 따온 것이었다.

'스페이드는 검—칼날, 남성.'

'하트는 컵—잔, 여성.'

'클로버는 홀(笏)—왕가의 혈통, 번성.'

'다이아몬드는 별—여신, 신성한 여성.'

4분 정도 지나고, 랭던이 바라는 것을 찾지 못할 것이라는 두려움을 느끼기 시작했을 때 컴퓨터가 또 하나의 결과를 내놓았다.

천재의 중력 : 현대 기사의 일대기

랭던은 게텀에게 소리쳤다.

"천재의 중력? 현대 기사의 일대기?"

게텀은 방에서 머리도 내밀지 않고 소리쳤다.

"얼마나 현대적인 거지요? 제발 그 기사가 당신네 루디 줄리아니*라고 말하지는 말아요. 개인적으로 난 그 일에 약간의 문제가 있다고 생각하니까."(루디 줄리아니 : 전 뉴욕 시장. 2002년 2월에 영국 여왕 엘리자베스 2세로부터 기사 작위를 받았다.)

랭던 역시 얼마 전에 기사 작위를 받은 믹 재거*에 대해서 메스꺼움을 느끼고 있었다. 하지만 지금은 영국의 현대 기사 제도에 대한 정치성을 논할 시점이 아니었다.(믹 재거 : 롤링 스톤스의 멤버. 2002년 6월에 기사 작위를 받았다.)

"한번 봅시다."

랭던은 하이퍼링크를 눌렀다.

……명예로운 **기사**, 아이작 뉴턴 경……

……1727년 **런던**에……

……웨스트민스터 사원에 있는 그의 **무덤**은……

……친구이자 동료인 알렉산더 **포프**가……

소피가 게텀에게 소리쳤다.

"'현대'라는 말은 상대적인 용어 같아요. 이건 오래된 책이네요. 아이작 뉴턴 경에 관한."

문가에서 게텀이 고개를 저었다.

"별로 안 좋은데요. 뉴턴은 웨스트민스터 사원에 묻혀 있어요. 바로 영국 신교도들의 자리죠. 가톨릭 교황이 절대로 개입할 수 없는 곳이에요. 크림하고 설탕?"

소피가 고개를 끄덕였다.

게텀은 기다렸다.

"로버트?"

랭던의 가슴이 두방망이질치고 있었다. 스크린에서 눈을 뗀 랭던이 일어섰다.

"아이작 뉴턴 경이 우리의 기사요."

소피는 그대로 앉아 있었다.

"무슨 얘길 하는 거예요?"

"뉴턴은 런던에 묻혀 있소. 그의 노력은 교회의 분노를 불러일으킨 새로운 과학을 만들어 냈소. 그리고 그는 시온 수도회의 그랜드 마스터였어요. 더 이상 무슨 말이 필요하겠소?"

"더 이상?"

소피는 시를 가리켰다.

"교황이 묻은 기사는 어떻게 하고요? 게텀 양이 한 말을 들었죠? 가톨릭 교황은 뉴턴을 묻지 않았어요."

랭던은 마우스에 손을 뻗었다.

"누가 가톨릭 교황에 대해서 어떤 얘기를 했소?"

랭던은 알렉산더 포프 중 '포프'의 하이퍼링크를 클릭했다. 완벽한 문장이 나타났다.

아이작 뉴턴 경의 장례식은 왕과 귀족들이 참석한 가운데 친구이자 동료인 알렉산더 포프의 주관으로 이루어졌다. 포프는 무덤에 흙을 끼얹기 전에 심금을 울리는 연설을 했다.

랭던은 소피를 바라보았다.

"우리는 용케 두 번 만에 정확한 교황을 찾아낸 거요. 알렉산더."

랭던은 잠시 뜸을 들였다.

"포프."

"런던에 교황이 묻은 기사가 누워 있노라."

소피는 넋이 나간 표정으로 자리에서 일어섰다.

이중 의미의 대가인 자크 소니에르가 다시 한번 깜짝 놀랄 만한 재치를 증명해 보인 것이다.

96

사일래스는 놀라 일어났다.

무엇이 자기를 깨웠는지, 얼마나 잠을 잔 것인지 사일래스는 알지 못했다.

'꿈을 꾼 것일까?'

밀짚 매트 위에 앉아, 사일래스는 런던 오푸스 데이 홀의 조용한 숨소리에 귀를 기울였다. 홀의 정적은 바로 아래층에서 들리는 누군가의 기도 소리로 부드럽게 채워져 있었다. 이 기도 소리는 익숙한 것이었다. 그리고 사일래스를 안정시키는 소리이기도 했다.

하지만 사일래스는 갑작스러운, 뭔가 예기치 못한 불길함을 느꼈다.

속옷 차림으로 일어서서 사일래스는 창문으로 걸어갔다.

'미행당한 걸까?'

아래에 보이는 마당은 자신이 들어올 때처럼 그대로 비어 있었다. 귀를 기울였다. 아무 소리도 들리지 않았다.

'그럼 왜 이렇게 불편한 걸까?'

오래 전부터 사일래스는 자신의 직관을 믿도록 배워 왔다. 직관은 감옥살이 시절 전부터, 마르세유 거리의 아이 때부터 자신을 지켜주었다…… 아링가로사 주교의 손으로 다시 태어나기 훨씬 전부터 그랬다. 창 밖을 살피던 사일래스는 울타리를 통해 희미한 차량의 모습을 보았다. 차의 지붕에는 경찰 사이렌이 붙어 있었다. 복도 쪽에서 마룻바닥이 삐걱거리는 소리가 났다. 문 손잡이가 움직였다.

사일래스는 본능적으로 움직였다. 방을 재빠르게 가로질러 가서, 문이 활짝 열리는 순간 문 뒤로 붙었다. 경찰관 한 명이 폭풍처럼 들이닥치며, 비어 있는 방 안을 향해 총을 좌우로 휘둘렀다. 경관이 사일래스가 어디 있는지 미처 깨닫기 전에, 사일래스가 먼저 어깨로 문을 밀어붙였다. 막 들어오려던 두 번째 경관이 문에 부딪혔다. 먼저 들어온 경관이 총을 발사하려고 몸을 돌릴 때, 사일래스는 다리를 구부렸다. 총알은 사일래스의 머리 위를 지나가고, 사일래스는 발로 경관의 정강이를 차 넘겼다. 경관은 쓰러지며 머리를 바닥에 부딪혔다. 두 번째 경관이 문가에서 비틀거리며 일어서고 있었다. 사일래스는 무릎으로 경관의 사타구니를 차버렸다. 그리고 쓰러져 몸을 비트는 경관의 몸을 넘어갔다.

거의 벌거벗은 사일래스는 계단 아래쪽으로 몸을 날렸다. 사일래스는 자신이 배반당했다는 것을 알았다. 그렇다면 누가? 현관의 홀에 이르자 더 많은 경관들이 입구로 밀어닥쳤다. 사일래스는 방향을 틀어 건물의 안쪽으로 들어갔다.

'여자 출입구쪽이다. 모든 오푸스 데이 건물 뒤쪽에는 여자 출입구가 있다.'

좁은 복도를 쏜살같이 달려가며, 사일래스는 부엌에서 공포에 질린 표정을 하고 있는 일꾼들을 지나쳤다. 일꾼들은 알몸의 알비노가 그릇과 은제품을 뒤집어엎으며 보일러실 근처에 있는 어두운 복도로 뛰어가는 것을 피하기 위해 한쪽으로 비켜섰다. 사일래스는 여자 출구 표지가 저 끝에서 빛나고 있는 것을 보았다.

전속력으로 문을 밀어젖히고 빗속으로 뛰어든 사일래스는 다른 쪽에서 경관이 오는 것을 미처 보지 못한 채 낮게 뛰어내렸다. 경관을 보았을 때는 이미 늦은 뒤였다. 두 사람은 충돌했다. 사일래스의 드러난 넙적한 어깨가 경관의 흉골을 으깰 듯이 짓눌렀다. 사일래스는 경관을 연석 위로 끌어 올려 위에 타고 앉았다. 경관의 총이 폭발했다. 사일래스는 사람들이 고함치며 복도를 달려오는 소리를 들었다. 경관들이 막 나타난 순간, 사일래스는 몸을 굴려 떨어진 권총을 잡았다. 계단에서 총성 한 발이 울려퍼졌다. 사일래스는 갈비뼈 아래에서 불타는 고통을 느꼈다. 분노로 가득 찬 사일래스는 세 명의 경관을 향해 총을 난사했다. 사방으로 그들의 핏방울이 튀었다.

어디에서 온 것인지 알 수 없는 어두운 그림자가 뒤에 내려앉았다. 사일래스의 벌거벗은 어깨를 붙잡은 성난 손이 악마의 힘으로 그의 몸뚱이를 조종하는 것 같았다. 한 남자의 울부짖는 목소리가 사일래스의 귀에 들렸다.

"사일래스, 안 돼!"

사일래스는 돌아서서 총을 쐈다. 그들의 눈이 서로 부딪쳤다. 아링가로사 주교가 쓰러질 때, 사일래스는 공포의 비명을 지르고 있었다.

97

웨스트민스터 사원에는 3천 명 이상의 사람들이 잠들어 있다. 거대한 석조 건물 내부는 왕, 정치가, 과학자, 시인 그리고 음악가 들의 무덤으로 이루어져 있다. 구석구석에 자리잡은 무덤들은 개인 전용 교회당이 들어 있을 정도로 웅장한 엘리자베스 1세 여왕의 능에서부터, 수백년 동안 사람들의 발길로 바닥에 새긴 글귀들이 닳아 없어진 아주 소박한 타일로 만들어진 묘들도 있었다. 방문객에게 이런 무덤은 저 타일 밑에 과연 누구의 유골이 누워 있을지 궁금증을 불러일으켰다.

아미앵, 샤르트르, 캔터베리 같은 위대한 성당과 같은 양식으로 디자인된 웨스트민스터 사원은 성당도 교회도 아니다. 웨스트민스터는 왕가의 사유재산으로 간주되었으며, 국왕에게 종속되어 있었다. 1066년 크리스마스에 정복왕 윌리엄의 대관식이 거행된 이래, 이 눈부신 성역은 국가의 끝없는 황실 행사와 의식들을 목격했다. 참회왕 에드워드의 시성식에서부터 앤드루 왕자와 사라 퍼거슨의 결혼, 헨리 5세와 여왕 엘리자베스 1세, 다이애나 비의 장례식까지 지켜보았던 것이다.

그렇다 하더라도 로버트 랭던은 지금 한 가지 사건만을 제외하고는 사원의 고대 역사에 관심이 없었다. 바로 영국 기사, 아이작 뉴턴 경의 무덤이었다.

'런던에 교황이 묻은 기사가 누워 있노라.'

북쪽 회랑에 있는 웅장한 현관으로 서둘러 들어가면서 랭던과 소피는 사원의 경비원들과 마주쳤다. 경비원들은 공손하게 두 사람을 사원의 새로운 장치로 가게 했다. 금속 탐지기였다. 이제 이런 금속 탐지기는 런던의 유적지 어디에서나 만날 수 있었다. 두 사람은 별 무리 없이 탐지기를 통과해 사원 입구로 걸어갔다.

웨스트민스터 사원의 문턱을 넘어서자, 랭던은 바깥 세계가 갑자기 증발해 버리는 듯한 느낌을 받았다. 자동차의 소음도 없었다. 빗소리도 들리지 않았다. 건물 자체가 속삭이기라도 하는 것처럼 고요한 적막이 내부에 가득했다.

다른 방문객처럼 랭던과 소피의 눈도 즉시 위로 향했다. 사원의 거대한 심연이 천장에서 폭발할 것만 같았다. 그림자 속에서 회색 돌기둥들이 삼나무처럼 솟아올라, 아치를 그리며 아찔하게 넓은 공간에서 휘어졌다가 다시 석조 바닥으로 내리꽂혔다. 두 사람 앞에는 북쪽 회랑의 넓은 복도가 깊은 계곡처럼 곧게 뻗어 있었다. 복도 양 옆으로는 투명한 스테인드 글라스가 줄지어 서 있었다. 햇살이 좋은 날에는 다채로운 빛으로 사원 바닥을 수놓겠지만 오늘은 비도 내리고 어두워서, 빈 복도는 음침한 분위기를 자아냈다…… 지하 납골당에 가까운 분위기였다.

"아무도 없네요."

소피가 속삭였다.

랭던은 실망스러웠다. 사원 안에 사람들이 많기를 기대했었다.

'좀더 공공장소다운 분위기를 바랐는데.'

템플 교회에서의 일을 되풀이하고 싶지 않았던 것이다. 웨스트민스터 사원이 관광 명소라는 사실에 랭던은 안도감을 느꼈었다. 하지만 햇빛이 잘 들고 사람들로 북적거리는 사원에 대한 기대는 한여름 관광 시즌에나 해당되었다. 오늘은 비 내리는 4월의 아침이다. 군중들과 아른아른하게 빛나는 스테인드 글라스 대신 황량한 복도와 어둡고 텅 빈 실내뿐이었다.

랭던의 기분을 눈치 챈 소피가 일깨웠다.

"우린 금속 탐지기를 지나왔잖아요. 여기 들어온 사람은 무기를 소지할 수 없어요."

랭던은 고개를 끄덕였지만 여전히 조심스러웠다. 랭던은 런던 경찰을 부르고 싶었다. 하지만 소피는 런던 경찰 당국 인사 중에 이 일에 연관 있는 자가 있을까 봐 두려워했다.

'우린 먼저 쐐기돌을 회수해야 해요. 그것이 모든 일의 열쇠예요.'

그것이 소피의 주장이었다.

물론 그녀의 말이 옳았다.

'레이를 무사히 돌아오게 하는 열쇠.'

'성배를 찾는 열쇠.'

'이 모든 일의 배후에 누가 있는지를 알아내는 열쇠.'

불행하게도 쐐기돌을 회수할 유일한 기회가 여기에 있는 것처럼 보였다…… 아이작 뉴턴의 무덤. 누가 쐐기돌을 들고 있든 간에, 마지막 단서를 찾기 위해서는 무덤을 방문해야만 할 것이다. 만일 그들이 아직 여기에 오지 않았다면, 소피와 랭던은 그들을 차단할 작정이었다.

왼쪽 벽을 따라 걸어가서 두 사람은 개방된 공간으로 들어섰다. 그리고 한 줄로 늘어선 벽기둥 뒤의 어두운 복도를 지나갔다. 랭던은 인질로 잡힌 레이 티빙의 모습을 떨쳐 버릴 수가 없었다. 아마 리무진 뒤에 묶여 있을 것이다. 시온 수도회의 고위 멤버들을 죽이라고 명령한 사람이라면, 그 길에 서 있는 다른 사람들을 제거하는 데 일말의 주저도 없을 터였다. 과거 영국 기사인 아이작 뉴턴 경을 찾고 있는데, 현대 영국 기사인 티빙이 인질로 잡혀 있다는 것은 잔인한 아이러니었다.

"어느 길로 가죠?"

주위를 둘러보며 소피가 물었다.

'무덤.'

랭던도 알지 못했다.

"안내원을 찾아서 물어봐야 할 것 같소."

하릴없이 헤매는 것보다 그 편이 낫다는 것을 랭던은 알고 있었다. 웨스트민스터 사원은 왕릉과 묘실, 구석구석에 숨은 묘지들로 얽힌 복잡한 미로였다. 루브르 박물관의 대화랑처럼 사원의 입구는 단 하나였다. 두 사람이 지금 막 통과한 문이었다. 이렇게 들어가기는 쉽지만, 나오는 길을 찾기란 어려웠다.

'말 그대로 관광객의 덫이라고 할 수 있지.'

랭던의 동료 한 명은 사원 내부를 이렇게 불렀다. 전통대로 사원은 거대한 십자가 모양의 형태를 하고 있었다. 하지만 일반 교회들이 본당 아래의 널따란 홀을 경유해 끝에 입구를 두는 것과는 달리, 웨스트민스터 사원은 옆에 입구를 두었다. 게다가 사원에는 여러 개의 회랑들이 붙어 있었다. 발을 한번 잘못 들여놓으면, 관광객은 높은 담장으로 둘러싸인 미로 같은 복도에서 길을 잃고 만다.

"안내원들은 진홍색 가운을 입고 있소."

사원 중앙으로 걸어가며 랭던이 말했다. 남쪽 회랑 끝에 높이 치솟은 제단을 흘끗 살피다가, 랭던은 서너 명의 사람이 손과 무릎으로 기어가는 것을 보았다. 이렇게 엎드린 참배의 모습은 시인들의 구역에선 흔한 일이었다. 그렇게 성스러워 보이지는 않지만 말이다.

'관광객들이 탁본을 뜨는 모양이군.'

소피가 말했다.

"안내원이 보이지 않아요. 우리 힘으로 무덤을 찾으면 안 될까요?"

랭던은 아무 말 없이 소피를 이끌고, 사원 중앙으로 몇 걸음 걸어갔다. 그리고 오른쪽을 가리켰다.

소피는 사원 본당의 길이를 내려다보다 숨을 멈췄다. 건물의 전체 모습이 한눈에 들어왔다. 소피가 말했다.

"아아, 안내원을 찾도록 해요."

그때, 본당 90미터쯤 아래에 있는 아이작 뉴턴 경의 무덤은 칸막이에 가려져 보이지 않았지만 외로운 방문객을 맞고 있었다. 스승은 10분 동안이나 무덤을 조사하고 있었다.

뉴턴의 무덤은 검은색 대리석으로 이루어진 거대한 석관이다. 관 위에는 고전적인 의상을 입고 자신의 책 더미로 몸을 자랑스럽게 기댄 아이작 뉴턴 경의 조각상이 있었다. 《신학》《연대기》《광학》《자연철학의 수학적 원리 : 프린키피아》였다. 뉴턴의 발치에는 날개를 단 두 명의 소년이 두루마리를 들고 서 있었다. 구부정한 뉴턴의 몸 뒤로는 준엄한 피라미드가 솟아 있었다. 피라미드 자체도 이상했지만, 가장 흥미를 끄는 것은 피라미드 중간쯤에 박힌 거대한 형체였다.

'구.'

일단 무덤을 찾아내면, 사라진 구를 가려내는 일은 쉬울 것이라고 생각했었다. 하지만 이제 확실치 않았다. 스승은 천계의 복잡한 지도를 응시하고 있었다. 빠진 행성이라도 있는 건가? 성좌에서 빠진 별자리라도 있는 건가? 알 수 없었다. 하지만 해답은 놀라우리만치 단순명료하리라는 것을 직감으로 알고 있었다.

'교황이 묻은 기사. 어떤 구를 찾아내야 하는 걸까?'

분명 천체물리학에 관한 진보적인 지식이 성배를 찾는 일의 우선 과목은 아닐 것이다. 그렇지 않겠는가?

'그것이 장밋빛 살과 씨를 품은 자궁에 대해서 말하리라.'

스승의 집중은 다가오는 서너 명의 관광객들 때문에 깨졌다. 스승은 크립텍스를 주머니에 다시 넣고, 관광객들을 걱정스럽게 지켜보았다. 사람들은 근처의 탁자로 가서 컵 안에 헌금을 넣었다. 그리고 사원 측이 마련한 탁본 도구들을 다시 챙겨들었다. 목탄 연필과 무거워 보이는 커다란 종이들로 무장한 관광객들은 사원 앞쪽으로 향했다. 아마도 인기 있는 장소인 시인들의 구역으로 가는 길일 것이다. 초서라든가 테니슨, 디킨스 등의 무덤으로 가서 열심히 무덤 위에 새겨진 글들을 탁본 뜨며 자신들의 존경심을 표할 것이다.

다시 혼자가 되자 스승은 뉴턴의 무덤으로 걸음을 옮겼다. 그리고 바닥에서부터 위까지 조사하기 시작했다. 석관을 받치고 있는 발에서부터 시작해 뉴턴을 지나 과학에 대한 뉴턴의 저서들, 수학 두루마리를 들고 있는 두 소년을 거쳐, 피라미드의 표면과 성좌가 그려진 거대한 구를 살폈다. 마침내 별들로 가득 찬 묘실의 천장에까지 이르렀다.

'어떤 구가 여기 있어야만 하는가…… 어느 것이 빠진 것일까?'

스승은 주머니에 있는 크립텍스를 어루만졌다. 마치 소니에르의 대리석 조각을 통해 답을 점쳐 보기라도 하듯 말이다.

'오직 다섯 글자만이 나와 성배를 갈라 놓고 있구나.'

묘실 칸막이의 구석으로 나오면서, 스승은 깊은 한숨을 들이쉬었다. 그리고 고개를 들어 긴 본당을 따라 멀리 떨어진 제단으로 시선을 던졌다. 스승의 시선은 제단 아래에서 밝은 진홍색 가운을 입은 안내원에게로 향했다. 안내원은 아주 익숙한 두 얼굴에게 손을 흔들고 있었다.

랭던과 느뵈.

스승은 침착하게 칸막이 뒤로 두어 걸음 물러났다.

'빨리도 움직였군.'

랭던과 소피가 결국에는 시의 의미를 해독하고 뉴턴의 무덤으로 올 것이란 예상은 했었다. 하지만 두 사람은 생각보다 빨리 나타났다. 깊이 숨을 들이킨 스승은 자신의 선택을 고려했다. 스승은 다급한 일을 처리하는 데 점점 익숙해지고 있었다.

'쐐기돌을 쥐고 있는 것은 나다.'

주머니에 손을 넣어 스승은 자기에게 확신을 주는 두 번째 물건을 매만졌다. 메두사 리볼버. 예상한 대로, 사원의 금속 탐지기는 총을 숨기고 지날 때 요란스럽게 울려댔다. 그러나 스승이 분개하며 신분증을 꺼내 보이자 경비원들은 즉시 뒤로 물러섰다. 공식적인 지위는 항상 그에 걸맞는 존경심을 부르는 법이다.

스승은 자기 힘으로 크립텍스를 풀어 일이 더 이상 복잡해지는 것을 피하려고 했지만, 랭던과 느뵈의 등장은 사실 환영할 만한 일이라는 것을 느끼고 있었다. '구'에 관련된 구절에는 자신이 없던 터라, 스승은 두 사람의 지식을 이용하기로 마음먹었다. 결국 랭던이 시에 나오는 무덤이 무엇인지 알아냈다면, 구에 관해서도 뭔가를 알아낼 것이다. 그리고 랭던이 암호를 알아내면, 적당한 압력을 가하는 문제만이 남을 뿐이었다.

'물론 여기서는 안 되지.'

'좀더 은밀한 곳이어야 해.'

스승은 사원으로 들어오는 길에 보았던 조그마한 안내 표지판이 떠올랐다. 그는 즉시 두 사람을 유인할 완벽한 장소를 생각해 냈다.

이제 문제는 단 하나…… 미끼로 무엇을 사용하느냐였다.

98

랭던과 소피는 북쪽 복도로 천천히 내려갔다. 넓은 본당을 구분짓는 널찍한 기둥 뒤로 두 사람은 움직였다. 본당을 반 이상 내려갔지만, 아직 뉴턴의 무덤은 보이지 않았다. 비스듬히 기울어진 이 각도에서는 움푹 들어간 묘실에 위치한 뉴턴의 석관이 보이지 않았다.

소피가 속삭였다.

"적어도 저기엔 아무도 없는 것 같아요."

랭던은 마음을 놓으며 고개를 끄덕였다. 뉴턴 무덤 근처의 본당 어디에도 사람은 보이지 않았다. 랭던이 속삭였다.

"내가 가보겠소. 당신은 여기 숨어 있어요. 만일 누가 지켜보고 있을지도 모르니까……"

그러나 소피는 이미 널찍한 본당으로 들어서고 있었다.

랭던은 한숨을 쉬고 서둘러 소피를 따라갔다.

널찍한 본당을 대각선으로 가로지르는 동안 두 사람은 아무 말이 없었다. 공들인 무덤이 감질나게 그 모습을 드러냈다. 검은색 대리석으로 만든 석관…… 비스듬히 몸을 기울인 뉴턴의 조각상…… 날개 달린 두 소년…… 웅장한 피라미드…… 그리고…… 거대한 구.

"이 무덤에 대해 알고 있었어요?"

놀란 목소리로 소피가 물었다.

랭던 역시 놀라워하며 고개를 저었다. 소피가 말했다.

"구 위에 성좌가 새겨져 있는 것 같아요."

뉴턴의 무덤이 있는 석실로 다가갈수록, 랭던은 흥분된 마음이 가라앉았다. 무덤은 구로 뒤덮여 있었다. 별, 혜성, 행성.

'그의 무덤 위에 있어야만 할 구를 찾아라?'

이것은 마치 골프 코스에 떨어진 바늘을 찾는 것 같았다.

소피가 걱정스러운 표정으로 말했다.

"천체 같아요. 그리고 행성들이 아주 많군요."

랭던은 눈살을 찌푸렸다. 랭던이 상상할 수 있는 성배와 행성들과의 유일한 연결고리는 비너스 별이었다. 그리고 랭던은 템플 교회로 가는 길에 '비너스(Venus)'라는 패스워드를 이미 시험해 보았었다.

소피는 석관으로 곧장 다가갔다. 하지만 랭던은 몇 발짝 뒤에 떨어져서 주위를 둘러보았다.

소피는 머리를 갸웃이 숙이고 뉴턴이 기대고 있는 책의 제목들을 읽어 내려갔다.

《신학》《연대기》《광학》《자연철학의 수학적 원리 : 프린키피아》?"

소피는 랭던을 돌아보았다.

"뭐 떠오르는 거 없어요?"

랭던은 소피가 불러주는 책 제목들을 생각하며 가까이 다가갔다.

"내가 기억하는 바로는 원리 수학은 행성의 중력과 관계 있는 거요…… 물론 행성들은 구이긴 하지만, 별 상관은 없어 보이는군요."

구에 있는 성좌를 가리키며 소피가 물었다.

"십이 궁도표는 어때요? 전에 물고기자리와 물병자리에 대해서 말한 적이 있잖아요, 안 그래요?"

'말일.'

랭던은 생각했다.

"물고기자리의 끝과 물병자리의 시작은 시온이 상그리엘 문서들을 세상에 공표하기로 계획한 역사적인 표지였소."

'하지만 새 천년은 왔고 아무 일 없이 그냥 지나가 버렸지. 진실이 언제 오는지 확실히 알지 못하는 역사가들을 뒤로 남겨 둔 채 말이야.'

"진실을 밝히려는 시온의 계획은 시의 마지막 줄과 관계 있을지도 몰라요."

'그것이 장밋빛 살과 씨를 품은 자궁에 대해서 말하리라.'

랭던은 잠재된 말의 의미에 전율을 느꼈다. 전에는 그런 식으로 마지막 줄을 생각해 본 적이 없었다.

"전에 내게 얘기했잖아요. '장미'와 그녀의 풍요로운 자궁에 관한 진실을 밝히려는 시온 계획의 시기가 행성의 위치와 직접 연관되어 있다고요. 행성은 바로 구잖아요."

랭던은 희미한 가능성이 구체화되어 가는 것을 느끼며 고개를 끄덕였다. 그렇다 해도 랭던의 직관은 천문학이 열쇠가 아니라고 말하고 있었다. 그랜드 마스터의 이전 답안들은 모두 풍부하고 상징적인 중요성을 내포하고 있었다. 모나리자, 암굴의 성모, 소피아가 그랬다. 이런 유려함이 행성이나 12궁도의 개념에서는 결여되어 있었다. 지금까지 자크 소니에르는 자신이 세심한 암호 작업가임을 증명했다. 랭던은 시온의 궁극적인 비밀을 푸는 다섯 글자, 마지막 패스워드 역시 상징적으로 꼭 들어맞을 뿐만 아니라 수정처럼 그 의미노 분명하리라고 믿고 있었다. 만일 마지막 해답이 밝혀지면, 그 의미는 이전의 다른 해답들처럼 아주 또렷할 것이다.

랭던의 생각을 깨뜨리며, 소피가 랭던의 팔을 잡고 숨을 죽였다. 소피의 갑작스러운 접촉에서 공포감을 느낀 랭던은 누군가 다가온다고 생각했다. 하지만 랭던이 소피를 돌아보았을 때, 그녀는 넋이 나간 모습으로 검은색의 석관 위를 응시하고 있었다. 쭉 뻗은 뉴턴의 오른발 근처, 석관 위의 한 부분을 가리키며 소피가 속삭였다.

"봐요! 누군가 여기 다녀갔어요."

랭던은 소피의 걱정을 이해하지 못했다. 부주의한 관광객이 뉴턴의 발 근처에 있는 석관 뚜껑의 탁본을 뜨다가 목탄을 남겼을 것이다.

'별것 아니겠지.'

랭던은 목탄을 집으려고 손을 내밀었다. 석관 쪽으로 몸을 기울인 랭던은 순간 얼어붙고 말았다. 소피가 왜 두려워했는지 알 수 있었다.

뉴턴의 발 근처 석관 뚜껑에는 목탄 연필로 휘갈겨쓴 메시지가 희미하게 빛나고 있었다.

티빙을 데리고 있다.

챕터 하우스를 지나 남쪽 출구로 나와서, 칼리지 가든으로 와라.

랭던은 다시 한 번 읽었다. 심장이 무섭게 뛰고 있었다. 또한 전율이 온몸을 뒤덮었다.

소피는 돌아서서 본당을 살폈다.

랭던은 스스로에게 이것은 좋은 소식이라고 말했다.

'레이 경이 아직 살아 있다.'

또한 이 글에는 다른 암시도 들어 있었다.

"그들 역시 패스워드를 모르고 있소."

랭던이 속삭였다.

소피는 고개를 끄덕였다. 그렇지 않다면 왜 그들의 존재를 알렸겠는가?

"레이 경과 패스워드를 바꾸자는 것 같소."

"아니면 함정이든지요."

랭던은 고개를 저었다.

"난 그렇게 생각하지 않아요. 가든은 사원 담장 바깥에 있소. 매우 공적인 장소지."

랭던은 사원의 유명한 칼리지 가든을 한 번 방문한 적이 있었다. 조그마한 과수원과 허브 가든으로, 수도사들이 자연 약재를 재배하던 시절부터 있었던 곳이다. 영국에서 가장 오래된 과실수임을 자랑하는 칼리지 가든은 사원으로 안 들어가도 되기 때문에 관광객들에게 인기 있는 방문 장소였다.

"우리를 바깥으로 불러낸 것은 신뢰를 보이기 위해서라고 생각해요. 그럼 우리가 안전하다고 느낄 테니까."

소피는 의심스러운 얼굴이었다.

"바깥이라면, 금속 탐지기가 없는 곳을 말하는 거 아니에요?"

랭던은 눈을 부라렸다. 소피의 말에 일리가 있었다.

구로 가득 찬 무덤을 다시 응시하며, 랭던은 크립텍스의 패스워드에 관한 아이디어가 떠오르기를 바랐다…… 협상할 만한 뭔가가 필요했다.

'내가 레이를 이 일에 끌어들였다. 그를 구할 수 있는 기회가 있다면 뭐든지 해야 한다.'

"메시지는 챕터 하우스를 지나 남쪽 출구로 나오라고 되어 있어요. 출구에서 가든을 볼 수 있나요? 가든으로 곧장 가면 위험에 무방비 상태로 노출될 텐데, 그 전에 상황을 살펴볼 수 있을까요?"

소피의 생각이 옳았다. 랭던은 챕터 하우스를 거대한 팔각형의 홀로 기억하고 있었다. 현대적인 국회의사당 건물이 마련되기 전에는 그곳에서 영국 국회가 소집되었다. 랭던이 여기 와본 것은 수년 전이었지만, 회랑 어딘가를 지나갔던 것으로 기억하고 있었다. 무덤에서 서너 걸음 물러나면서, 랭던은 오른쪽에 있는 칸막이 주위를 둘러보았다. 그리고 본당을 가로질러 그들이 내려온 길의 반대편을 살폈다.

입을 벌린 아치형 복도 근처에 커다란 표지판이 붙어 있었다.

랭던과 소피는 표지판 밑을 종종걸음으로 지나쳤다. 두 사람은 너무 급하게 지나가느라 복원 공사를 위해 일부 지역은 폐쇄되었다는 양해 문구를 놓치고 말았다.

두 사람은 즉시 높은 담장으로 둘러싸인, 비가 쏟아져 내리는 마당으로 들어섰다. 그들 위에서 누군가 주둥이에 대고 바람을 불어대는 것처럼 바람이 낮게 윙윙거렸다. 폭이 좁고 낮은 통로가 마당과 경계를 이루었다. 랭던은 통로로 들어서며 갇힌 공간에서 항상 느끼는 불편함을 맛보았다. 이 통로들이 회랑이라는 복도였다. 랭던은 이 특별한 회랑(cloisters)이 밀실공포증(claustrophobic)이라는 라틴어와 유대를 맺고 있다는 사실을 불편한 마음으로 깨달았다.

터널 끝에 마음을 집중시키고, 랭던은 챕터 하우스를 가리키는 표지판을 따라갔다. 비가 후드득 내리고 있었다. 회랑의 유일한 빛의 출처인 낮은 벽기둥은 불어닥친 돌풍을 막지 못해 복도는 축축하고 차가웠다. 반대 방향에서 남녀 한 쌍이 험악해진 날씨를 피해 서둘러 소피와 랭던 곁을 지나갔다. 회랑에는 이제 아무도 보이지 않았다. 비바람이 치는 이런 날씨에 사원에서 가장 매력 없는 장소는 단연 이 회랑일 것이다.

동쪽 회랑 40미터 아래 지점에는 아치 길이 왼쪽으로 휘어지며 다른 복도와 연결되어 있었다. 두 사람이 찾고 있던 입구에는 출입을 금하는 줄과 표지판이 둘러쳐져 있었다.

수리로 인해 폐쇄되었음 : 픽스 챔버
세인트페이스 예배당
챕터 하우스

경계선 너머로 보이는 길고 황량한 회랑에는 여기저기 버려진 발판과 천 조각들이 널려 있었다. 둘러쳐진 줄 너머 오른쪽과 왼쪽으로는 픽스 챔버와 세인트페이스 예배당의 입구를 볼 수 있었다. 하지만 챕터 하우스의 입구는 훨씬 멀리, 긴 복도 끝에 있었다. 서 있는 자리에서도 챕터 하우스의 묵직한 나무 문이 활짝 열려 있는 것이 보였다. 넓은 팔각형 모양의 실내가 거대한 창문들을 통해 들어오는 회색빛 자연광 속에서 목욕을 하고 있었다. 챕터 하우스의 창문에서는 칼리지 가든이 내다보였다.

'챕터 하우스를 지나 남쪽 출구로 나와서, 칼리지 가든으로 오라.'

"우린 지금 막 동쪽 회랑을 지났소. 가든으로 향하는 남쪽 출구는 저기를 지나서 오른쪽에 있을 거요."

소피는 이미 경계선을 넘어 앞으로 나아가고 있었다.

어두운 복도를 서둘러 내려가자, 열린 회랑에서 들려오던 비바람 소리가 두 사람 뒤로 점차 희미해졌다. 챕터 하우스는 일종의 위성 구조였다. 거기에서 진행되는 국회 진행의 프라이버시를 보장하기 위해 긴 복도 끝에 위치한 별관이었다.

"무척 커보이는데요."

챕터 하우스로 다가가며 소피가 말했다.

랭던은 이 방이 얼마나 큰지 잊고 있었다. 입구 밖에서 보더라도 드넓은 바닥을 가로질러 팔각형 각 면에 위치한 창문들은 숨을 참고 올려다봐야 할 정도였다. 창문들은 둥근 천장까지 5층 높이로 솟아 있었다. 저 창문에서는 가든이 확실하게 보일 것이다.

문지방을 넘어선 랭던과 소피는 눈을 가늘게 뜨고 안을 살폈다. 어두운 회랑을 지나와서인지 챕터 하우스는 마치 일광욕실 같았다. 두 사람이 남쪽 벽을 찾아 열 걸음 정도 안으로 들어갔을 때, 남쪽으로 나가는 출구가 없다는 것을 깨달았다.

두 사람은 막다른 방에 서 있는 셈이었다.

육중한 문이 움직이는 소리에 두 사람은 돌아보았다. 쿵 소리와 함께 문이 닫히고 빗장이 내려졌다. 문 앞에서 한 남자가 권총을 겨눈 채 차분한 표정으로 서 있었다. 남자는 뚱뚱했고, 알루미늄 목발 한 벌에 몸을 의지하고 있었다.

순간 랭던은 마치 꿈을 꾸는 것 같았다.

그는 레이 티빙이었다.

99

로버트 랭던과 소피 느뵈를 겨누고 있는 메두사 리볼버의 총신을 내려다보며, 레이 티빙은 침울해했다.

"친구들, 지난밤 자네들이 내 집 안으로 걸어 들어온 순간부터 자네들을 위험한 길에서 떼놓기 위해 온힘을 기울였네. 하지만 자네들의 고집이 이제 나를 어려운 상황에 처넣어 버렸군."

티빙은 소피와 랭던의 얼굴에 떠오른 충격과 배신의 표정을 읽었다. 하지만 티빙은 두 사람이 곧 사건의 사슬을 이해하리라고 확신했다. 이 사건의 사슬이 절대 만날 수 없을 것 같은 세 사람을 한곳으로 인도한 것이다.

'두 사람에게 할 말이 많아…… 자네들이 아직 이해하지 못한 것들이 너무 많지.'

티빙은 말했다.

"결코 자네들을 끌어들일 의도가 없었다는 것은 믿어주게. 자네들이 먼저 내 집으로 왔지. 나를 찾아서 자네들이 온 거야."

랭던은 가까스로 입을 열었다.

"레이 경? 대체 지금 무얼 하고 계신 겁니까? 우리는 당신이 곤경에 처해 있다고 생각했어요. 우리는 당신을 도우러 여기 왔다고요!"

"그랬을 테지. 우리는 의논해야 할 것이 많아."

랭던과 소피는 자신들을 겨누고 있는 리볼버에서 놀란 시선을 뗄 수가 없었다.

"이 총은 단순히 자네들의 관심을 최대한으로 끌기 위한 거네. 만일 내가 해칠 마음이 있었다면, 자네들은 이미 죽었을 거야. 지난밤 자네들이 내 집으로 걸어 들어왔을 때, 나는 자네들의 생명을 구하기 위해 모든 위험을 감수했지. 난 명예를 지키는 사람일세. 양심을 걸고 말하건대, 오직 성배를 배반한 사람들만 희생시켰다고 맹세할 수 있네."

"무슨 얘기를 하는 겁니까? 성배를 배반한 사람들?"

한숨을 쉬며 티빙이 말했다.

"난 끔찍한 진실을 알아냈다네. 왜 상그리엘 문서가 세상에 결코 공개될 수 없는지 그 이유를 알게 된 거야. 시온은 결국 진실을 드러내지 않기로 결정했다는 것을 알게 됐지. 그 때문에 지난 1999년과 2000년에 아무 일 없이 지나갔고, 말일에 접어들었는데도 아무 일이 일어나지 않은 거였어."

랭던은 항의하기 위해 숨을 몰아쉬었다.

티빙은 말을 계속했다.

"시온은 세상과 진실을 공유할 성실한 책임을 부여받은 조직이야. 말일이 도래했을 때, 상그리엘 문서를 공개하는 것이 그 일이지. 수백 년 동안 다 빈치나 보티첼리, 뉴턴 같은 인물들은 문서를 보호하고, 그 책임을 수행하기 위해 모든 위험을 감수했네. 그런데 궁극의 순간에 자크 소니에르가 마음을 바꾸어 버렸지. 기독교 역사에서 가장 큰 책임을 진 영광을 안은 사람이 자기 의무를 저버린 거야. 소니에르는 시기가 좋지 않다고 결정했지."

티빙은 소피를 향했다.

"소니에르는 성배를 망쳤소. 시온도 망쳐 놓았지. 그리고 그 순간이 있게 한 모든 세대의 기억들을 망쳐 버렸소."

소피는 티빙에 대한 분노와 상황을 깨달은 녹색 눈으로 티빙을 뚫어지게 바라보며 외쳤다.

"당신이? 당신이 할아버지를 죽이게 한 사람인가요?"

티빙은 코웃음을 쳤다.

"아가씨 할아버지와 그의 집사들은 성배를 배신한 자들이었어."

소피는 내부 깊숙한 곳에서 격분이 치미는 것을 느꼈다.

"거짓말이야!"

티빙의 목소리에는 후회가 없었다.

"아가씨 할아버지는 교회에 팔아 넘겨진 작자였어. 교회가 소니에르에게 침묵을 지키도록 압박했다는 것은 자명한 일이야."

소피는 고개를 저었다.

"교회는 할아버지에게 아무런 영향력도 없었어요!"

티빙은 차갑게 웃었다.

"아가씨, 교회는 자기네 거짓말을 밝히겠다고 위협하는 자들을 이천 년 동안이나 압박한 경험을 가지고 있어. 콘스탄티누스 대제 시절부터 교회는 마리아 막달레나와 예수에 관한 진실을 성공적으로 감추어 왔지. 지금이라고 놀랄 필요는 없어. 다시 한 번 교회는 세상을 암흑에 묶어둘 방법을 찾아낸 것뿐이니까. 비신도들을 살해하기 위해 교회가 더 이상 십자군을 고용할 필요는 없을지 몰라도, 교회의 영향력은 설득력이 있지. 게다가 음흉스럽기까지 하고."

다음 말을 강조하려는 것처럼 티빙은 뜸을 들였다.

"느뵈 양, 언젠가는 자네 할아버지가 가족에 관한 진실을 자네에게 말하고 싶어했을 걸세."

소피는 한 방 맞은 기분이었다.

"당신이 그것을 어떻게 알죠?"

"내가 그것을 어떻게 알았는지는 중요치 않아. 자네가 지금 파악해야 할 중요한 일은 이거지."

티빙은 깊이 숨을 들이마셨다.

"자네 어머니, 아버지, 할머니, 남동생의 죽음은 사고가 아니야."

그 말은 소피의 감정을 휘저어 놓았다. 소피는 말을 하려고 입을 열었지만, 아무 말도 할 수가 없었다.

랭던은 고개를 가로저었다.

"무슨 말을 하는 겁니까?"

"로버트, 그 일이 모든 것을 설명해 주네. 모든 조각들이 들어맞지. 역사는 반복되는 법이야. 상그리엘을 침묵시킬 필요가 있을 때, 교회는 살인을 저지른 선례를 가지고 있지. 말일이 임박해지자, 그랜드 마스터가 사랑하는 사람들을 죽임으로써 매우 분명한 메시지를 전한 것일세. 조용해라, 그렇지 않으면 너와 소피가 그 다음이다."

어린 시절의 고통이 다시 차오르는 것을 느끼며 소피는 비틀거렸다.

"그건 자동차 사고였어요. 사고라고요!"

"자네의 순진함을 보호하기 위한 침대 머리맡 이야기지. 가족 중에 오직 두 사람만 손대지 않고 놔두었다는 것을 생각해 보게. 시온의 그랜드 마스터와 그의 손녀. 교회가 시온에 대한 통제권을 가질 만한 완벽한 한 쌍이지. 감히 상그리엘의 비밀들을 공표한다면 아가씨를 죽이겠다고 위협하면서, 지난 세월 동안 교회가 자네 할아버지에게 휘둘렀을 테러를 상상해 보게. 조직의 고대 맹세를 재고하도록 시온에 영향력을 행사하지 않겠다면, 교회는 자기들이 시작한 일을 끝내 버리겠다고 소니에르를 위협했을 테지."

랭던은 몹시 화난 모습으로 대들었다.

"레이 경, 소피 가족의 죽음에 교회가 어떤 일을 했다는 증거는 확실히 없습니다. 게다가 시온이 조용히 입을 다물도록 교회가 영향력을 행사했다는 증거도 없고요."

"증거? 시온이 영향을 받았다는 증거를 원하나? 새 천년이 도래했어. 하지만 세상은 아직 무지의 상태로 남아 있다고! 이게 충분한 증거가 아니면 뭔가?"

티빙의 말이 울려퍼지는 가운데, 소피는 다른 목소리가 얘기하는 것을 들었다.

'소피, 네 가족에 관한 진실을 얘기해야만 한단다.'

소피는 자신이 전율하고 있음을 깨달았다. 티빙의 얘기가 할아버지가 자신에게 말하고 싶어했던 진실일까? 그녀의 가족은 살해당한 것일까? 가족을 앗아간 사고에 대해서 소피가 진실로 알아야 하는 것은 무엇일까? 오직 간단한 설명들. 심지어 신문에 난 이야기도 모호했었다. 사고? 침대 머리맡 이야기? 소피는 갑자기 할아버지의 과잉 보호가 생각났다. 그녀가 어렸을 때 할아버지는 그녀를 홀로 두는 것을 얼마나 싫어했던가. 대학에 다니느라 떨어져 있을 때조차, 그녀는 할아버지가 지켜보고 있다는 것을 느낄 수 있었다. 소피는 그림자 속에서 시온 회원들이 자기의 모든 생활을 돌봐 주고 있던 것은 아니었는지 의아했다.

불신으로 가득 찬 눈을 빛내며 랭던은 티빙을 쏘아보았다.

"당신은 소니에르가 조종당하고 있다고 의심했군요. 그래서 소니에르를 살해했습니까?"

"난 방아쇠를 당기지 않았네. 소니에르는 진작에 죽었지. 교회가 그의 가족들을 앗아갔을 때 말일세. 그는 변절했어. 이제 소니에르는 고통에서 자유로워진 거야. 신성한 의무를 수행할 수 없었던 자신의 부끄러운 무능력에서 벗어난 거지. 다른 면을 생각해 보게. 어떤 조치가 필요한 상황이었어. 세상이 영원히 무지의 상태로 남아 있어야 되겠는가? 교회가 영원히 우리의 역사책에 자기네의 거짓말을 공고히 하도록 내버려 두어야 하겠는가? 교회가 살인과 고문으로 무한한 영향력을 행사하도록 허용해야 하겠는가? 아니야, 어떤 조치가 필요했어! 그리고 이제 우리가 소니에르의 유산을 수행하고, 잘못된 일을 바로

잡을 위치에 오게 된 걸세. 우리 세 사람이, 함께."

소피는 믿을 수 없었다.

"왜 우리가 당신을 도울 거라고 생각하죠?"

"왜냐하면, 아가씨, 시온이 문서의 공표를 포기한 것은 바로 자네 때문이지. 자네에 대한 사랑 때문에 소니에르는 교회에 도전하지 못했어. 오직 하나 남은 가족에 대한 보복이 두려워 그는 불구가 된 것이나 마찬가지였지. 자네가 그를 거부하고, 그의 손을 묶고, 기다리게 했기 때문에 소니에르는 결코 진실을 설명할 기회도 갖지 못했네. 이제 아가씨는 세상에 진실을 알릴 빚을 지고 있는 거야. 자네 할아버지의 추억에도 빚을 지고 있는 셈이지."

로버트 랭던은 인내심을 포기했다. 수많은 질문이 마음에서 솟구쳤지만, 지금은 오직 한 가지 생각뿐이었다. 소피를 여기에서 무사히 빼내야 한다. 티빙을 끌어들였던 일로 죄책감을 느꼈던 조금 전의 자책감은 이제 소피에게로 전이되었다.

'내가 소피를 빌레트 성으로 데려갔다. 내 책임이다.'

레이 티빙이 챕터 하우스 안에서 자기들을 죽일 정도로 차가운 피를 가진 사람인지 랭던은 확신할 수 없었다. 하지만 티빙은 비뚤어진 신념 때문에 다른 사람을 살해한 일과 이미 연관이 있었다. 외떨어지고 두꺼운 벽이 둘러쳐진 이 방에서 총성이 울린다 해도, 밖에서는 들리지 않을 것이다. 특히 오늘처럼 비가 오는 날에는 더더욱.

'그리고 레이는 방금 자신의 죄를 우리에게 인정했다.'

랭던은 떨고 있는 소피를 바라보았다.

'시온을 침묵시키려고 교회가 소피의 가족을 살해했다?'

현대 교회는 사람을 살해하지 않는다고 랭던은 확신했다. 거기에는 다른 설명이 있어야만 했다.

레이를 쳐다보며 랭던이 말했다.

"소피는 가게 해주십쇼. 우리 둘이서만 이 문제에 대해 얘기합시다."

티빙은 부자연스러운 웃음을 터뜨렸다.

"그 요구는 내가 감당할 수 없는 믿음을 자네들에게 보여 달라는 얘기일세. 하지만 자네에게 이걸 줄 수는 있지."

티빙은 목발에 온몸을 기대고, 무자비하게 소피를 향해 총을 겨눴다. 그리고 주머니에서 쐐기돌을 꺼냈다. 티빙은 돌을 살짝 흔들어 보이다가 랭던에게 내밀었다.

"신뢰의 증표일세, 로버트."

로버트는 걱정스러웠지만 움직이지 않았다.

'우리에게 쐐기돌을 돌려줘?'

"받게."

불편한 자세로 랭던 쪽으로 돌을 내밀며 티빙이 말했다.

랭던은 티빙이 쐐기돌을 돌려주는 이유는 오직 하나뿐이라고 생각했다.

"벌써 열었군요. 지도는 꺼냈을 테지요?"

티빙은 고개를 저었다.

"로버트, 내가 쐐기돌을 열었다면, 자네들을 불러들이지도 않고 성배를 찾으러 이미 떠났을 거야. 아니야, 난 답을 모르네. 나는 그 사실을 거리낌없이 인정할 수 있어. 진정한 기사는 성배 앞에서 겸손해하는 법이니까. 기사는 자기 앞에 놓인 표시에 순종하는 법이거든. 자네가 사원으로 들어오는 것을 보고 깨달았지. 자네가 여기 있는 데는 다 이유가 있다고. 이 일을 돕기 위해서지. 나는 혼자만의 영광을 구하러 여기 있는 것이 아닐세. 내 자존심보다 더 위대한 주인을 섬기고 있는 게야. 바로 진실이지. 인류는 마땅히 진실을 알 권리가 있어. 성배는 우리 모두를 찾아냈네. 그리고 이제 우리에게 자신을 알려 달라고 사정하고 있어. 우리는 반드시 함께 일해야만 하네."

랭던은 차가운 대리석 크립텍스를 받으러 앞으로 나섰다. 그러나 협력과 신뢰를 위한 티빙의 탄원에도 불구하고, 티빙의 권총은 여전히 소피를 향하고 있었다. 랭던이 쐐기돌을 잡고 뒤로 물러설 때, 안에 든 식초가 출렁거렸다. 쐐기돌의 다이얼은 무작위로 돌아간 채 여전히 굳게 닫혀 있었다.

랭던은 티빙을 보았다.

"내가 지금 당장 이것을 바닥에 내동댕이치지 않을 것이라고 어떻게 확신하십니까?"

티빙은 기괴한 웃음을 지었다.

"템플 교회 안에서 쐐기돌을 깨뜨려 버리겠다는 자네의 위협은 헛소리였다는 것을 내 알고 있네. 로버트 랭던은 결코 쐐기돌을 깨뜨릴 사람이 아니지. 자네는 역사가야, 로버트. 자넨 이천 년의 역사를 담은 열쇠를 들고 있는 거라고. 상그리엘을 여는 잃어버린 열쇠지. 그 비밀을 보호하기 위해 말뚝에 매달려 불에 타 죽은 모든 기사들의 영혼을 자네는 느낄 수 있을 걸세. 그들의 죽음을 헛되게 할 참인가? 아니야, 자넨 그들을 옹호하고 싶을 거야. 자넨 자네가 존경하는 다 빈치, 보티첼리, 뉴턴 같은 위대한 인물들의 반열에 합류하고 싶을 걸세. 그 인물들도 지금 당장 자네의 입장이 되고픈 영광을 누리고 싶을 거야. 쐐기돌 안에 든 내용물이 우리에게 소리치고 있어. 자유를 갈망하면서 말이야. 때는 왔네. 운명이 우리를 이 순간으로 이끈 것이야."

"난 도울 수가 없어요, 레이 경. 이것을 어떻게 여는지 저도 모릅니다. 잠깐 동안 뉴턴의 무덤을 보았을 뿐입니다. 그리고 설령 제가 패스워드를 안다고 하더라도……"

랭던은 자신이 말을 너무 많이 한다는 것을 깨닫고 입을 다물었다.

티빙은 한숨을 쉬었다.

"내게는 말하지 않을 테다? 실망했네, 그리고 놀라워, 로버트. 자네가 내게 진 빚을 고려하지 않다니 말이야. 자네 둘이 빌레트 성으로 들어왔을 때, 레미와 내가 자네들을 없애 버렸다면 일은 훨씬 간단했을 테지. 하지만 나는 고상한 길을 택하기 위해 모든 위험을 감수했네."

"지금 이게 고상한 겁니까?"

총에 눈길을 보내며 랭던이 물었다.

"소니에르의 잘못이야. 그와 그의 집사들이 사일래스에게 거짓말을 했어. 그렇지 않았다면 별 소란 없이 쐐기돌이 내 손에 들어왔을 텐데. 그랜드 마스터가 인생의 끝에서 나를 속이고, 쐐기돌을 자신과 사이도 나쁜 손녀에게 줘버릴지 상상이나 했겠나?"

경멸의 눈빛을 담고 티빙은 소피를 쳐다보았다.

"기호학자를 보모로 둬야 할 지식밖에 갖고 있지 않은, 자질도 없는 사람에게 말이야."

티빙은 다시 랭던을 돌아보았다.

"다행스럽게도 로버트 자네가 이 일에 개입된 것은 내게 축복이었지. 안전금고 은행에 영원히 쐐기돌을 가둬 놓은 채로 있는 것보다, 자네가 꺼내서 내 집으로 갖고 왔으니 말이야."

랭던은 생각했다.

'달리 내가 어디로 갈 수 있었을까? 성배 역사가의 사회는 좁다. 그리고 티빙과 나는 함께한 시간들이 있었다.'

티빙은 이제 잘난 체하는 표정을 짓고 있었다.

"소니에르가 자네에게 절박한 메시지를 남겼다는 것을 알았을 때, 값나가는 시온의 정보를 자네가 쥐고 있다는 생각이 들었지. 그 정보가 쐐기돌 자체인지, 쐐기돌의 위치를 찾아낼 정보인지는 확실하지 않았어. 하지만 자네 뒤에 붙은 경찰들 때문에, 자네가 내 집으로 올지도 모른다는 생각이 들긴 했지."

"만일 우리가 가지 않았다면?"

"자네에게 도움의 손길을 주기 위해 계획을 짜놓고 있었지. 이렇게 하든 저렇게 하든, 쐐기돌은 빌레트 성으로 오게 되어 있었어. 기다리던 내 손에 자네가 쐐기돌을 전달했다는 사실은 나의 이유가 정당하다는 것을 증명할 뿐이야."

"뭐라고요?"

랭던은 소름이 끼쳤다.

"사일래스는 빌레트 성에 침입해서 자네로부터 쐐기돌을 훔쳐낼 작정이었네. 자네를 해치지 않고 쐐기돌을 훔쳐내면, 내게서 어떤 공모의 혐의도 찾을 수 없게 되지. 하지만 소니에르의 암호가 복잡하다는 것을 알았을 때, 나의 성배 원정에 두 사람을 좀더 참여시키도록 결정했지. 나중에라도 사일래스에게 쐐기돌을 훔치라고 할 수 있으니까. 일단 내가 혼자서라도 충분히 갖고 다닐 수 있게 되면 말이야."

배신감에 가득 찬 목소리로 소피가 말했다.

"템플 교회."

'빛은 새벽이 되었지.'

티빙은 생각했다. 템플 교회는 로버트와 소피에게서 쐐기돌을 뺏을 수 있는 완벽한 장소였다. 명백해 보이는 시 구절은 그럴듯한 미끼가 되어 주었다. 레미에게 내린 지시는 분명했다. 사일래스가 돌을 회수하는 동안 보이지 않게 숨어 있어라. 하지만 불행히도 바닥에 돌을 던져 깨뜨려 버리겠다는 랭던의 위협은 레미를 공포의 상태로 몰고 갔다.

'만일 레미가 모습을 드러내지 않았더라면.'

자신의 자작 납치극을 떠올리며 티빙은 침울하게 생각했다.

'레미가 나의 유일한 고리였는데, 스스로 얼굴을 내보이다니!'

다행스럽게도 사일래스는 티빙의 진짜 정체를 알지 못한 상태였다.

그래서 바보같이 티빙을 교회에서 데리고 나와, 레미가 리무진 뒤에 티빙을 인질처럼 묶는 척하는 것을 순진하게 지켜보고 있었다. 리무진 내부의 칸막이가 올라갔을 때, 티빙은 앞좌석에 앉은 사일래스에게 스승의 가짜 프랑스 억양의 말투를 이용해 전화했다. 사일래스에게는 곧장 오푸스 데이로 가라고 지시했다. 그리고 사일래스를 이 사건에서 빼버리기 위해, 경찰에 익명으로 전화를 걸어 단서를 제공했던 것이다.

'느슨한 끝을 하나 매듭지은 거지.'

느슨한 다른 한 끝은 좀더 힘들었다.

'레미 녀석.'

티빙은 그 결정에 깊이 고민했다. 하지만 결국 레미는 신뢰성에 문제를 드러냈다.

'모든 성배 원정은 희생을 요구한다.'

가장 깨끗한 해결책은 리무진의 바 안에 있었다. 병, 코냑, 땅콩 한 캔. 땅콩 캔의 밑바닥에 있는 가루는 레미의 치명적인 알레르기를 충분히 유발하고도 남을 양이었다. 레미가 리무진을 기마병 퍼레이드 광장에 주차시켰을 때, 티빙은 뒷좌석에서 걸어나와 레미 옆에 앉았다. 잠시 후 티빙은 차에서 내려, 다시 뒷좌석으로 들어가 모든 흔적을 지웠다. 그리고 마지막 임무를 수행하기 위해 나타난 것이다.

웨스트민스터 사원은 가까운 거리에 있었다. 티빙의 다리 교정기와 알루미늄 목발들, 권총은 동시에 금속 탐지기를 작동시켰지만, 청원 경찰들은 어떻게 해야 할지 몰랐다.

'발의 교정기를 빼고 기어서 통과하라고 해야 하나? 불구인 늙은이의 몸을 수색해야 할 필요가 있나?'

티빙은 한 무더기의 경비원들에게 보다 쉬운 해법을 제시했다. 자신이 기사임을 증명하는 엠보싱 처리된 신분증을 내보인 것이다. 가련한 이 친구들은 티빙을 안으로 모시기 위해 서로 야단들이었다.

당황한 랭던과 느뵈를 바라보며, 티빙은 얼마나 영리하게 오푸스 데이를 이 음모에 끌어들였는지 말하고 싶은 충동을 억눌렀다. 곧 있으면 오푸스 데이 때문에 교회 전체가 붕괴될 것이다. 그것은 기다리면 된다. 지금은 해야 할 일이 따로 있었다.

티빙이 흠잡을 데 없는 프랑스어로 얘기했다.

"친구들, 성배를 찾으려고 하지 마라, 성배가 너희를 찾을 것이다. 우리의 길이 이보다 분명할 수는 없네. 성배가 우리를 찾아낸 걸세."

티빙은 미소를 지었다.

침묵이 흘렀다.

속삭이는 목소리로 티빙이 두 사람에게 말했다.

"들어보게. 들리지 않는가? 수백년을 건너 성배가 우리에게 말하고 있네. 시온의 우매함에서 자신을 구해 달라고 애원하고 있어. 나는 두 사람에게 이 기회를 깨달으라고 간청하고 싶네. 마지막 코드를 풀고 크립텍스를 여는 이 순간에 우리 세 사람이 이렇게 모인 것은 우연일 리가 없어. 우리는 서로 맹세할 필요가 있네. 서로에 대한 믿음의 서약이야. 진실을 밝히고 그것을 세상에 알리겠다는 기사의 의무일세."

소피는 티빙의 눈을 쏘아보며 강철 같은 어조로 말했다.

"할아버지를 살해한 사람과 맹세 따위를 할 수는 없어요. 당신을 감옥에 보내고 말겠다는 맹세 외에는요."

티빙은 가슴이 무거워졌다. 하지만 단호하게 말했다.

"그런 식으로 느끼다니 유감이로군, 아가씨."

티빙은 돌아서서 랭던에게 총을 겨눴다.

"그럼 자네는? 로버트, 나와 함께할 텐가, 아니면 맞설 텐가?"

100

마누엘 아링가로사 주교의 몸은 많은 고통을 감내해왔다. 하지만 가슴에 박힌 총상의 달구는 듯한 열기는 낯설게만 느껴졌다. 깊고 무거웠다. 육체의 고통이 아니라…… 영혼의 고통에 더 가까웠다.

아링가로사는 눈을 뜨려고 했다. 하지만 얼굴로 흘러내리는 빗줄기가 그의 시야를 흐리게 했다.

'내가 어디에 있는 걸까?'

주교는 힘센 팔이 자신을 안고, 봉제 인형처럼 힘없이 축 늘어진 자기 몸을 옮기고 있다는 것을 느낄 수 있었다. 검은 사제복이 펄럭거렸다.

힘없는 팔을 들어올려 아링가로사는 눈을 닦고 자신을 안고 있는 남자를 보았다. 사일래스였다. 거대한 몸집의 알비노가 병원을 찾아 외치며 안개 낀 보도를 내달리고 있었다. 사일래스의 목소리에는 단장(斷腸)의 고통이 담겨 있었다. 붉은 눈동자는 앞으로만 고정되어 있고, 피가 튄 창백한 얼굴에서는 눈물이 끊임없이 흘러내렸다.

아링가로사가 속삭였다.

"내 자식, 네가 다쳤구나."

사일래스는 주교를 내려다보았다. 사일래스의 눈이 고통으로 흐려졌다.

"정말, 정말 죄송합니다, 주교님."

사일래스는 너무 고통스러워 거의 말을 할 수가 없었다.

"아니다, 사일래스. 미안해할 사람은 나다. 이 일은 모두 내 잘못이야. 난 네가 너무 걱정되었다. 너무 두려웠지. 너와 난 속은 거였어."

'스승이란 사람은 내게 살인은 없을 거라고 약속했단다. 그래서 나는 너에게 그의 말을 충실히 따르라고 말했던 거야. 스승은 애초부터 결코 우리에게 성배를 가져오게 할 작정이 아니었어.'

지난 긴 세월 동안 자신과 함께 한 사일래스의 팔에 안겨, 아링가로사 주교는 시간이 거슬러 올라가는 것을 느꼈다. 사일래스와 함께 오비에도에 작은 가톨릭 교회를 짓고 소박한 출발을 시작했던 스페인, 그리고 나중에는 오푸스 데이 본부 빌딩을 세우고 신의 영광을 선언했던 뉴욕의 렉싱턴 가.

다섯 달 전, 아링가로사는 재앙과도 같은 소식을 접했다. 그의 일생의 업적이 위험에 처하게 되었다. 아링가로사는 모든 상황을 자세하게 기억했다. 간돌포 성에서의 회합이 자신의 생을 바꾸어 버렸다는 것을…… 재앙이 움직이기 시작했다는 소식이었다.

아링가로사는 머리를 꼿꼿이 쳐들고 간돌포의 천문학 도서관으로 들어갔다. 아메리카에 가톨릭을 새롭게 전파한 그의 뛰어난 능력을 칭찬하며, 자기 등을 부드럽게 두드려 주는 손길과 환영의 무리를 기대하고 있었다.

하지만 거기에는 오직 세 사람뿐이었다.

뚱뚱하고 시무룩한 얼굴의 바티칸 서기관과 잘난 척하는 얼굴에 신성한 체하는 고위급의 이탈리아 추기경 두 명.

"서기관님?"

당황스러운 목소리로 아링가로사가 서기관을 불렀다.

법적인 안건들을 다루는 땅딸막한 서기관이 아링가로사와 악수를 나누며 반대쪽에 있는 의자를 가리켰다.

"편히 앉으십시오."

자리에 앉으며 아링가로사는 뭔가 잘못되었다는 느낌을 받았다.

서기관이 말했다.

"난 인사치레에는 익숙하지 못하오, 주교. 주교를 부른 이유를 곧장 말하겠소."

"그럼, 공개적으로 말해 주십시오."

독선적인 자세로 자신을 평가하고 있는 듯한 두 명의 추기경을 응시하며 아링가로사는 말했다.

서기관이 말했다.

"주교도 잘 알겠지만, 로마에 계신 교황과 다른 몇 분들이 최근 논쟁이 일고 있는 오푸스 데이의 강령들로부터 비롯된 정치적인 문제들을 걱정하고 계시오."

아링가로사는 털이 곤두서는 것을 느꼈다. 그는 이미 새로 선출된 교황과 여러 차례 이 문제에 대해 얘기를 나누었었다. 무척 실망스럽게도, 교황은 교회 내부의 자유로운 변화를 옹호하는 데 완강한 목소리를 가진 것으로 판명됐다.

서기관이 재빨리 말을 덧붙였다.

"교황은 주교의 임무에 어떤 변화를 바라는 것이 아니라는 것을 확인시켜 주고 싶소."

'나도 그러지 않기를 바랍니다!'

"그럼 제가 왜 여기 있는 겁니까?"

뚱뚱한 남자가 한숨을 쉬었다.

"주교, 이 일을 어떻게 얘기해야 할지 모르겠소. 그러니 단도직입적으로 말하리다. 이틀 전, 오푸스 데이에 대한 바티칸의 인가를 철회하자는 법안이 서기관 회의에서 만장일치로 통과되었소."

아링가로사는 자신이 잘못 들었다고 확신했다.

"뭐라고요?"

"간단히 말해 오늘부터 여섯 달 후면 오푸스 데이는 더 이상 바티칸의 한 교파로 간주되지 않을 것이오. 주교 자신의 교회가 될 거란 말이오. 교황은 주교와의 관계를 끊으려고 하시오. 교황청의 동의에 따라 우리는 벌써 법적인 서류까지 작성하고 있소."

"하지만…… 그건 불가능합니다!"

"반대로 보면, 분명 가능한 일이오. 그리고 필요한 일이지. 교황청은 당신네의 공격적인 신도 모집 정책과 육체 고행에 대해서 불편해하고 있소."

서기관은 잠시 뜸을 들였다.

"또 여성에 대한 당신네 정책도 문제요. 솔직히 말해서 오푸스 데이는 우릴 부끄럽게 하고 있소."

아링가로사 주교는 멍한 기분이었다.

"부끄럽다고요?"

"일이 이렇게 된 것을 가지고 놀랄 필요는 없소."

"오푸스 데이는 신자 수가 늘고 있는 유일한 가톨릭 조직입니다! 우리 교단에는 이제 천백 명 이상의 사제들이 있습니다!"

"사실이오. 그건 우리 모두에게 골치 아픈 문제지."

아링가로사는 발에 힘을 주었다.

"교황청에 물어봅시다. 우리가 바티칸 은행을 도와주던 1982년에도 오푸스 데이가 부끄러운 대상이었는지 말입니다!"

달래는 목소리로 서기관이 말했다.

"바티칸은 항상 그 일에 대해 고맙게 생각하고 있소. 하지만 1982년에 당신네가 베푼 금전적인 혜택 때문에, 그 자리에서 당신이 성직을 받게 되었다고 믿는 사람들이 여전히 있소."

"그건 사실이 아닙니다!"

서기관의 비아냥이 아링가로사의 기분을 거슬리게 했다.

"일이 무엇이든지 간에, 우리는 좋은 믿음으로 행동하기로 결정했소. 그 돈을 상환하는 것을 포함해서 분리 절차를 밟으려고 하오. 돈은 다섯 번에 걸쳐 갚을 것이오."

"나를 돈으로 사겠다는 것입니까? 돈을 줄 테니 조용히 가라는 말입니까? 오푸스 데이가 세상에 유일하게 남은 '이성(理性)의 목소리'인 이때에!"

추기경 한 명이 고개를 들었다.

"미안하지만, 이성이라고 말했습니까?"

아링가로사는 탁자에 몸을 기대며 목소리를 날카롭게 가다듬었다.

"여러분은 가톨릭 신자들이 왜 교회를 떠나는지 정말로 궁금하지 않습니까? 주변을 둘러보시오, 추기경. 사람들은 존경을 잃었습니다. 믿음의 열성이 사라진 겁니다. 교리는 뷔페 상차림처럼 변했습니다. 정진, 고해, 성찬, 세례, 미사 등등. 입맛대로 고르고 나머지는 무시해라. 교회가 제공하는 정신적인 지도가 도대체 무엇이 있습니까?"

다른 추기경이 말했다.

"초기 삼백 년의 법들이 현대 신도들에게는 들어맞지 않소. 그런 법칙들은 현대 사회에서는 작동하지 않아요."

"글쎄요, 오푸스 데이에서는 그 규칙들이 잘 작동합니다!"

서기관이 단정적인 어투로 말했다.

"아링가로사 주교, 이전 교황과 당신네 조직과의 관계를 생각해서, 교황청은 오푸스 데이에게 바티칸에서 자발적으로 분리해 나간 육 개월의 시간을 준 것이오. 지금 당신은 교황청과 다른 견해를 밝혔소. 그러니 당신 자신의 기독교 조직을 세우도록 하시오."

아링가로사가 선언했다.

"거절하겠습니다! 그리고 교황을 직접 만나서 얘기하겠소!"

"안됐지만, 교황청은 더 이상 당신을 만나는 일에 신경 쓰지 않을 거요."

아링가로사는 벌떡 일어섰다.

"이전 교황이 설립한 개인적인 교파를 감히 현 교황이 폐지할 수는 없을 겁니다!"

서기관은 눈도 꿈쩍하지 않았다.

"유감이오. 신이 주신 것은 그분이 거둬 가는 법이오."

아링가로사는 당황과 공포에 휩싸여 비틀거리며 회합에서 빠져나왔다. 뉴욕으로 돌아온 아링가로사는 기독교의 미래에 대한 슬픔 때문에 며칠 동안 환멸에 찬 눈으로 하늘만 바라보았다.

모든 것을 바꾼 전화를 받은 것은 그로부터 몇 주가 흐른 뒤였다. 전화를 건 사람은 프랑스 말투를 썼고, 자신을 스승이라고 소개했다. 그 호칭은 성직에서는 흔한 것이었다. 스승이란 사람은 오푸스 데이에 대한 지지를 철회하려는 바티칸의 계획을 잘 알고 있다고 말했다.

'어떻게 이 사람이 그것을 알고 있을까?'

아링가로사는 의아했다. 사실 아링가로사는 바티칸 권력의 중개인들 몇몇만이 임박한 오푸스 데이의 무효화 처분을 알게 되기를 원했다. 말이 새나간 것이 분명했다. 일단 소문이 퍼지면, 바티칸 시티를 둘러싼 벽만큼이나 구멍이 많은 벽도 세상에 없었다.

스승은 속삭였다.

"나는 어디에나 귀를 두고 있소, 주교. 그리고 그 귀로 어떤 정보를 얻었소. 주교가 날 도와준다면, 주교에게 엄청난 힘을 가져다줄 수 있는 성스러운 유물이 숨겨진 장소를 찾아낼 수가 있소…… 당신 앞에 바티칸을 무릎 꿇게 할 수 있을 정도의 힘이오. 믿음을 구해 낼 수 있는 충분한 힘이지. 단지 오푸스 데이만을 위한 것이 아니오. 우리 모두를 위한 것이오."

'신이 거둬 가고…… 그리고 신이 보내준다.'

아링가로사는 희망의 빛을 느꼈다.

"당신의 계획을 말해 보십시오."

세인트메리 병원 문이 휙 소리를 내며 열릴 때, 아링가로사 주교는 의식을 잃은 상태였다. 사일래스는 기진맥진한 상태에서 안으로 뛰어 들었다. 타일 바닥에 무릎을 꿇고, 사일래스는 도와달라고 외쳤다. 거의 벌거벗은 알비노가 피를 흘리는 성직자를 안고 있는 모습을 보고, 병원 접수구역에 있던 모든 사람들은 너무 놀라 입을 다물지 못했다.

사일래스를 도와 실신한 주교를 이동침대에 눕힌 의사의 표정은 어두웠다. 의사는 아링가로사의 맥박을 확인했다.

"피를 너무 많이 흘렸어요. 그리 희망적인 상태가 아닙니다."

아링가로사의 눈이 깜박거렸다. 잠시 의식을 찾은 주교의 시선이 사일래스에게 머물렀다.

"내 어린 양……"

사일래스의 영혼은 후회와 분노로 소용돌이쳤다.

"주교님, 제 평생을 걸고 우릴 속인 자를 찾아내겠습니다. 그리고 그자를 기필코 죽이겠습니다."

슬픈 표정으로 아링가로사는 고개를 저었다. 사람들이 주교를 데려갈 준비를 했다.

아링가로사는 사일래스의 손을 꼭 쥐었다.

"사일래스…… 만일 네가 내게서 배운 것이 아무것도 없다면, 제발…… 이것 하나만은 기억해라. 용서는 신이 내린 가장 큰 선물이란다."

"하지만 주교님……"

아링가로사는 눈을 감았다.

"사일래스, 반드시 기도하거라."

101

로버트 랭던은 적막한 챕터 하우스의 높은 천장 아래에 서 있었다. 그리고 레이 티빙의 총신을 응시했다.

'로버트, 나와 함께할 텐가, 아니면 맞설 텐가?'

영국 왕립 역사가의 말이 고요한 랭던의 마음에 메아리치고 있었다.

티빙의 질문에 대답할 적당한 말이 없다는 것을 랭던은 알고 있었다. '예'라고 대답하면 소피를 팔아 넘기는 일이 될 것이고, '아니오' 라고 대답하면 티빙은 두 사람을 쏠 수밖에 없을 것이다.

강의실에서 랭던은 총 끝의 위협에 대처하는 기술은 가르치지 않았다. 하지만 역설적인 질문에 대해서 대답하는 법은 가르친 바가 있다.

'질문에 정확한 답이 없을 때, 정직한 대답은 오직 하나다.'

'예'와 '아니오'의 중간에 위치한 회색 지대, 침묵.

크립텍스를 바라보며, 랭던은 그저 걷기로 했다.

랭던은 눈을 들지 않고, 방의 거대한 빈 공간으로 물러났다.

'중립 지대.'

랭던은 크립텍스에 집중하는 자신의 모습이 티빙에게는 협력할지도 모른다는 신호로 받아들여지기를 바랐다. 또 그의 침묵이 그녀를 버리지 않을 것이라는 신호임을 소피가 알아차리기를 바랐다.

'생각할 시간을 벌어야 한다. 이것이 바로 티빙이 나에게 원하는 것이 아닐까. 티빙이 크립텍스를 건네준 이유가 여기에 있어. 그렇게 하면 내가 내리는 결정의 무게를 스스로 느낄 수 있을 테니까.'

영국 역사가는 랭던이 그랜드 마스터의 크립텍스를 만지면서 그 안에 든 내용물의 무게를 온전히 느끼기를 바랐다. 그리고 그 촉감이 다른 모든 생각을 압도할 정도로 랭던의 학문적인 호기심을 불러일으키고, 쐐기돌을 열지 못하는 일 자체가 역사의 상실을 의미한다는 것을 그가 깨우치기를 바랐다.

총구 앞에 서 있는 소피를 보며, 랭던은 크립텍스의 난해한 패스워드를 찾아내는 일만이 소피를 구할 수 있는 유일한 희망이라는 두려움을 느꼈다.

'만일 내가 쐐기돌 안에서 지도를 꺼내면 티빙은 협상할 것이다.'

이 중요한 임무에 마음을 집중시키며, 랭던은 천천히 창가로 움직였다…… 그리고 뉴턴의 무덤 위에 있는 수많은 천문학적 이미지들로 마음을 채웠다.

그의 무덤 위에 있어야만 할 구를 찾으라.
그것이 장밋빛 살과 씨를 품은 자궁에 대해서 말하리라.

랭던은 다른 사람들에게 등을 돌리고, 높이 치솟은 창문으로 걸어갔다. 창문의 스테인드 글라스 모자이크에서 영감이 될 만한 것을 찾으려 했지만, 아무것도 생각나지 않았다.

'네 자신을 소니에르의 마음에 두어라.'

랭던은 칼리지 가든을 내다보며 스스로를 재촉했다.

'뉴턴의 무덤 위에 있어야만 한다고 소니에르가 믿었던 구는 무엇이었을까?'

별, 혜성, 행성 들의 이미지가 떨어지는 빗줄기 속에서 반짝거렸다. 하지만 랭던은 그 이미지들을 무시했다. 소니에르는 과학적인 인물이 아니었다. 그는 인간애와 예술, 역사적인 인물이었다.

'신성한 여성…… 잔…… 장미…… 쫓겨난 마리아 막달레나…… 여신의 몰락…… 성배.'

전설은 항상 성배를 잔인한 애인처럼 그려냈다. 보이지 않는 곳에서 춤을 추고, 당신의 귀에 대고 속삭이고, 당신을 한걸음 더 꾀어내고, 그리고 나서 안개 속으로 증발해 버리는 것이 성배였다.

칼리지 가든의 흔들리는 나무들을 바라보며, 랭던은 성배의 장난기 어린 존재를 느낄 수 있었다. 그 표지는 어디에나 있었다. 안개 속에서 조롱하듯 피어나는 그림자처럼, 영국에서 가장 오래된 사과 나뭇가지에서는 다섯 장의 꽃잎을 가진 사과꽃이 피어나고 있었다. 비너스처럼 반짝이면서 말이다. 여신은 이제 정원 안에 있었다. 그녀는 빗속에서 춤을 추고, 오래된 노래를 부르며, 꽃망울이 가득한 나뭇가지들 뒤에서 지켜보고 있었다. 마치 랭던에게 지식의 과일이 그의 손 너머에서 자라고 있다는 것을 일깨워주기라도 하듯이.

방 건너편에서는 티빙이 확신에 찬 눈으로, 주문에 걸린 사람처럼 창문 밖을 내다보는 랭던을 지켜보고 있었다.

'정확히 내가 바라던 대로 랭던이 움직이는군.'

지금까지 몇 번이나 티빙은 랭던이 성배에 대한 열쇠를 쥐고 있을지도 모른다는 생각을 했었다. 랭던이 자크 소니에르를 만나기로 한 그날 밤, 티빙이 계획을 실행에 옮긴 것은 우연의 일치가 아니었다. 소니에르의 사무실을 도청하면서, 티빙은 루브르 박물관 관장이 랭던과 사적으로 만나고 싶어한다는 사실은 오직 한 가지를 의미한다고 확신했다.

'랭던의 수수께끼 같은 원고가 시온의 신경을 건드린 게 틀림없어. 랭던이 저도 모르게 진실을 건드린 거고, 소니에르는 그 원고가 알려질까 봐 겁을 먹은 거지.'

티빙은 그랜드 마스터가 랭던을 부른 것은 랭던의 입을 막기 위해서라고 확신하고 있었다.

'진실은 너무 오랫동안 침묵해 왔어!'

티빙은 자신이 빨리 행동해야 한다는 것을 알았다. 사일래스의 공격은 두 가지 목적을 이루기 위해서였다. 하나는 랭던이 입을 다물도록 소니에르가 설득하는 것을 막는 것이고, 또 하나는 일단 쐐기돌이 티빙의 손 안에 들어오도록 보장하는 것이다. 티빙이 랭던을 필요로 한다면 랭던을 파리에 머무르게 할 수 있었다.

소니에르와 사일래스의 만남을 주선하는 일은 너무 쉬웠다.

'나는 소니에르가 가장 두려워하는 내부 정보를 가지고 있었지.'

어제 오후, 사일래스는 박물관 관장에게 전화를 걸어 정신이 반쯤 나간 사제처럼 굴었다.

"소니에르 씨, 날 용서하십시오. 당신에게 말할 것이 있습니다. 고해 성사의 신성함을 깨서는 안 되지만, 이 경우에는 어쩔 수 없다고 느꼈습니다. 저는 방금 당신의 가족을 살해했다고 주장하는 남자의 고해를 들었습니다."

소니에르는 놀란 듯했지만 신중을 기했다.

"제 가족들은 자동차 사고로 죽었습니다. 경찰 조사에서도 그렇게 결론이 났고요."

사일래스는 미끼를 던지며 말했다.

"그래요, 차 사고라. 제게 말한 남자는 자동차를 강으로 강제로 밀었다고 하던데요."

소니에르는 아무 말도 없었다.

"소니에르 씨, 이 남자가 선생님의 안전에 공포를 느낄 만한 말을

282

하지 않았다면, 제가 선생님께 전화할 일은 결코 없었을 겁니다. 그 남자는 선생님의 손녀따님인 소피 양에 대해서도 말했답니다."

소피의 이름을 언급한 것이 촉매제가 되었다. 관장은 즉시 행동을 취했다. 사일래스에게 자신이 알고 있는 가장 안전한 장소로 즉시 찾아오라고 말했다. 바로 루브르 박물관 내에 있는 소니에르의 사무실이었다. 그런 뒤 소니에르는 소피에게 전화를 걸어 그녀가 위험에 처해 있을지도 모른다는 경고를 한 것이다. 로버트 랭던과 만나 한잔하려던 일은 즉시 취소되었다.

소피와 멀찍이 떨어져 있는 랭던을 지켜보며, 티빙은 두 사람을 갈라놓는 데 성공했다는 느낌을 받았다. 소피 느뵈는 불손한 태도를 취하고 있지만, 랭던은 분명히 더 큰 그림을 볼 줄 알았다. 그리고 지금 패스워드를 알아내려고 노력하고 있었다.

'랭던은 성배를 찾는 일과 성배를 속박에서 풀어내는 일의 중요성을 이해하고 있어.'

소피가 차갑게 말했다.

"랭던은 당신을 위해서 크립텍스를 열지는 않을 거예요. 설사 그가 할 수 있다고 해도 말이죠."

티빙은 소피에게 총을 겨눈 채 랭던을 응시했다. 티빙은 이제 무기를 사용해야만 할 시점에 와 있다는 것을 확신했다. 그 확신이 그를 괴롭혔지만, 필요하다면 망설이지 않을 것이다.

'나는 소피에게 옳은 일을 하도록 기회를 주었다. 성배는 그 무엇보다 소중한 것이야.'

그 순간 랭던이 창문에서 돌아섰다. 눈에 희미한 희망의 빛을 담고 랭던이 말했다.

"무덤은…… 뉴턴의 무덤 어디를 봐야 하는지 알아냈습니다. 그래요, 패스워드를 찾았다는 생각이 듭니다!"

티빙의 심장 박동이 빨라졌다.

"어딘가, 로버트? 말해 보게!"

소피는 겁에 질린 목소리였다.

"로버트, 안 돼요! 티빙을 도울 작정은 아니죠, 그렇죠?"

랭던은 크립텍스를 앞으로 들고 티빙에게 단호하게 다가갔다. 딱딱해진 랭던의 시선이 티빙에게로 향했다.

"아니오, 레이 경이 당신을 보내주기 전까지는 아니오."

티빙의 낙관적인 생각에 그늘이 졌다.

"우린 거의 다 왔네, 로버트. 감히 나와 게임을 하려 들지는 말게나!"

"게임이 아닙니다. 소피를 보내주십쇼. 그럼 제가 레이 경을 뉴턴의 무덤으로 모셔 가겠습니다. 함께 크립텍스를 여는 겁니다."

분노가 이글거리는 눈으로 소피가 선언했다.

"난 어디에도 가지 않아요. 그 크립텍스는 할아버지가 제게 준 거예요. 당신들이 열 수 있는 것이 아니라고요."

랭던은 두려움에 찬 얼굴로 돌아섰다.

"소피, 제발! 당신은 위험에 처해 있소. 난 당신을 도우려는 거요!"

"어떻게요? 할아버지가 죽으면서까지 지키려고 한 비밀을 밝혀내는 것으로? 할아버지는 당신을 믿었어요, 로버트. 나도 당신을 믿었고요!"

랭던의 푸른 눈이 고통으로 젖어들었다. 두 사람이 서로 대적하는 모습을 보며 티빙은 웃지 않을 수 없었다. 용감해지려는 랭던의 시도가 그저 불쌍하게만 보였다.

'역사상 가장 위대한 비밀을 밝히려는 순간에, 이 일에 아무짝에도 쓸모없는 여자 때문에 곤란을 겪고 있군 그래.'

랭던이 애원했다.

"소피, 제발…… 당신은 가야만 하오."

소피는 고개를 저었다.

"내게 크립텍스를 건네주든지, 아니면 바닥에 던져 버리든지 둘 중하나가 아니라면 가지 않겠어요."

"뭐요?"

랭던이 숨을 죽였다.

"로버트, 할아버지는 자신의 비밀이 자기를 살해한 사람의 손에 들어가느니, 차라리 영원히 잠자는 쪽을 원하실 거예요. 차라리 날 쏴요! 난 할아버지의 유물을 당신 손에 넘기고 떠나지는 않을 거예요."

소피의 눈에 눈물이 고였지만 눈물을 쏟지는 않았다. 소피는 티빙을 똑바로 응시했다.

'잘됐군.'

티빙이 총을 조준했다.

손을 들어올리며 랭던이 외쳤다. 크립텍스가 딱딱한 돌 바닥위에 떨어질 듯 위태위태하게 놓여 있었다.

"안 됩니다! 레이 경, 만일 쏠 생각이라면, 이걸 떨어뜨리겠습니다."

티빙은 웃었다.

"그 허풍은 레미에게나 먹혀들었지, 내겐 아닐세. 그보다는 자네를 더 잘 알고 있거든."

"그렇습니까, 레이 경?"

'그렇다네. 자네의 포커 페이스는 좀더 가다듬을 필요가 있군 그래. 시간이 걸렸지만, 자네가 거짓말을 하고 있는 것쯤은 알 수 있지. 자넨 뉴턴의 무덤 어디에 답이 있는지 몰라.'

"진심인가, 로버트? 어디에 답이 있는지 알고 있는 겐가?"

"그렇습니다."

랭던의 눈동자에서 망설임이 스치는 것을 티빙은 놓치지 않았다. 거짓말이었다. 소피를 구하기 위한 필사적이고 가련한 계획이었다. 티빙은 로버트 랭던에게서 심한 실망감을 느꼈다.

'나는 무가치한 영혼들에 둘러싸인 외로운 기사군. 혼자 힘으로 쐐

기돌을 해독해야겠어.'

랭던과 소피는 이제 티빙과…… 성배에게 위협일 뿐이었다. 이 해법은 고통스러웠지만, 티빙은 깨끗한 양심으로 일을 해낼 작정이었다. 한 가지 남은 문제는 랭던에게 쐐기돌을 내려놓으라고 설득하는 일이다. 그래야 이 장난 같은 일을 무사히 끝낼 수 있다.

소피에게 겨눈 총을 낮추면서 티빙이 말했다.

"믿음을 보여주게. 쐐기돌을 내려놓게나, 그리고 얘길 좀 하지."

랭던은 자신의 거짓말이 실패했다는 것을 알았다.

랭던은 티빙의 얼굴에 떠오른 어두운 그림자를 보고, 그 순간이 다가왔다는 것을 알았다.

'내가 돌을 내려놓을 때, 티빙은 우리 둘 모두 죽일 것이다.'

굳이 소피를 쳐다보지 않아도 고요한 절박함 속에 소피의 마음이 애원하는 소리를 들을 수 있었다.

'로버트, 이 사람은 성배를 가질 만한 가치가 없는 사람이에요. 제발 쐐기돌을 이자의 손에 넘기지 말아요. 어떤 대가를 치르더라도 말이에요.'

랭던은 칼리지 가든을 내다보며 창문 가에 홀로 서 있는 동안 이미 마음을 정했다.

'소피를 보호하자.'

'성배를 보호하자.'

랭던은 절박함에 소리칠 뻔했다.

'하지만 어떻게 해야 할지 알 수가 없다!'

궁지에 몰린 다급한 순간이 일찍이 느껴보지 못한 명료한 사고를 몰고 왔다.

'진실은 바로 네 눈앞에 있다, 로버트.'

랭던은 이 같은 통찰이 어디에서 온 것인지 알지 못했다.

'성배는 너를 조롱하지 않는다. 성배는 가치 있는 영혼에 대답할 뿐이다.'

레이 티빙과 4, 5미터 떨어진 거리에서, 랭던은 부하처럼 몸을 숙이며 크립텍스를 바닥 가까이까지 내렸다.

권총을 랭던에게 겨누며 티빙은 속삭였다.

"그래, 로버트. 바닥에 내려놓게나."

랭던의 시선이 위로 움직이며, 챕터 하우스의 둥근 천장을 응시했다. 몸을 더욱 낮게 숙이던 랭던은 자기를 겨누고 있는 티빙의 총으로 시선을 낮추었다.

"미안하군요, 레이 경."

흐르는 듯한 동작으로, 랭던이 몸을 일으켜 세우더니 팔을 높이 들어올렸다. 크립텍스가 둥근 천장 높이 솟구쳐 올라갔다.

레이 티빙은 자기 손가락이 방아쇠를 당기는 것도 느끼지 못했다. 하지만 메두사 리볼버는 천둥 같은 소리를 내며 총알을 발사했다. 웅크렸던 랭던의 자세는 이제 수직으로 서 있었고, 총알은 랭던의 발 근처에서 폭발했다. 티빙의 반쪽 뇌는 분노에 휩싸여 목표물을 조준해서 다시 총을 발사하려고 했다. 하지만 그것보다 강력한 다른 반쪽 뇌는 티빙의 눈을 천장으로 이끌었다.

'쐐기돌!'

티빙의 인생 전체가 허공에 떠 있는 쐐기돌이라도 된 것처럼 시간이 얼어붙고 느린 동작으로 이루어진 꿈결 같았다. 티빙은 쐐기돌이 그 정점에 이르는 것을 지켜보았다…… 허공에 순간 머물렀다가…… 구르면서 낙하하기 시작했다. 끝에서 끝으로, 돌 바닥을 향해 되돌아오고 있었다.

티빙의 모든 희망과 꿈이 수직으로 땅에 떨어지고 있었다.

'바닥에 떨어지면 깨질 거야! 저걸 잡아야 해!'

티빙의 몸이 본능적으로 움직였다. 티빙은 권총을 놓고 몸을 앞으로 기울였다. 부드럽게 잘 다듬어진 손을 내밀자 목발이 바닥으로 떨어졌다. 팔과 손가락을 쭉 뻗어 티빙은 가까스로 쐐기돌을 낚아챘다.

자랑스럽게 쐐기돌을 손에 꽉 쥐고 앞으로 쓰러지면서, 티빙은 자신이 너무 빠른 속도로 넘어지고 있다는 것을 깨달았다. 자신의 몸을 지탱해 줄 아무것도 없이, 쭉 뻗은 티빙의 팔이 먼저 바닥에 닿았다. 그리고 크립텍스가 바닥에 심하게 충돌했다.

크립텍스 안에서 유리가 깨지는 소리가 났다.

잠시 티빙은 숨을 쉬지 않았다. 차가운 돌 바닥에 몸을 쭉 뻗고 누워서, 맨손으로 쥐고 있는 대리석 원통을 응시했다. 티빙이 안에 든 유리병을 살피려고 할 때 시큼한 식초 냄새가 허공에 퍼졌다. 차가운 액체가 다이얼 사이를 통해 자신의 손바닥으로 흘러내리는 것을 느꼈다.

광포한 감정이 티빙을 사로잡았다.

'안 돼!'

식초는 계속 흘러나오고 있었다. 티빙은 크립텍스 안에서 파피루스가 용해되는 장면을 떠올렸다.

'로버트, 이 어리석은 인간! 비밀이 영원히 사라지는구나!'

티빙은 자신을 주체하지 못하고 흐느꼈다.

'성배는 사라져 버렸어. 모든 것이 파괴되고 말았어.'

랭던의 행동을 믿지 못한 채, 티빙은 어깨를 떨며 원통을 열어 보려고 했다. 파피루스가 영원히 녹아 버리기 전에 역사의 흔적이라도 잡을 수 있기를 갈망했다. 하지만 놀랍게도 티빙이 쐐기돌의 양 끝을 잡아당기자 원통은 부드럽게 열렸다.

티빙은 숨을 죽이고 안을 들여다보았다. 깨지고 젖은 유리 조각들 외에는 아무것도 없었다. 파피루스 따위는 보이지 않았다. 티빙은 눈을 굴려 랭던을 올려다보았다. 소피가 랭던 곁에 서서 티빙에게 총을 겨누고 있었다.

당황한 티빙은 다시 쐐기돌을 바라보았다. 그리고 깨달았다. 크립텍스의 다이얼들이 더 이상 무작위로 배열돼 있지 않았던 것이다. 크립텍스의 다섯 글자가 티빙을 보고 있었다. 사과(APPLE).

랭던이 차갑게 말했다.

"이브가 한 입 베어 먹은 사과는 신의 성스러운 분노를 불러일으켰습니다. 원죄 말입니다. 신성한 여성의 추락을 상징하는 거지요."

티빙은 진실이 가혹한 고문처럼 자신을 짓밟는 것을 느꼈다. 뉴턴의 무덤에 있어야만 할 구는 바로 하늘에서 떨어진 장밋빛 사과였던 것이다. 그 사과가 뉴턴의 머리에 부딪혀, 뉴턴은 일생의 업적을 이룰 영감을 받았다.

'그의 노력의 결실! 씨를 품은 장밋빛 살!'

쇠잔한 티빙이 머뭇거리며 말했다.

"로버트, 자네가 쐐기돌을 열었군. 지도는…… 어디에 있나?"

눈도 깜박이지 않고 랭던은 트위드 재킷 주머니에서 돌돌 말린 섬세한 파피루스를 조심스럽게 꺼냈다. 티빙으로부터 2, 3미터도 안 떨어진 곳에 서서, 랭던은 두루마리를 펼쳐 들여다보았다. 잠시 후 알 것 같은 미소가 랭던의 얼굴을 스치고 지나갔다.

'랭던은 알고 있어!'

티빙의 가슴은 그 지식을 갈구했다. 일생의 꿈이 바로 앞에 있었다.

"내게 말해 주게! 제발, 오, 신이여! 제발! 아직 늦지 않았어!"

챕터 하우스로 향하는 복도에서 시끄러운 발걸음 소리가 들려왔다. 랭던은 재빨리 파피루스를 말아서 주머니에 다시 집어넣었다.

"안 돼!"

일어서려고 헛된 노력을 하며 티빙이 소리쳤다.

문이 활짝 열리고, 황소처럼 브쥐 파슈가 나타났다. 방을 조사하던 파슈의 흉포한 눈동자가 목표물을 찾아냈다. 바닥에 무기력하게 쓰러져 있는 레이 티빙. 파슈는 안도의 숨을 내쉬며 권총을 다시 집어넣으며 소피에게 돌아섰다.

"느뵈 요원, 자네와 랭던 씨가 모두 무사해서 안심이야. 하지만 내가 명령했을 때 자네는 본부로 들어왔어야 했어."

파슈의 뒤를 따라 영국 경찰이 들어와서, 분노한 죄인을 포위하고 수갑을 채웠다.

소피는 파슈를 보자 놀란 듯했다.

"우리를 어떻게 찾아냈어요?"

파슈는 티빙을 가리켰다.

"저자가 사원에 들어올 때, 자기 신분증을 내보이는 실수를 저질렀어. 경찰이 저자를 쫓고 있다는 방송을 경비원들이 들었거든."

티빙이 미친 사람처럼 비명을 질렀다.

"그것이 랭던의 주머니에 있소! 성배의 위치를 알리는 지도 말이오!"

경찰들이 티빙을 끌어올려 데리고 나갈 때, 티빙은 머리를 뒤로 젖히고 으르렁거렸다.

"로버트! 그것이 어디에 숨겨져 있는지 말하게!"

티빙이 지나쳐갈 때 랭던은 티빙과 눈이 마주쳤다.

"레이 경, 오직 그럴 가치가 있는 사람만이 성배를 찾아냅니다. 당신이 내게 그걸 가르쳐 주었지요."

102

　안개가 켄싱턴 가든 위로 잦아들 때, 사일래스는 다리를 절며 아무도 없는 빈 공터로 사라졌다. 젖은 풀 위에 무릎을 꿇은 사일래스는 갈비뼈 아래에 입은 총상에서 따뜻한 핏줄기가 흘러내리는 것을 느낄수 있었다. 여전히 사일래스는 똑바로 앞을 응시했다.

　안개는 여기가 천국이라는 생각을 들게 만들었다.

　기도하기 위해 피 묻은 손을 들어올린 사일래스는 빗방울이 손가락을 어루만지며 깨끗하게 씻기는 것을 지켜보았다. 등과 어깨 위로 비가 더 심하게 쏟아질수록, 사일래스는 자신의 육체가 조금씩 조금씩 안개 속으로 사라지는 것을 느꼈다.

　'난 유령이다.'

　새 생명의 촉촉한 흙냄새를 실은 바람이 그를 스치고 지나갔다. 부서진 육체의 살아 있는 모든 기운을 모아 사일래스는 기도를 올렸다. 용서를 위해 기도했다. 자비를 위해 기도했다. 그리고 무엇보다도 사일래스는 자신의 지도자를 위해 기도했다. 아링가로사 주교…… 신은 주교의 시간이 다하기 전에 이 땅에서 그분을 데려가지 않을 것이다.

　'주교님은 아직 할 일이 많은 분이다.'

안개가 사일래스 주위에서 소용돌이치고 있었다. 사일래스는 자기의 몸이 너무 가벼워져서, 비질 한 번에도 쓸려갈 것 같았다. 눈을 감고 마지막 기도를 올렸다.

안개 속 어딘가에서 아링가로사 주교의 속삭이는 목소리가 들렸다.

'우리의 신은 선하고 자비로운 분이시다.'

마침내 고통이 사라졌다. 사일래스는 주교의 말이 옳다는 것을 알았다.

103

해가 나와 런던 시내를 말리기 시작한 것은 늦은 오후였다. 취조실에서 나와 택시를 부르며 브쥐 파슈는 걱정스러운 마음이었다. 레이 티빙은 큰 소리로 자신의 무죄를 주장했다. 하지만 성배와 비밀문서, 신비한 단체 등등에 관한 두서 없는 얘기들은 이 교활한 영국인 역사가가 자기 변호사들을 통해서 정신적 문제를 들고 나와 청원하려는 수작을 부리는 게 아닌가 하는 의심마저 들게 했다.

'확실히, 제정신은 아니야.'

파슈는 생각했다. 티빙은 모든 측면에서 자신의 무죄를 입증할 계획을 세워 놓은 정교함을 보였다. 티빙은 바티칸과 오푸스 데이를 몰아세웠지만, 양쪽 모두 혐의가 없는 것으로 판명되었다. 티빙의 더러운 작업은 광적인 수도승과 필사적인 주교에 의해서 드러나지 않게 이루어졌다. 더욱 교활한 것은 소아마비를 앓고 있는 사람은 절대로 갈 수 없는 곳에 전자 도청기지를 마련해 놓은 것이다. 실제 도청작업은 티빙의 집사인 레미가 했다. 유일하게 티빙의 진짜 정체를 알고 있는 레미는, 참 편리하게도 알레르기 반응으로 사망한 것으로 밝혀졌다.

'정신 능력이 결여된 사람으로서는 하기 힘든 작업이지.'

파슈는 생각했다.

빌레트 성에서 나온 콜레의 정보에 따르면, 이 영국인의 교활함은 너무 대단해서 파슈 자신이 한수 배워야 할 정도였다. 파리의 주요 사무실들에 도청장치를 성공적으로 숨겨놓은 이 영국인 역사가는 그리스인에 비유할 만했다.

'트로이의 목마 수법이지.'

의도적으로 타깃이 된 티빙의 손님들 중 일부는 사치스러운 예술품을 선물로 받았다. 일부는 아무 생각 없이, 티빙이 구체적으로 물품을 배치한 경매에 참가해 물건을 가져갔다. 소니에르의 경우, 루브르 박물관의 새로운 '다 빈치 관(館)'에 대해 티빙이 자금을 댈 수 있는지를 의논하기 위해 빌레트 성으로 저녁 초대를 받았다. 티빙의 초대장은 아무 문제가 없어 보이는 추신을 달고 있었다. 소니에르가 만들었다는 소문이 돌고 있는 로봇 기사를 보고 싶다고 썼던 것이다.

'기사를 저녁 식사에 데려와 주십시오.'

소니에르는 그대로 했고, 문제는 레미 르갈뤼데크가 눈에 띄지 않게 부속품을 달아 놓을 정도로 기사를 오랫동안 홀로 두었다는 데 있었다.

택시 뒷좌석에 앉은 파슈는 눈을 감았다.

'파리로 돌아가기 전에 할 일이 하나 더 남아 있다.'

세인트메리 병원의 회복실에는 햇살이 가득했다. 아링가로사를 내려다보며 간호사는 미소를 지었다.

"주교님은 우리 모두를 놀라게 했어요. 기적 같다고나 할까요."

주교는 연약한 웃음을 지어 보였다.

"나는 항상 축복을 받았지요."

간호사는 일을 마치고 떠났다. 햇살이 주교의 얼굴을 따뜻하고 환하게 비추었다. 지난밤은 그의 인생에서 가장 어두운 밤이었다.

낙담한 채 아링가로사는 사일래스에 대해 생각했다. 사일래스의 시체는 공원에서 발견됐다고 했다.

'부디 나를 용서하거라, 내 자식아.'

아링가로사는 사일래스가 자신의 영광스러운 계획의 일부이기를 바랐다. 하지만 지난밤 브쥐 파슈가 전화를 걸어, 생 쉴피스 교회 안에서 살해된 수녀와 주교와의 관계를 물었다. 그때 아링가로사는 그 밤이 무섭게 변해 버렸다는 것을 깨달았다. 네 사람이나 더 살해됐다는 소식은 공포를 분노로 변질시켰다.

'사일래스, 네가 무슨 짓을 저지른 게냐!'

스승에게 연락이 닿지 않자, 아링가로사는 자신이 차단되었다는 것을 알았다.

'이용당했다.'

자신이 일으킨 끔찍한 사건의 고리들을 끊을 유일한 방법은 파슈에게 모든 것을 털어놓는 것이었다. 그 순간부터 아링가로사와 파슈는 스승이 다시 살인을 부추기기 전에, 사일래스를 붙잡으려고 했다.

뼈가 허물어지는 것을 느끼며, 아링가로사는 눈을 감았다. 텔레비전에서는 유명한 영국 기사인 레이 티빙을 체포한 뉴스가 방송되고 있었다.

'스승은 우리 모두가 볼 수 있게 벌거벗고 누워 있구나.'

티빙은 바티칸이 오푸스 데이와 결별하려는 계획을 알아챘다. 그리고 자기 계획의 완벽한 장기의 졸로 아링가로사를 고른 것이다.

'결국, 모든 것을 잃은 나 같은 사람이 아니면 성배를 쫓아 맹목적으로 뛰어들 자가 누가 있겠는가? 성배는 그것을 가진 자에게 엄청난 힘을 가져다줄 테니까.'

레이 티빙은 자기 정체를 교활하게 감추었다. 프랑스 말투를 쓰고 신앙심이 깊은 척했다. 그리고 주교가 필요로 하지 않는 한 가지를 대가로 요구했다. 돈이었다. 아링가로사는 의심을 하기에는 너무 몰두해 있었다. 2천만 유로라는 가격표는 성배를 얻고, 바티칸이 오푸스데이에 결별의 대가로 지불하는 액수에 비하면 하찮은 돈이었다. 계산은 깨끗했다.

'장님은 자기들이 보고 싶은 것만 본다.'

물론 티빙이 저지른 최고의 모욕은 돈을 바티칸 채권으로 지불해달라는 것이었다. 만일 일이 잘되면, 범죄 수사는 로마를 향하게 될 터였다.

"많이 나아지셔서 기쁩니다, 주교님."

아링가로사는 문가에서 들리는 우락부락한 목소리를 알아보았다. 하지만 얼굴은 생각과 달랐다. 완고하고 힘이 넘치는 외모에 검은 머리카락을 뒤로 매끄럽게 넘긴 남자는 짙은 색상의 양복 위로 두꺼운 목이 보였다.

"파슈 반장?"

아링가로사가 물었다. 지난밤 아링가로사의 비행을 위해 반장이 보여준 연민과 걱정스러운 어투는 훨씬 부드러운 이미지의 인물을 연상시켰다.

반장은 침대로 다가와서, 무거워 보이는 낯익은 검정 서류가방을 들어올렸다.

"이 가방은 주교님 것이라고 믿습니다만."

아링가로사는 채권으로 가득 찬 가방을 바라보다가, 부끄러움이 일어 얼른 시선을 돌렸다.

"그렇습니다…… 고맙습니다."

손가락으로 침대보의 솔기만 어루만질 뿐 아링가로사는 아무 말도 할 수가 없었다. 그러다 마침내 입을 열었다.

"반장, 난 이것을 어떻게 할까 깊이 생각했어요. 그래서 당신에게 부탁을 좀 하고 싶습니다."

"물론이지요, 말씀하십시오."

"파리에서 사일래스가 저지른……"

감정을 삼키며 주교는 말을 멈추었다.

"어떤 금액으로도 충분한 보상이 되지는 못할 것입니다. 하지만 반장이 이 가방에 든 내용물을 나누어서…… 남겨진 가족들에게……"

파슈의 짙은 눈동자가 오랫동안 주교를 응시했다.

"아름다운 생각입니다, 주교님. 주교님의 소망이 이루어지도록 지켜보겠습니다."

두 사람 사이에 무거운 침묵이 이어졌다.

텔레비전에서는 삐쩍 마른 프랑스 경찰관이 대저택 앞에서 기자 회견을 하고 있었다. 파슈는 그가 누구인지 알아보고 텔레비전으로 시선을 돌렸다.

BBC 기자의 어조는 비난에 가까웠다.

"콜레 부관, 지난밤 프랑스 경찰국의 반장은 무고한 두 사람에게 공공연히 살인죄를 씌웠습니다. 로버트 랭던과 소피 느뵈가 경찰국에 책임을 물을 것 같습니까? 파슈 반장은 이 일로 파직되는 겁니까?"

콜레 부관은 피곤해 보였지만 침착했다.

"제 경험상 브쥐 파슈 반장은 좀처럼 실수를 하지 않습니다. 저는 이 문제에 대해 아직 반장님과 얘기를 나누지 못했습니다. 하지만 반장님이 어떻게 수사를 하는지 잘 알고 있는 저로서는, 느뵈 요원과 랭던 씨를 범인 수사의 대상으로 삼은 것은 진짜 살인범을 유인하기 위한 계략의 일부였을 거라고 생각합니다."

기자들의 표정이 놀라움으로 변했다.

콜레는 계속 말을 이었다.

"랭던 씨와 느뵈 요원이 이 작전에 의도적으로 참여한 것인지 아닌지는 저도 잘 모릅니다. 파슈 반장님은 항상 창조적인 수사기법을 행해 오셨으니까요. 지금 이 시점에서 제가 확인해 드릴 수 있는 것은 반장님이 범인을 체포했고, 랭던 씨와 느뵈 요원은 모두 안전하며 무고하다는 것입니다."

아링가로사를 향해 돌아설 때, 파슈의 입술에는 희미한 미소가 머물러 있었다.

"좋은 사람이지요, 저 콜레라는 사람 말입니다."

얼마의 시간이 흘렀다. 아링가로사를 내려다보던 파슈는 마침내 머리를 뒤로 넘기고 이마를 문질렀다.

"주교님, 제가 파리로 돌아가기 전에 의논하고 싶은 문제가 하나 있습니다. 주교님이 하늘에서 런던으로 방향을 튼 일 말입니다. 항로를 변경하기 위해 조종사에게 뇌물을 주셨더군요. 그렇게 하면 국제법을 일부 위반하는 일이 됩니다."

아링가로사는 풀이 죽었다.

"난 아주 절박했습니다."

"압니다. 제 부하들이 조종사를 심문해 보니, 조종사도 그렇게 말했다더군요."

파슈는 주머니에 손을 뻗어 수공예 홈이 박힌 낯익은 자수정 반지를 꺼내놓았다.

반지를 받아 손가락에 다시 끼울 때, 아링가로사는 눈물이 차오르는 것을 느꼈다. 주교는 손을 내밀어 파슈의 손을 쥐었다.

"매우 친절하군요. 고맙소."

파슈는 괜찮다는 표시로 손을 흔들어 보이고, 창가로 걸어가서 시내를 내다보았다. 파슈의 마음은 멀리 어딘가로 떠나 있었다. 그가 돌아섰을 때, 그는 어딘가 불안해 보였다.

"주교님, 여기에서 나가시면 어디로 가십니까?"

전날 밤, 아링가로사는 간돌포 성을 떠나며 자신에게 같은 질문을 던졌었다.

"내 길도 반장의 길처럼 불확실하다오."

"그렇군요. 저는 좀 일찍 은퇴할 것 같습니다."

아링가로사는 미소를 지어 보였다.

"작은 믿음도 경이로운 일을 해낼 수 있답니다, 반장. 아주 작은 믿음이라도 말이오."

104

로슬린 예배당은 종종 암호로 이루어진 예배당이라 불린다. 스코틀랜드, 에든버러 남쪽으로 11킬로미터 떨어진 곳에 서 있는 로슬린 예배당은 고대 미트라교 사원 터에 자리잡고 있다. 1446년 성당 기사단이 지은 예배당에는 유대교, 기독교, 이집트, 프리메이슨, 그리고 이교도의 전통에서 비롯된, 마음을 심란하게 만드는 상징들이 여기저기 새겨져 있다.

예배당의 지정학적 위치도 글래스턴베리를 지나는 남북의 자오선 위에 정확히 자리하고 있다. 이 로즈 라인은 아서 왕의 아발론 섬을 전통적으로 나타내는 표시가 되었고, 영국의 신성한 기하학의 중앙 기둥으로 간주되었다. 로슬린 예배당의 이름은 신성한 로즈 라인에서 따온 것이었다.

랭던과 소피가 렌트한 자동차를 절벽의 아래쪽에 있는 주차 구역에 세울 때, 로슬린 예배당의 낡은 첨탑은 긴 저녁 그림자를 드리우고 있었다. 런던에서 에든버러까지의 짧은 비행은 편안했지만, 두 사람 모두 그들 앞에 놓여 있을 것에 대한 기대로 잠을 이루지 못했다. 구름이 가득한 하늘을 배경으로 쓸쓸하게 서 있는 건물을 올려다보며, 랭던은 토끼굴에 빠진 앨리스 같다는 느낌이 들었다.

'이건 꿈일 거야.'

하지만 랭던은 소니에르의 마지막 메시지가 이보다 구체적일 수는 없다는 것을 알고 있었다.

고대 로슬린 아래에 성배는 기다리노라.

랭던은 소니에르의 '성배 지도'가 도표일 거라는 환상을 가지고 있었다. X 표시가 된 그림 같은 것 말이다. 하지만 시온의 마지막 비밀은 소니에르가 처음부터 그들에게 준 해답과 같은 형식이었다.

'단순한 글귀.'

시의 네 줄은 의심의 여지 없이 이 장소를 가리키고 있었다. 이름으로도 로슬린을 확인했을 뿐만 아니라, 시는 예배당의 유명한 건축학적인 특징을 여러 가지 언급했다.

소니에르의 마지막 메시지가 명확했음에도 불구하고, 랭던은 어딘가 균형이 맞지 않다는 느낌이 들었다. 랭던에게 로슬린 예배당은 너무나 명백한 장소처럼 보였기 때문이다. 수백년 동안, 이 석조 예배당에 성배가 있을 것이라는 소문은 끊임없이 존재했다. 지질 침투 레이더로 예배당 밑에 존재하는 놀라운 구조물을 밝혀냈을 때, 최근 몇십 년 간 이 소문은 속삭임에서 외침으로 변해 버렸다. 예배당 밑에 거대한 밀실이 있다는 것이 드러난 것이다. 하지만 예배당 아래에는 깊은 지하실만 있을 뿐, 지하실로 이르는 출입구나 통로가 없었다. 고고학자들은 신비한 밀실에 도달하기 위해 기반암을 폭파시키자는 청원을 하기 시작했다. 하지만 로슬린의 신탁관리재단은 성역을 발굴하는 것을 금지했다. 물론 이런 조치는 공론에 불을 붙였을 뿐이었다. 로슬린 재단이 숨기려는 것은 무엇일까?

로슬린 예배당은 이제 미스터리 신봉자들에게는 성지 참배 같은 곳이 되어 버렸다. 어떤 사람들은 설명하기는 어렵지만, 이 좌표에서 발생하는 강력한 자기장에 이끌린다고 주장했다. 또 일부는 지하실의 숨은 입구를 찾아 언덕을 조사하러 온다고 주장했다. 하지만 대부분은 단순히 이 땅을 돌아보고, 성배의 전설을 느끼기 위해 오는 것이라고 인정했다.

랭던은 로슬린에 와본 적은 없었지만, 이 예배당이 현재 성배가 머물고 있는 집으로 묘사될 때마다 웃고 말았다. 하긴 오래 전에 성배가 여기 머물렀을 수도 있다…… 하지만 분명히 오래가진 못했을 것이다. 지난 수십 년 동안 로슬린은 지나치게 많은 관심을 끌었고, 조만간 누군가는 지하실로 들어가는 길을 찾아낼 것이다.

진짜 성배 학자들은 로슬린이 미끼라는 것에 동의한다. 시온 수도회가 그럴듯하게 꾸며 놓은 가짜 종착지들 중 하나라는 것이다. 하지만 오늘 밤, 시온의 쐐기돌이 제시하는 시는 곧장 이 장소를 가리키고 있었다. 랭던은 더 이상 잘난 체할 수가 없었다. 하루 종일 심란한 질문이 그의 마음을 달리고 있었다.

'소니에르는 왜 이렇게 명백한 위치를 안내하고자 그런 수고를 들여야만 했을까?'

거기에는 오직 한 가지 논리적인 대답만이 가능했다.

'여기에 우리가 이해해야 하는 로슬린에 관한 뭔가가 있는 것이다.'

"로버트? 같이 갈래요?"

차 밖으로 나온 소피가 랭던을 돌아보며 말했다. 소피는 파슈 반장이 돌려준 장미목 상자를 들고 있었다. 상자 안에는 크립텍스 두 개가 원래 상태 그대로 조립되어 쉬고 있었다. 파피루스 시는 가장 핵심에 안전하게 봉인되어 있었다. 물론 깨진 식초병은 제거되고 말이다.

긴 자갈길을 따라 올라가며, 랭던과 소피는 예배당의 유명한 서쪽 벽을 지나쳤다. 일반 방문객들은 이상하게 튀어나온 이 벽이 예배당이 완공되지 않은 증거라고 보았다. 진실은 더 흥미롭다는 것을 랭던은 기억했다.

'솔로몬 신전의 서쪽 벽.'

성당 기사단은 로슬린 예배당을 예루살렘에 있는 솔로몬 신전과 같은 건축 도안으로 디자인했다. 서쪽 벽, 좁은 직사각형의 성역, 그리고 성배가 들어 있던 지하 저장실. 원래 성당 기사단 아홉 명은 솔로몬 신전의 지하실에서 값을 매길 수 없는 보물을 발굴했다. 성배가 원래 숨겨져 있던 장소와 일맥상통하는 성배 보관소를 지으려 했던 기사단의 아이디어는 위대하다는 것을 랭던은 인정했다.

로슬린 예배당의 입구는 랭던의 기대보다 훨씬 수수했다. 작은 나무문에는 두 개의 경첩이 있고, 참나무로 된 간단한 표지판이 있었다.

로슬린

이 옛날 이름은 예배당이 앉아 있는 로즈 라인, 즉 자오선에서 유래한 것임을 랭던은 소피에게 설명했다. 성배 학자들은 로즈 라인이 장미의 혈통, 즉 마리아 막달레나의 조상 가계도라고 해석하기를 좋아했다.

문을 열자, 예배당 안의 따뜻한 공기가 훅 하며 빠져나왔다. 마치 고대의 건축물이 긴 하루를 끝내고 지친 한숨을 내쉬는 듯했다. 예배당 입구의 아치는 장미 꽃잎으로 새겨져 있었다.

'장미들. 여신의 자궁이다.'

예배당 안으로 들어서며, 랭던은 한눈에 유명한 성역을 둘러보았다. 로슬린 예배당의 정교한 돌 세공에 관한 자료들을 읽어본 적은 있지만, 직접 보는 것은 굉장한 경험이었다.

'기호학의 천국.'

랭던의 동료는 이곳을 이렇게 불렀다.

예배당의 모든 면에는 상징들이 새겨져 있었다. 기독교의 십자가,

유대교의 별, 프리메이슨의 봉인, 기사단의 십자가, 풍요의 뿔, 피라미드, 점성술의 기호, 식물, 채소, 별 그리고 장미. 유럽 전역에 교회를 세운 성당 기사단은 석공의 대가들이었다. 그 중에서도 로슬린은 기사단의 사랑과 존경이 담긴 가장 고상한 노력의 결실로 간주되고 있었다. 이 석공의 대가들이 새기지 않고 남겨둔 돌이란 없었다. 로슬린 예배당은 모든 믿음의 성지였던 것이다…… 모든 전통들과…… 그리고 무엇보다도 자연과 여신에 대한 성지였다.

예배당에는 오늘의 마지막 안내를 하고 있는 젊은 청년의 말에 귀를 기울이는 한 무리의 관광객들밖에 없었다. 청년은 사람들을 일렬로 세우고, 예배당의 유명한 바닥 선을 따라 무리를 이끌고 있었다. 이 보이지 않는 선은 예배당 내부의 주요 지점 여섯 군데를 연결한 길이었다. 끊임없이 찾아오는 방문객들은 각 꼭지점을 연결하는 라인을 걸어가며, 끊임없는 발자국으로 예배당 바닥에 거대한 상징을 새겼다.

랭던은 생각했다.

'다윗의 별. 우연의 일치가 아니다.'

솔로몬의 봉인으로도 알려진 이 육각형은 한때 별을 연구하는 사제들의 은밀한 상징이었다. 그후에는 이스라엘의 왕 다윗과 솔로몬이 이 상징을 채택했다.

청년이 들어오는 랭던과 소피를 바라보았다. 예배당의 문을 닫을 시간이었지만, 청년은 명랑한 미소를 건네며 두 사람에게 마음껏 둘러보라는 몸짓을 보냈다.

랭던은 고맙다는 인사를 하고, 예배당 안쪽으로 깊숙이 들어갔다. 하지만 소피는 당황한 표정으로 입구에 못박힌 듯 서 있었다.

"왜 그래요?"

랭던이 물었다.

소피는 예배당을 둘러보았다.

"여기…… 와본 적이 있는 것 같아요."

랭던은 놀랐다.

"하지만 로슬린이라는 이름을 들어본 적이 없다고 하지 않았소."

소피는 모르겠다는 표정으로 예배당을 살폈다.

"그래요…… 내가 어렸을 때, 할아버지가 데리고 왔던 것 같아요. 잘은 모르겠지만 익숙한 느낌이에요."

예배당을 살피던 소피가 더 확실하게 고개를 끄덕이기 시작했다. 소피는 예배당 앞쪽을 가리켰다.

"그래요. 저 두 개의 기둥…… 본 적이 있어요."

랭던은 예배당 저편 끝에 있는 정교하게 조각된 한 쌍의 기둥을 바라보았다. 레이스 모양으로 안이 비치게 세공한 기둥들은 서쪽 창을 통해 들어온 하루의 마지막 햇살을 받아 붉게 물들어 있었다. 보통 제단들이 있어야 할 자리에 서 있는 기둥들은 이상하게 맺어진 한 쌍이었다. 왼쪽에 있는 기둥에는 수직선이 간단하게 그어져 있지만, 오른쪽에 있는 기둥은 화려한 꽃무늬들이 나선 모양으로 꾸며져 있었다.

소피는 이미 기둥으로 다가가고 있었다. 랭던은 서둘러 그녀를 쫓아 갔다. 기둥에 다다랐을 때, 소피는 믿을 수 없다는 표정으로 고개를 끄덕였다.

"그래요. 확실해요. 이것들을 봤었어요!"

"당신이 이 기둥을 보았다는 걸 의심하지는 않소. 하지만 이런 기둥은 여기에만 있는 것이 아니오."

소피가 돌아섰다.

"무슨 뜻이에요?"

"이런 기둥은 역사적인 건축물에서 가장 자주 등장하는 것들이오.

복제품들은 세상 어디에나 존재하오."

"로슬린의 복제품?"

소피는 회의적인 표정이었다.

"아니, 기둥의 복제품. 좀 전에 내가 로슬린 예배당 자체가 솔로몬 신전의 복제라고 했던 것을 기억하오? 이 두 기둥은 정확하게 솔로몬 신전의 머리에 세워져 있던 두 기둥의 복제품이오."

랭던은 왼쪽에 있는 기둥을 가리켰다.

"저건 '보아즈'라는 거요. 또는 석공의 기둥이라고도 하지. 오른쪽에 있는 것은 '제이신'이라고 불러요. 도제의 기둥이라고도 하고. 사실, 세상의 모든 프리메이슨 교회에는 저런 기둥들이 두 개 있어요."

랭던은 이미 성당 기사단과 현대 프리메이슨 비밀단체들과의 강한 역사적 유대를 소피에게 설명한 적이 있었다. 현대 프리메이슨 비밀조직들의 직위는 도제 프리메이슨, 동료 프리메이슨, 마스터 메이슨으로 그 명칭은 초기 시절로 거슬러 올라간다. 소피의 할아버지의 마지막 구절은 마스터 메이슨을 직접 언급하고 있었다. 마스터 메이슨은 그들의 예술적인 세공 기술로 로슬린을 꾸민 사람들이었다. 시는 또한 로슬린의 중앙 천장에 대해서도 적고 있는데, 로슬린의 천장은 별과 행성들로 새겨져 있었다.

여전히 기둥을 쳐다보며 소피가 말했다.

"난 한 번도 프리메이슨의 사원에 가보지 않았어요. 분명 여기에서 본 게 확실해요"

소피는 기억을 되새길 뭔가를 찾는 것처럼 예배당으로 돌아섰다.

관광객들은 예배당을 빠져나가고 있었다. 젊은 안내원은 명랑한 미소를 띠며 예배당을 가로질러 그들에게 걸어왔다. 안내원은 20대 후반의 잘생긴 청년이었다. 스코틀랜드 사투리에 딸기나무 빛깔의 머리카락이었다.

"이제 예배당의 문을 닫으려고 합니다. 뭔가를 찾으시는 것 같은데

도와드릴까요?"

'성배는 어떻습니까?'

랭던은 이렇게 말하고 싶었다.

갑자기 소피가 불쑥 말했다.

"기호, 여기 기호가 있어요!"

청년은 소피의 열성에 즐거운 표정이었다.

"예, 거기 있습니다."

소피는 오른쪽 벽으로 돌아서며 말했다.

"그것은 천장에 있었어요. 저 위 어딘가…… 저기."

청년이 웃었다.

"로슬린에 처음 오신 분이 아니군요."

'기호.'

랭던은 전설의 일부를 잊고 있었다. 로슬린의 수많은 미스터리들 가운데 수백 개의 돌덩어리들이 삐죽이 얼굴을 내밀며 기묘한 다면 표면을 만드는 둥근 아치형 천장이 있었다. 각각의 덩어리들에는 하나의 상징이 새겨져 있었다. 상징들은 언뜻 보면 아무렇게나 새겨진 것 같지만, 헤아릴 수 없는 비율로 암호를 창조해 내고 있었다. 어떤 사람들은 천장의 기호들이 예배당 지하실로 들어가는 입구를 나타내고 있다고 믿었다. 또 어떤 사람들은 진짜 성배의 전설을 이야기하는 것이라고 믿었다. 암호 해독가들은 수백년 동안 그 의미를 풀어내려고 노력해 왔다. 오늘날까지 로슬린 재단은 은밀한 의미를 밝힌 누구에게나 관대한 보상을 해주고 있었지만, 기호는 여전히 수수께끼로 남아 있었다.

"이걸 보여주게 되어……"

안내원의 목소리가 잦아들었다.

'나의 첫째 암호.'

암호가 새겨진 아치형 길을 따라 홀로 걸어가며 소피는 생각했다. 장미목 상자를 랭던에게 건네주고, 잠시나마 성배와 시온 수도회, 며칠 간의 수수께끼들에 대해 잊을 수 있었다. 천장 아래에 이르러 머리 위에 있는 상징들을 보았을 때, 옛 기억들이 물밀듯이 밀려왔다. 소피는 여기를 처음 찾아왔던 때를 기억해 내고 있었다. 이상하게도 그 기억은 예기치 못한 슬픈 감정과 함께 떠올랐다.

소피는 어린아이였다…… 1년이나 그 전쯤, 소피의 가족들은 죽었다. 짧은 휴가를 얻은 할아버지가 그녀를 스코틀랜드에 데리고 왔다. 그들은 파리로 돌아가기 전에 로슬린 예배당을 보러 왔던 것이다. 늦은 저녁 무렵이었다. 예배당은 닫혀 있었지만 두 사람은 여전히 안에 남아 있었다.

"집에 가요, 할아버지."

피곤함을 느끼며 소피는 애원했다.

"곧 갈 거야, 우리 귀염둥이. 곧 떠날 거란다. 여기에서 해야 할 일 한 가지를 남겨두고 있단다. 차에 가서 기다리런?"

할아버지의 목소리는 서글펐다.

"어른들이 하는 볼일이에요?"

할아버지는 고개를 끄덕였다.

"곧 돌아오마."

"아치형 길에 있는 암호를 다시 한 번 봐도 돼요? 그거 재미있어요."

"잘 모르겠구나. 할아비는 밖으로 나가야만 하거든. 여기 혼자 있어도 무섭지 않겠니?"

소피는 발끈하며 말했다.

"물론 안 무서워요! 아직 어둡지도 않은 걸요!"

"잘됐구나, 그럼."

할아버지는 소피를 조금 전에 보여주었던 정교한 아치 길로 데려 갔다.

소피는 즉시 돌 바닥에 털썩 주저앉아 등을 대고 누웠다. 그리고 머리 위에 있는 퍼즐 조각들의 콜라주를 올려다보았다.

"할아버지가 돌아오기 전에 이 암호를 깨버릴 거예요!"

"그럼 경주하자꾸나."

할아버지는 몸을 구부려 소피에게 입을 맞추었다. 그리고 근처에 있는 옆문으로 걸어갔다.

"할아비는 요 밖에 있을 거다. 문을 열어 둘 테니, 만일 내가 필요하면 부르거라."

할아버지는 부드러운 저녁 빛 속으로 걸어 나갔다.

소피는 바닥에 누워 암호를 올려다보았다. 그러다 곧 졸기 시작했다. 얼마 후, 상징들이 뒤죽박죽 섞이더니 모두 사라져 버렸다.

소피가 잠에서 깨어났을 때는 바닥이 차가웠다.

"할아버지?"

대답이 없었다. 소피는 일어나서 몸을 털었다. 옆문은 여전히 열린 채였다. 밤은 점점 어두워지고 있었다. 밖으로 걸어나간 소피는 할아버지가 교회 바로 뒤에 있는 돌집의 현관에 서 있는 것을 보았다. 할아버지는 망이 쳐진 문 뒤에서 거의 보이지 않는 어떤 사람과 조용히 얘기를 나누고 있었다.

"할아버지?"

할아버지가 돌아보더니 손을 흔들었다. 그리고 그녀에게 잠시 기다리라는 몸짓을 했다. 그런 뒤에 할아버지는 천천히 안에 있는 사람과 마지막 몇 마디를 나누고 망이 쳐진 문 안으로 키스를 보냈다. 할아버지는 눈물을 글썽이며 소피에게로 돌아왔다.

"왜 울어요, 할아버지?"

할아버지는 소피를 들어올려 꼭 안았다.

"오, 소피, 너와 나는 올해 많은 사람들에게 작별인사를 했구나. 너무 힘든 일이야."

소피는 가족에게 일어났던 사고와 엄마, 아빠, 할머니, 어린 남동생에게 한 작별인사를 떠올렸다.

"할아버지는 또 다른 사람에게 작별인사를 하고 왔어요?"

"내가 무척 사랑하는 친구에게 하고 왔단다. 그리고 아주 오랫동안 그녀를 보지 못할 것 같아 두렵구나."

깊은 슬픔에 젖은 목소리로 할아버지는 대답했다.

안내원과 함께 서서, 랭던은 예배당의 벽들을 살펴보았다. 막다른 골목이 무시무시한 모습을 드러낸 듯한 기분이 들었다. 소피는 여기저기 돌아다니며 암호를 보고 있었다. 장미목 상자는 랭던에게 맡겨둔 채였다. 상자 안에 든 성배 지도는 이제 전혀 쓸모없는 것처럼 보였다. 소니에르의 시는 분명히 로슬린을 암시하고 있었지만, 랭던은 이제 무엇을 해야 할지 알 수가 없었다. 시에는 '칼날과 잔'이라는 언급이 있었지만, 랭던은 어디에서도 그런 것을 볼 수가 없었다.

고대 로슬린 아래에 성배는 기다리노라.

그녀의 입구를 지키는 칼날과 잔.

랭던은 다시금 이 수수께끼의 일부는 드러나지 않았다는 느낌이 들었다.

"저는 남의 일에 관여하는 것을 싫어합니다만, 이 상자…… 어디서

구했는지 물어봐도 되겠습니까?"

랭던의 손에 있는 장미목 상자를 보며 안내원이 말했다.

랭던은 지친 웃음을 지어 보였다.

"아주 긴 얘기라서."

다시 상자에 눈길을 보내며, 청년은 망설였다.

"이상한 일이군요. 제 할머니도 이것과 똑같은 상자를 가지고 계시거든요. 보석 상자인데, 윤기 나는 장미목에 똑같이 상감된 장미 문양, 심지어 경첩의 모양까지 같아요."

랭던은 청년이 실수하고 있다는 것을 알았다. 이 상자는 수도회의 쐐기돌을 위해 고객 주문형으로 제작된 것이다. 세상에서 유일한 상자였다.

"두 상자가 매우 비슷할 수도 있습니다. 하지만……"

그때 옆문이 시끄럽게 닫혔다. 아무 말도 없이 예배당을 나간 소피는 근처에 있는 돌집을 향해 서성거리고 있었다. 랭던은 소피의 뒤를 눈으로 좇았다.

'어디로 가고 있는 거지?'

그들이 예배당으로 들어온 이래, 소피는 이상하게 행동하고 있었다. 랭던은 안내원에게 돌아섰다.

"저 집이 무슨 집인지 아십니까?"

소피의 모습을 바라보며 당황한 표정으로 청년은 고개를 끄덕였다.

"저 집은 교구 사제관입니다. 교회 관장이 살고 있지요. 관장은 로슬린 재단의 대표이기도 합니다."

청년은 잠시 말을 멈추었다.

"그리고 제 할머니이시기도 하고요."

"당신의 할머님이 로슬린 재단의 대표란 말씀입니까?"

청년은 고개를 끄덕였다.

"저는 할머니와 사제관에서 살고 있습니다. 예배당을 지키고 관광

안내 하는 일을 돕고 있지요. 저는 제 생애를 온통 여기서 보냈습니다. 할머니께서 저 집에서 저를 키우셨지요."

소피가 걱정된 랭던은 예배당을 가로질러서 문으로 다가갔다. 반쯤 걸어갔을 때, 랭던은 걸음을 멈췄다. 젊은이가 얘기한 뭔가가 마음에 남았다.

'할머니께서 저를 키우셨지요.'

랭던은 절벽에 있는 소피를 내다보았다. 그런 뒤에 손에 든 장미목 상자를 내려다보았다.

'말도 안 돼.'

랭던은 천천히 청년에게로 돌아섰다.

"할머님이 이런 상자를 가지고 계시다고 했습니까?"

"거의 똑같아요."

"할머님은 상자를 어디에서 구하셨답니까?"

"할아버지가 만들어 주셨답니다. 할아버지는 제가 아기일 때 돌아가셨는데, 할머니는 아직도 할아버지 얘기를 자주 하시지요. 할아버지는 손으로 뭐든지 만들어 내는 천재라고 말하곤 하세요. 별의별 것을 다 만드셨답니다."

랭던은 상상하기 어려운 거미줄이 서로 이어지는 것을 느꼈다.

"할머니가 당신을 키웠다고 했지요? 부모님에게 어떤 일이 일어났는지 물어봐도 괜찮을까요?"

청년은 놀란 표정이었다. 그러고서 잠시 뜸을 들였다.

"그분들은 제가 어릴 때 돌아가셨습니다. 할아버지도 함께요."

랭던의 가슴이 뛰기 시작했다.

"자동차 사고로?"

청년의 올리브 빛 눈에 당황스러운 기색이 어렸다.

"그렇습니다. 차 사고로요. 그날 가족이 모두 죽었습니다. 할아버지와 부모님 그리고……"

바닥을 내려다보며 청년은 망설였다.

"당신의 누나."

벼랑 위, 돌집은 소피가 기억하는 그대로였다. 이제 밤이 내리고 있었다. 따뜻하고 누군가를 초대하는 분위기를 자아내는 집이었다. 빵 냄새가 열린 망사 문을 통해 퍼져 나오고, 창문에는 황금색 불이 비쳤다. 가까이 다가간 소피는 집 안에서 조용히 흐느끼는 소리를 들을 수 있었다.

망사 문을 통해, 소피는 나이 든 여인이 복도에 있는 것을 보았다. 여인의 등은 문을 향하고 있었지만, 소피는 여인이 울고 있다는 것을 알 수 있었다. 여자의 길고 우아한 은발 머리는 예기치 않은 기억을 몰고 왔다. 안으로 이끌리며, 소피는 현관 계단으로 올라섰다. 여인은 한 남자의 사진이 든 액자를 꼭 쥐고, 사랑이 담긴 슬픈 손가락으로 사진의 얼굴을 어루만지고 있었다.

소피가 잘 알고 있는 얼굴이었다.

'할아버지.'

여인은 지난밤, 할아버지의 죽음에 관한 슬픈 뉴스를 들은 것이 분명했다.

소피의 발 아래에서 발판이 삐걱거리자, 여인이 천천히 돌아섰다. 그리고 슬픈 눈동자가 소피의 눈과 마주쳤다. 소피는 도망치고 싶었지만 움직일 수가 없었다. 사진을 내려놓고 망사 문으로 다가오는 동안, 여인의 뜨거운 시선은 흔들리지 않았다. 두 여자가 얇은 망사를 통해 서로 바라볼 때 영원 같은 시간이 지났다. 천천히 파도가 부풀어 오르는 것처럼, 여인의 얼굴이 의혹에서…… 불신으로…… 희망으로…… 그리고 마침내 기쁨으로 변해 갔다.

문을 밀고 여인이 나왔다. 여인은 부드러운 손을 내밀어, 벼락을 맞은 듯한 소피의 얼굴을 감쌌다.

"오, 우리 아이…… 이걸 봐!"

소피는 여인을 알아볼 수 없었지만, 그녀가 누구인지 알 수 있었다. 소피는 말을 하려고 했지만, 숨조차 쉬기 어렵다는 것을 깨달았다.

"소피."

여인이 흐느끼며 소피의 이마에 키스했다.

소피의 말은 속삭임으로 막혀 버렸다.

"하지만…… 할아버지는…… 어, 당신이……"

여인은 소피의 어깨에 부드러운 손을 얹으며 낯익은 눈동자로 소피를 응시했다.

"안다. 네 할아버지와 나는 그렇게 하게 강요받았단다. 우리는 우리가 옳다고 생각하는 일을 했다. 정말로 미안하구나. 하지만 네 안전을 위해서 그런 거였단다, 프린세스."

소피는 여인의 마지막 말을 듣고 즉시 할아버지를 떠올렸다. 할아버지는 오랜 세월 동안 그녀를 프린세스라고 불렀다. 할아버지의 목소리가 로슬린의 고대 돌들 속에서 메아리치다가, 땅속으로 자리를 잡으며 알려지지 않은 지하실 안에서 반향을 불러일으키는 것만 같았다.

여인은 소피의 어깨를 팔로 안았다. 눈물이 갑자기 솟구쳤다.

"네 할아버지는 너에게 모든 것을 얘기하고 싶어했단다. 하지만 너희 두 사람 사이의 일이 어려웠지. 그는 노력했어. 설명할 것이 아주 많구나. 그래, 설명해야 할 것이 아주 많아. 더 이상의 비밀은 없다, 프린세스. 가족에 대한 진실을 알아야 할 때가 온 거야."

여인은 다시 한 번 소피의 이마에 키스를 했다.

소피와 그녀의 할머니가 눈물을 글썽이며 서로 껴안고 현관 계단에 앉아 있을 때, 안내원이 잔디밭을 가로질러 달려왔다. 청년의 눈은 희망과 불신으로 빛나고 있었다.

"누나?"

눈물을 흘리며, 소피는 고개를 끄덕이고 일어섰다. 소피는 청년의 얼굴을 알지 못했다. 하지만 그들이 서로를 껴안았을 때, 청년의 정맥에서 힘차게 흐르는 핏줄의 힘을 느꼈다…… 그녀가 이해하는, 그들이 공유하는 핏줄이었다.

랭던이 잔디밭을 가로질러 그들과 자리를 함께했을 때, 소피는 어제까지만 하더라도 자기는 이 세상에서 혼자라고 느꼈다는 것을 상상할 수가 없었다. 이제 이 낯선 곳에서 잘 알지 못하는 세 사람과 함께 앉아, 소피는 마침내 집에 왔다는 안도감을 느꼈다.

105

로슬린에 밤이 내렸다.

로버트 랭던은 사제관의 현관에 홀로 서서, 뒤에 있는 망사 문을 통해 들리는 웃음소리와 화합의 분위기를 즐기고 있었다. 머그잔에 담긴 브라질 커피가 그 동안 쌓인 피로를 일시적으로나마 풀어주고 있었다. 하지만 이런 기분도 한순간이라는 것을 랭던은 알고 있었다. 몸에 가득한 피로가 점점 심해지고 있었다.

"조용히 빠져나왔군요."

랭던은 돌아섰다. 은발을 아른아른하게 빛내며 소피의 할머니가 나타났다. 적어도 지난 28년 동안 그녀의 이름은 마리 쇼벨이었다.

랭던은 피곤한 미소를 지어 보였다. 창문을 통해서, 소피가 남동생과 얘기하는 모습이 보였다.

"가족들에게 함께할 시간을 주어야겠다고 생각했습니다."

마리가 다가와 랭던 옆에 섰다.

"랭던 씨, 처음 자크의 살해 소식을 들었을 때는 소피의 안전에 대해서 걱정을 많이 했어요. 오늘 밤 내 집 문 앞에 서 있는 소피를 본 것은 내 일생에서 가장 안심이 되는 순간이었답니다. 당신에게 고마운 마음을 말로 표현할 길이 없군요."

랭던은 어떻게 대답해야 할지 몰랐다. 랭던은 소피와 그녀의 할머니에게 서로 조용히 얘기할 시간을 주고자 했지만, 마리는 랭던도 함께 자리해 달라고 부탁했었다.

'내 남편은 분명히 당신을 신뢰했군요, 랭던 씨. 그렇다면 나도 그렇답니다.'

마리가 세상을 떠난 소피의 부모 얘기를 하는 동안, 랭던은 소피 곁에 서서 경탄하는 자세로 조용히 귀를 기울였다. 소피의 부모는 메로빙거 가 사람들이었다. 바로 마리아 막달레나와 예수 그리스도의 직계 후손들이다. 신변 보호를 위해 소피의 부모와 조상들은 플랑타르나 생클레르와 같은 가족 성을 바꾸어야만 했다. 그들의 아이들은 바로 살아 있는 왕가의 혈통이었기 때문에, 시온에 의해서 사려 깊게 보호를 받았다. 소피의 부모가 자동차 사고로 죽었을 때도 누가 그랬는지 밝힐 수가 없었다. 시온은 왕가의 혈통에 대한 정체가 드러날 것을 두려워했다.

고통에 젖은 목소리로 마리는 설명했다.

"네 할아버지와 나는 전화를 받는 순간 중요한 결정을 내려야만 했단다. 네 부모의 차가 강에서 발견되었다는 전화였어."

마리는 눈물을 훔쳤다.

"우리 여섯은, 물론 어린 너희들을 포함해서, 그날 밤 차로 함께 여행을 떠나기로 되어 있었지. 다행스럽게도 우리는 마지막 순간에 계획을 바꾸었단다. 그래서 네 부모만 가기로 했지. 사고 소식을 듣고, 자크와 나는 정말로 무슨 일이 일어난 것인지 알 수가 없었단다…… 그 일이 진짜 사고인지."

마리는 소피를 바라보았다.

"우린 손자들을 보호해야 했어. 그래서 최선의 방법 대로 행동한 거란다. 자크는 경찰에 네 동생과 내가 그 차에 함께 있었다고 진술했지…… 우리 두 사람의 시체는 물살에 떠내려간 것으로 얘기되었지. 그런 뒤에 네 동생과 나는 시온 수도회 밑으로 숨었단다. 자크는 유명한 사람이어서 나처럼 사라지는 사치를 누릴 수가 없었지. 맏이인 네가 파리에 남아, 자크에게서 가르침을 받고 키워지는 것이 당연했다. 시온의 심장과 가까운 곳에서 보호를 받으면서 말이다."

마리의 목소리는 속삭임으로 변했다.

"가족을 떼어놓는 일은 정말 어려운 일이었단다. 자크와 나는 아주 가끔 서로 볼 수 있었어. 항상 은밀한 주선하에서였지…… 시온의 보호 아래서 말이다. 항상 조직의 신실한 어떤 의식들에서였어."

랭던은 얘기가 좀더 깊어진다는 걸 알았다. 그리고 자신이 들어서는 안 될 것 같은 생각이 들었다. 그래서 밖으로 나왔다. 이제 랭던은 로슬린 예배당의 첨탑을 올려다보며, 로슬린의 풀리지 않은 수수께끼인 빈 지하실에 대한 생각을 떨칠 수가 없었다.

'성배가 정말로 여기 로슬린에 있는 것일까? 만일 그렇다면, 소니에르가 시에서 언급한 칼날과 잔은 어디에 있는 것일까?'

"내가 이걸 가져가겠어요."

랭던의 손을 가리키며 마리가 말했다.

"아, 고맙습니다."

랭던은 빈 커피잔을 내밀었다.

마리가 랭던을 응시했다.

"난 랭던 씨의 다른 손에 든 것을 말한 겁니다."

랭던은 아래를 보고, 자신이 소니에르의 파피루스를 들고 있다는 것을 깨달았다. 놓쳤을지도 모를 뭔가를 찾아낼 희망으로 랭던이 다시 크립텍스에서 꺼낸 것이었다.

"물론입니다, 죄송합니다."

종이를 가져가며 마리는 즐거운 표정을 지었다.

"파리 은행에 있는 한 남자를 알고 있어요. 그 사람은 이 장미목 상자가 돌아오기를 아주 간절히 바라고 있지요. 앙드레 베르네는 자크의 절친한 친구랍니다. 자크는 그를 전적으로 신뢰했지요. 이 상자를 돌봐 달라는 자크의 부탁을 지키기 위해 앙드레는 무슨 일이든 할 거예요."

'나를 쏘는 일까지 포함해서 말이지.'

자신이 그 남자의 코를 부러뜨렸을 것이라는 얘기는 하지 않은 채 랭던은 지난 일을 회상했다. 파리를 생각하자, 전날 밤에 살해당한 세 명의 집사들이 떠올랐다.

"그럼 시온은? 시온은 이제 어떻게 되는 겁니까?"

"바퀴는 이미 움직이기 시작했어요, 랭던 씨. 조직은 수백년 동안 많은 일들을 견뎌왔지요. 이번 일도 이겨낼 겁니다. 항상 조직을 새로이 건설하고 올라가는 사람들이 있기 마련이니까."

랭던은 내내 소피의 할머니가 시온의 활동과 밀접하게 연관되어 있을 것이라는 의심을 했다. 시온에는 언제나 여성이 있었다. 여자 그랜드 마스터도 네 명이나 있었다. 전통적으로 집사들은 남자, 즉 보초들이었다. 하지만 시온에서 여성은 더 영광스러운 위치를 차지하고 있었고, 가장 높은 위치까지 올라갈 수 있었다.

랭던은 레이 티빙과 웨스트민스터 사원을 생각했다. 아주 오래 전의 일 같았다.

"말일이 다가왔을 때, 교회가 소니에르 씨에게 상그리엘 문서를 공개하지 말라는 압력을 가했습니까?"

"물론, 아니에요. 말일은 편집병에 걸린 사람들의 얘기일 뿐이랍니다. 성배의 공개 날짜를 규정한 시온의 교리는 어디에도 없어요. 사실, 시온은 성배가 결코 드러나지 않도록 유지해 왔답니다."

"결코?"

랭던은 한대 얻어맞은 기분이었다.

"그것은 우리 영혼에 봉사하는 수수께끼이자 경탄이지요. 성배 자체를 말하는 것이 아닙니다. 성배의 아름다움은 우아한 그 천성에 존재하는 거예요."

마리 쇼벨은 로슬린을 올려다보았다.

"어떤 사람들에게 성배는 영생을 가져다주는 잔이지요. 또 다른 사람들에게는 잃어버린 문서와 비밀 역사를 찾아내는 원정의 대상입니다. 그리고 나 같은 대부분의 사람들에게 성배는 단순히 위대한 개념이라고 생각해요…… 오늘날과 같은 혼돈의 세상에서 우리를 고무시키는, 얻을 수 없는 빛나는 보물 말입니다."

"하지만 상그리엘 문서들이 숨겨진 채로 있다면, 마리아 막달레나에 관한 이야기는 영원히 사라지게 될 겁니다."

"그럴까요? 주위를 둘러보세요. 막달레나에 관한 이야기는 예술과 음악, 책들을 통해 얘기되고 있어요. 매일 그렇지요. 추는 흔들립니다. 우린 역사의 위험을 감지하고 있어요…… 우리의 파괴적인 길도. 우리는 신성한 여성을 다시 보존할 필요성을 느끼기 시작했답니다."

마리는 잠시 말을 멈췄다.

"신성한 여성의 상징에 관한 글을 썼다지요, 그렇지 않나요?"

"맞습니다."

마리는 미소를 지었다.

"그 원고를 완성하세요, 랭던 씨. 막달레나의 노래를 부르세요. 세상에는 현대적인 음유시인이 필요하니까."

랭던은 마리의 말이 담고 있는 무게를 느끼며 침묵을 지켰다. 하늘 저편에서는 달이 나무 위로 솟아오르고 있었다. 로슬린으로 시선을 돌리며, 랭던은 마리의 진실을 알아내고 싶은 소년 같은 욕구를 느꼈다.

'묻지 말자. 지금은 때가 아니다.'

랭던은 자신에게 말했다. 랭던은 마리의 손에 있는 파피루스를 슬쩍 바라보다가 로슬린으로 고개를 돌렸다.

"물어보세요, 랭던 씨. 당신은 들을 권리가 있어요."

즐거운 얼굴로 마리가 말했다.

랭던은 얼굴이 붉어지는 것을 느꼈다.

"성배가 여기 로슬린에 있는지 알고 싶은 거겠지요."

"말해 주실 수 있습니까?"

마리는 과장된 한숨을 내쉬었다.

"왜 사람들은 성배가 쉴 수 있도록 내버려 두지 않는 걸까요? 당신은 왜 성배가 여기 있다고 생각하지요?"

말하는 내내 마리는 웃고 있었다.

랭던은 마리의 손에 들린 파피루스를 가리켰다.

"소니에르 씨의 시는 구체적으로 로슬린에 대해서 말하고 있습니다. 칼날과 잔이 성배를 지켜보고 있다는 부분만 빼면 말입니다. 예배당에서 칼날과 잔을 나타내는 어떤 상징도 저는 보지 못했습니다."

"칼날과 잔? 그것들이 정확히 어떻게 생겼나요?"

마리가 물었다.

랭던은 마리가 자신을 놀리고 있다는 것을 느꼈다. 하지만 랭던은 재빨리 상징들을 그리면서 계속 대화를 이어나갔다.

마리의 얼굴에 희미하게 기억해 내는 표정이 떠올랐다.

"아, 그래요, 물론이에요. 칼날은 남성적인 모든 것을 나타내는 거지요. 이렇게 그리는 게 맞죠, 아닌가요?"

마리는 검지를 이용해 손바닥에 모양을 그렸다.

"맞습니다."

랭던이 말했다. 마리는 막힌 형태의 덜 보편적인 칼날의 상징을 그렸다. 하지만 랭던은 양쪽 모두의 상징들을 알고 있었다.

"그리고 거꾸로 하면, 여성을 나타내는 잔이 되지요."

마리는 손바닥에 다시 그렸다.

"정확합니다."

"로슬린 예배당에 우리가 가지고 있는 수백 개의 상징들 중에서 이 두 모양이 어디에도 없다는 말인가요?"

"저는 보지 못했습니다."

"그럼 내가 그것들을 보여주면, 잠을 좀 자겠어요?"

랭던이 미처 대답을 하기도 전에 마리 쇼벨은 계단을 내려가 예배당으로 향했다. 랭던은 서둘러 그녀의 뒤를 쫓았다. 성소로 들어서며 마리는 불을 켜고 예배당 바닥의 중앙을 가리켰다.

"저기 있네요, 랭던 씨. 칼날과 잔."

랭던은 닳고 닳은 돌 바닥을 응시했다. 거기에는 아무것도 없었다.

"여기엔 아무것도 없습니다만……"

한숨을 내쉰 마리는 발걸음에 닳은 예배당 바닥을 걷기 시작했다. 초저녁에 관광객들이 걷던 바로 그 길이었다. 랭던의 눈이 거대한 상징을 파악한 순간, 그는 아찔했다.

"하지만 그것은 다윗의 별이……"

마음에 떠오른 경이로운 생각에 랭던은 말을 멈추고 말았다.

'칼날과 잔.'

'하나로 합쳐진 모양이다.'

'다윗의 별…… 남자와 여자의 완벽한 결합…… 솔로몬의 봉인…… 남신과 여신, 야훼와 셰키나가 살고 있는 것으로 생각되는 가

장 신성한 곳을 나타내는 표지.'

랭던은 다음 말을 찾을 시간이 필요했다.

"그 시는 여기 로슬린을 가리키는 겁니다. 완전하게, 완벽하게 들어맞습니다."

마리는 미소를 지었다.

"분명히 그래요."

그 암시가 랭던을 떨게 만들었다.

"그럼 성배는 우리 밑에 있는 지하실에 있는 겁니까?"

마리는 웃었다.

"오직 정신적인 측면에서만 그래요. 수도회의 가장 오래된 임무 중 하나는 성배를 그녀의 고국인 프랑스로 돌려보내는 것이었어요. 그녀가 영원히 안식을 취할 수 있는 곳이죠. 수백년 동안, 그녀는 안전을 위해 이리저리 끌려다녔어요. 가장 불경스러운 짓이었죠. 자크가 그랜드 마스터가 되었을 때, 자크의 책임은 그녀를 프랑스로 돌려보내서 여왕에 걸맞은 안식처를 짓고 그녀의 명예를 회복하는 일이었답니다."

"그래서 그는 성공했습니까?"

마리의 얼굴이 심각해졌다.

"랭던 씨, 로슬린 재단의 관장으로서 오늘 밤 당신이 내게 해준 일을 고려해 보면, 성배는 더 이상 여기 없다고 확실히 얘기해 줄 수 있어요."

랭던은 좀더 밀어붙이기로 결심했다.

"하지만 쐐기돌은 성배가 지금 숨겨져 있는 장소를 나타내도록 되어 있습니다. 쐐기돌의 지도는 왜 로슬린을 가리키고 있는 겁니까?"

"어쩌면 랭던 씨가 그 의미를 잘못 읽고 있는지도 모르겠군요. 기억하세요, 성배는 겉보기와 다를 수 있답니다. 죽은 내 남편이 그랬듯이 말이에요."

"하지만 어떻게 이보다 명확할 수 있습니까? 우리는 칼날과 잔으로 표지를 이룬 지하실 위에 서 있습니다. 프리메이슨 마스터의 예술로 둘러싸인 별들로 가득한 천장 밑에 말입니다. 모든 것이 로슬린을 말하고 있어요."

"그래요? 이 수수께끼 같은 시를 한번 봅시다."

마리는 파피루스를 펼쳐서 차분하게 큰 목소리로 시를 읽었다.

  고대 로슬린 아래에 성배는 기다리노라.
  그녀의 입구를 지키는 칼날과 잔.
  대가들이 사랑하는 예술로 치장한 그녀가 누워 있노라.
  별이 가득한 하늘 아래 마침내 그녀는 안식을 취하노라.

시를 다 읽고 난 마리는 뭔가를 안 듯한 미소가 입술을 스치고 지나갈 때까지 몇 초 간 그대로 있었다.

"아, 자크!"

랭던은 기대에 찬 눈으로 마리를 지켜보았다.

"이 시를 이해하십니까?"

"랭던 씨, 예배당 바닥에서 목격한 대로, 간단한 것을 보는 데는 많은 방법들이 있답니다."

랭던은 이해가 되는 것 같았다. 자크 소니에르에 관한 모든 것은 이중 의미를 지니고 있었다. 하지만 랭던은 그 이상은 알 수 없었다.

마리는 피곤한 하품을 했다.

"랭던 씨, 당신에게 실토해야만 할 것 같군요. 난 성배의 현재 위치에 대해서 공식적으로 관여해 본 적이 없답니다. 물론 난 아주 큰 영향력을 가진 사람과 결혼했지요…… 그리고 내 여성적 직관은 강하답니다."

랭던이 끼어들려고 했지만, 마리는 계속 말을 이었다.

"그렇게 힘든 일들을 겪었는데 아무 소득 없이 로슬린을 떠나게 되어 매우 유감스럽게 생각해요. 하지만 당신이 찾는 것을 결국 발견하게 되리라는 강한 예감이 드는군요. 어느 날 문득 떠오를 거예요. 그리고 당신은 모든 사람들에게 그 비밀을 지킬 것이라고 난 믿어요."

마리는 미소를 지었다.

문가에 누군가 도착하는 소리가 났다. 소피가 들어서면서 말했다.

"두 사람 다 여기 있었군요."

문에 서 있는 소피에게로 걸어가며 마리가 대답했다.

"곧 나가려던 참이었단다. 잘 자거라, 프린세스. 너무 늦게까지 랭던 씨를 밖에 잡아두지 마라."

마리는 소피의 이마에 키스를 했다.

랭던과 소피는 소피의 할머니가 사제관으로 돌아가는 것을 지켜보았다. 소피가 랭던에게 돌아섰을 때, 그녀의 눈은 촉촉히 젖어 있었다.

"정확히 내가 기대하던 결말은 아니네요."

'우리 두 사람 모두에게 그렇소.'

랭던은 소피가 정신적으로 큰 충격을 받았다는 것을 알 수 있었다. 오늘 밤 그녀가 들은 소식은 그녀 인생의 모든 것을 바꾸어 놓았다.

"괜찮소? 받아들여야 할 것이 아주 많았는데."

소피는 조용히 웃었다.

"내게 가족이 있어요. 가족에서부터 시작할래요. 우리가 누구이고, 어디에서 왔는지 아는 데는 시간이 걸리겠지요. 오늘 밤 이후에도 우리와 함께 있을래요? 적어도 며칠 동안만이라도?"

소피가 물었다.

더 이상 바라지 않으려고 랭던은 한숨을 쉬었다.

"당신은 가족과 함께 보낼 시간이 필요할 거요, 소피. 난 아침에 파리로 돌아가리다."

소피는 실망한 듯했지만, 그렇게 하는 것이 옳다는 것을 아는 듯했다. 두 사람 모두 많은 얘기를 하지는 않았다. 마침내 소피가 랭던의 손을 잡고 예배당 밖으로 나왔다. 그들은 절벽의 작은 언덕으로 올라갔다. 그들 앞에는 흩어진 구름들 사이로 창백한 달빛이 가득한 스코틀랜드의 시골 풍경이 펼쳐져 있었다. 손을 잡고 두 사람은 서서히 덮쳐오는 피로와 싸우며 말없이 서 있었다.

별들이 나타나기 시작했다. 서쪽에 다른 어느 별들보다 더 밝게 빛나는 별이 있었다. 랭던은 그것을 보고 미소를 지었다. 샛별, 비너스였다. 꾸준히 빛을 밝히는 고대의 여신.

밤은 점점 차가워지고, 서늘한 바람이 저지대에서부터 불어 올라왔다. 잠시 동안 랭던은 소피를 바라보았다. 소피의 눈은 감겨 있고, 입술은 만족한 미소를 머금어 편안해 보였다. 랭던은 자신의 눈이 무거워지는 것을 느꼈다. 마지못해 랭던은 소피의 손을 쥐었다.

"소피?"

서서히 눈을 뜨면서, 소피가 랭던에게 돌아섰다. 달빛에 비친 그녀의 얼굴은 너무 아름다웠다. 소피는 랭던에게 졸린 미소를 던졌다.

"안녕."

그녀 없이 파리로 돌아가야 한다는 것을 깨닫자, 랭던은 갑자기 슬픔이 몰려왔다.

"당신이 일어나기 전에 떠날지도 모르겠소. 미안하오, 난 그다지 잘하지……"

목에 뭔가 걸린 것 같아 랭던은 말을 멈췄다.

소피가 부드러운 손으로 랭던의 얼굴을 감쌌다. 그런 뒤 몸을 앞으로 기울여, 랭던의 볼에 부드럽게 키스를 했다.

"언제 당신을 다시 볼 수 있을까요?"

랭던은 소피의 눈동자 속에서 잠시 길을 잃다가 마음을 가다듬었다.

"언제?"

자신이 같은 생각을 얼마나 하고 있었는지 소피가 알까 궁금해하며 랭던은 뜸을 들였다.

"글쎄, 사실 다음 달 피렌체에서 열리는 학회에서 강의를 하기로 되어 있소. 거기에서 일주일 정도 있을 예정이오."

"그 말은 초대인가요?"

"우린 꽤 괜찮은 숙소에 묵을 거요. 주최측에서 브루넬레스키에 방을 잡아주기로 했거든."

소피는 장난스럽게 웃었다.

"많은 것을 가정하고 있군요, 랭던 씨."

그 말이 주는 의미에 랭던은 주춤했다.

"내 뜻은……"

"내가 가장 하고 싶은 일은 피렌체에서 당신을 만나는 거예요, 로버트. 하지만 한 가지 조건이 있어요. 박물관도 안 되고, 교회도 안 되고, 무덤도 안 되고, 예술과 관련된 장소나 유적지도 안 돼요."

그녀의 어조는 사뭇 심각했다.

"피렌체에서? 일주일 동안이나? 그럼 거기에서 할 일이 없을 텐데."

소피는 몸을 내밀어 랭던에게 다시 키스했다. 이번에는 입술이었다. 처음에는 부드럽게, 그러고는 두 사람의 몸이 완전히 포개졌다. 몸이 서로 떨어졌을 때, 소피의 눈에는 약속으로 가득했다.

랭던은 가까스로 말했다.

"좋아요, 그때는 데이트를 하는 거요."

에필로그 *Epilogue*

로버트 랭던은 깜짝 놀라서 깨어났다. 꿈을 꾸었다. 침대 옆에 있는 목욕 가운에는 '리츠 파리 호텔'이라는 상표가 붙어 있었다. 블라인드를 통해 희미한 빛이 들어오는 것이 보였다.

'황혼 무렵인가, 아니면 새벽녘인가?'

랭던은 의아했다.

랭던의 몸은 따뜻하고 아주 만족스러움을 느끼고 있었다. 랭던은 지난 이틀 동안 대부분을 잠을 자며 보냈다. 천천히 일어나 앉은 랭던은 무엇이 자기를 깨웠는지 깨달았…… 이상한 생각. 랭던은 며칠 동안 막대한 양의 정보를 정리하려고 애썼다. 하지만 이 순간, 전에는 생각해 본 적이 없던 뭔가에 마음을 뺏기고 있었다.

'그럴 수도 있을까?'

랭던은 잠시 동안 움직이지 않고 그대로 있었다. 그러고는 침대에서 빠져나와 대리석 욕조로 걸어갔다. 욕조 안으로 들어가서, 강력한 제트 마사지가 어깨를 두드리도록 내버려두었다. 여전히 그 생각은 랭던을 사로잡고 있었다.

'불가능해.'

20분 후, 랭던은 리츠 파리 호텔을 빠져나와 방돔 광장 쪽으로 걸어갔다. 밤이 찾아들고 있었다. 며칠 간의 숙면은 랭던의 방향 감각을 상실하게 했지만…… 그의 정신은 이상할 정도로 또렷했다. 생각을 정리하기 위해 호텔 로비에서 카페오레 한 잔을 마실 계획이었지만, 랭던의 다리는 그를 호텔 문으로 이끌더니 곧장 떠들썩한 파리의 밤 거리로 내몰았다.

프티 샹 가의 오른쪽으로 걸어가며, 랭던은 흥분이 고조되는 것을 느꼈다. 남쪽으로 돌아 리슐리외 거리를 향했다. 팔레 로얄의 웅장한 정원에서 피어난 재스민 향 덕택에 공기가 달콤했다.

랭던은 자신이 찾는 것이 보일 때까지 계속 남쪽으로 내려갔다. 윤기 흐르는 흑색 대리석으로 값비싸게 치장한 유명한 호화 아케이드였다. 그 위를 지나며 랭던은 발 아래의 표면을 살폈다. 몇 초 만에 랭던은 자신이 찾고 있는 것이 거기 있다는 것을 알았다. 여러 개의 청동 메달들이 완벽하게 일직선을 그리며 땅에 박혀 있었다. 각각의 메달들은 13센티미터 정도의 직경에 N과 S라는 글자가 양각되어 있었다.

'북쪽(N)과 남쪽(S).'

원형 메달로 쭉 이어진 선을 눈으로 좇으며 랭던은 남쪽을 향해 돌아섰다. 그리고 그 자취를 따라 다시 움직였다. 랭던은 걸어가면서 연석을 살폈다. 프랑스 극장의 코너를 돌아 길을 건널 때, 또 다른 청동 메달이 그의 발 밑으로 지나갔다.

'그래!'

랭던도 몇 년 전에 안 것이지만, 파리의 거리들은 135개의 이런 청동 메달로 장식되어 있다. 보도나 호텔의 안뜰, 도로들에 박혀서 파리 시를 가로지르는 남북의 축이라고 할 수 있었다. 랭던은 이 선을 따라 사크레쾨르에서부터 센 강을 지나 북쪽으로 마침내 프랑스 천문대까지 가본 적이 있었다. 거기에서 랭던은 이 선이 갖는 중요성을 알아냈다.

'지구의 본원적인 자오선.'

'경도 0에 해당하는 세상의 첫 라인.'

'파리의 고대 로즈 라인.'

리볼리 가를 바삐 지나며, 랭던은 목적지에 가까워졌다는 것을 느끼고 있었다. 한 블럭도 남지 않았다.

고대 로슬린 아래에 성배는 기다리노라.

이 구절이 파도처럼 다가왔다. 로슬린을 고대적으로 서술한 소니에르…… 칼날과 잔…… 대가의 예술로 치장한 무덤.

'그게 소니에르가 나와 얘기하려고 했던 이유일까? 뜻하지 않게 내가 진실을 추측했던 것일까?'

랭던은 목적지를 향해 그를 잡아당기고, 그를 안내하고, 그의 발 밑에 있는 로즈 라인을 느끼며 걸음을 서둘렀다. 리슐리외의 긴 터널로 들어설 때는 기대감으로 목 뒤의 털이 곤두섰다. 이 터널 끝에는 파리의 기념 건물들 가운데 가장 신비로운 작품이 서 있다는 것을 알고 있었다. 파리의 기념물들은 1980년대, 스핑크스라 불렸던 프랑수아 미테랑이 기획하고 의뢰했다. 비밀단체에서 활동했다는 소문이 돌았던 미테랑이 파리에 마지막으로 남긴 유산은 며칠 전 랭던이 방문한 장소였다.

'또 다른 일생.'

충만한 에너지로 통로를 벗어나 낯익은 안뜰로 들어서며 랭던은 걸음을 멈췄다. 숨을 멈추고 천천히 눈을 들어, 그의 앞에 놓여 있는 빛나는 건물을 바라보았다.

'루브르 피라미드.'

어둠 속에서 빛나고 있었다.

잠깐 동안 정면의 피라미드를 찬양했다. 랭던이 더욱 관심을 갖고 있는 것은 오른쪽에 누워 있는 것이었다. 돌아선 랭던은 그의 발이 다시 보이지 않는 고대의 로즈 라인을 따라 걷고 있는 느낌을 받았다. 로즈 라인은 안뜰을 가로질러 루브르의 캐러젤 쪽으로 랭던을 이끌었다. 루브르의 캐러젤은 거대한 원형 풀밭인데, 잘 다듬어진 울타리로 둘러싸여 있다. 한때 파리의 원시 자연숭배 축제가 열렸던 장소이기도 했다. 다산과 여신을 축복하는 즐거운 의식.

관목들 위를 넘어 풀이 무성한 안쪽으로 발을 옮길 때는, 마치 다른 세계로 들어가는 느낌이 들었다. 텅 빈 지면에는 파리에서 가장 이상한 기념물 하나가 표시되어 있다. 거대한 유리 피라미드가 캐러젤 중앙에서 갈라진 수정 조각처럼 땅속으로 푹 처박혀 있는 것이다. 며칠 전 밤, 루브르의 지하를 지날 때 보았던 거꾸로 뒤집힌 피라미드였다.

'역 피라미드.'

전율을 느끼며, 랭던은 가장자리로 걸어가 역 피라미드를 통해 아래를 내려다보았다. 호박색으로 빛나는 루브르 박물관의 지하 건물 내부가 여기저기로 뻗어 있는 것이 보였다. 랭던의 눈은 피라미드 바로 아래에 놓여 있는 물체에 가서 멈췄다. 아래 보이는 건물의 바닥에는 조그마한 구조물이 서 있었…… 랭던이 원고에서 언급한 적이 있는 구조물이었다.

생각할 수 없는 가능성에 대한 긴장감으로 그의 정신이 깨어나는 듯했다. 눈을 들어 다시 루브르를 바라보며, 랭던은 자신을 감싸고 있는 박물관의 거대한 날개들을 느꼈다…… 세계에서 가장 아름다운 예술로 치장한 복도들.

다 빈치…… 보티첼리……

대가들이 사랑하는 예술로 치장한 그녀가 누워 있노라.

경이로움을 가득 안은 채 랭던은 유리를 통해 보이는 아래의 조그마한 구조물을 다시 한 번 응시했다.

'저기로 내려가서 봐야만 한다!'

캐러젤 풀밭을 빠져나온 랭던은 급히 안뜰을 가로질러, 루브르 박물관의 입구인 피라미드 건물로 향했다. 오늘의 마지막 방문객들이 박물관에서 서서히 나오고 있었다.

회전문을 밀고, 랭던은 피라미드 내부의 곡선 계단으로 내려갔다. 지하의 차가운 공기를 느낄 수 있었다. 계단을 다 내려와 루브르의 안뜰, 역 피라미드가 있는 뒤쪽으로 길게 뻗은 복도로 들어섰다.

복도 끝은 커다란 방이었다. 랭던 바로 앞에는 위에서 내려온 역 피라미드가 빛을 내고 있었다. 숨을 멎게 하는 V 형태의 유리.

'잔.'

역 피라미드의 꼭지점은 바닥에서 불과 2미터 정도 떨어진 채 정지해 있었다. 그리고 바로 그 아래에 조그마한 구조물이 서 있었다.

고작 1미터 정도 높이의 작은 피라미드 모형이었다. 모든 것이 거대한 이 건물 안에서 유일하게 작은 규모로 지어진 구조물이 이 모형 피라미드였다.

자신의 원고에서 랭던은 여신 예술과 관련된 루브르 박물관의 정성스러운 수집품들을 논하면서, 이 소박한 피라미드에 대해서는 지나가는 말로 다음과 같이 적었다.

'모형 구조물 자체가 마치 빙산의 일각인 것처럼 바닥에서 튀어나와 있다. 그 밑에 거대한 피라미드 형태의 지하실이 밀실처럼 숨겨져 있을 것만 같다.'

적막한 중간층의 부드러운 불빛을 받아, 두 개의 피라미드는 서로 꼭지점을 마주하고 있었다. 두 피라미드의 몸통은 완벽하게 일직선을 이루고 있고, 그 끝은 서로 거의 닿을 듯이 보였다.

위에는 잔, 아래에는 칼날.

그녀의 입구를 지키는 칼날과 잔.

랭던은 마리 쇼벨의 말이 들리는 것 같았다.

'어느 날 문득 떠오를 거예요.'

랭던은 대가들의 작품에 둘러싸인 고대 로즈 라인 밑에 서 있었다.

'소니에르가 지켜보기에 더 나은 장소가 어디이겠는가?'

마침내 랭던은 그랜드 마스터의 시에 담긴 진짜 의미를 이해하고 있었다. 랭던은 눈을 들어 별로 가득한 빛나는 밤 하늘을 유리를 통해 응시했다.

별이 가득한 하늘 아래 마침내 그녀는 안식을 취하노라.

어둠에서 영혼들의 중얼거림처럼 잊혀진 말들이 울려퍼졌다.

'성배를 찾는 원정은 마리아 막달레나의 뼈 앞에 무릎을 꿇기 위한 원정이다. 추방당한 자의 발 아래에서 기도를 올리기 위한 여행.'

갑자기 외경의 마음이 북받쳐, 로버트 랭던은 무릎을 꿇었다.

순간, 랭던은 여인의 목소리가 들렸다고 생각했다…… 땅의 틈새로부터 속삭이며 올라오는 세월의 지혜를……

〈끝〉

옮긴이의 말

몇 년 전 겨울, 지인의 초대로 파리에 갔다가 루브르 박물관을 찾은 적이 있다. 그곳에 다시 가보기는 약 10년 만이었다. 박물관 주변, 특히 지하는 많이 변해 있었다. 엄청나게 큰 지하 쇼핑몰이 만들어져, 지상 입구를 이용할 필요 없이 곧바로 루브르와 통하게끔 돼 있었다.

우린 표를 구해서 지하 입구로 향했다. 그때 프랑스인 친구가 말했다.

"어리석은 관광객들!"

무슨 소린가 했더니, 파리 사람이 아닌 대부분의 외국인들(당연히 관광객이 90% 이상이다)은 지하 쇼핑몰과 루브르가 연결되어 있는 것을 모르고, 장시간 줄을 서서 들어가야 하는 지상의 유리 피라미드 입구를 이용한다는 얘기였다. 내가 그 어리석은 관광객들 중 한 명이 아니어서 다행이라는 생각보다는, 프랑스인들은 좋게 표현하면 세상 어느 나라 사람들보다 자국에 대한 자긍심이 강하고, 나쁘게 말하면 안하무인격 기질의 사람들이라는 생각을 했던 기억이 난다.

이 책의 서두는 루브르 박물관에서 이루어진다. 나 역시 작가가 비아냥거린 대로 '루브르의 보물찾기'라고 부르는 가장 유명한 세 가지 미술품들, 즉 다 빈치의 〈모나리자〉, 〈밀로의 비너스〉, 사몬트라케의 〈승리의 날개〉만을 발로 찍고 돌아왔다. 이제 와서야 《다 빈치 코드》를 읽고서 루브르를 둘러보았더라면 훨씬 더 좋았을 것이라는 후회가 든다. 그만큼 루브르에 대한 작가의 지식이 해박하고 생생하기 때문이다.

2003년 3월, 《다 빈치 코드》가 미국에서 출간되었을 때 많은 이들이 주목한 것은 바로 책의 주제였다. 이 주제는 우리나라에서도 역시 논란의 대상이 될 소지가 많다. 책을 번역하고 나서 내 마음에 머문 생각은 성경 한 구절이었다.

"진리가 너희를 자유롭게 하리라."

나는 다 빈치와 함께 지난 2천 년 동안 이어져 온 비밀의 공모자가 된 기분이다. 끝으로 번역 도중 역자의 부족한 불어 실력을 성실히 메워 준 이운영 씨에게 감사의 마음을 전한다.

2004년 4월 양선아

옮긴이 **양선아**

이화여자대학교 신문방송학과 졸업, 고려대학교 경영대학원 졸업,
필라델피아 아트 인스티튜트에서 수업한 후 현재 전문 번역가로 활동 중이다.

다 빈치 코드 2

초판 1쇄 발행 2004년 7월 5일
초판 9쇄 발행 2004년 8월 17일

지은이 댄 브라운
옮긴이 양선아

펴낸이 타히르 후세인
펴낸곳 베텔스만 코리아㈜
등록번호 제22-1581호
등록일자 1999년 7월 2일
주소 서울시 서초구 서초2동 1337-31 산학재단빌딩 9층
대표전화 3415-1900
팩스 3415-1901
이메일 book@bertelsmann.co.kr
기획편집 채영희 유은영 이선나 이화진 이진영 송미경
디자인 김세라
제작 이재욱
마케팅 용상철
관리 박태경 왕은숙

책임교정 이현미

ISBN 89-5759-052-8 04840
ISBN 89-5759-050-1 04840 (세트)
값 7,800원 *잘못 만들어진 책은 교환해 드립니다.